EN EL BOSQUE

- **Título original:** *The Waking Forest*
- **Dirección editorial:** Marcela Aguilar
- **Edición:** Melisa Corbetto
- **Coordinación de diseño:** Marianela Acuña
- **Diseño de interior**: Florencia Amenedo
- **Arte de tapa:** © 2019 Leo Nickolls
- **Diseño de tapa:** Torborg Davern

© 2019 Alyssa Wees
© 2021 VR Editoras, S. A. de C. V.
www.vreditoras.com

Traducción al español mediante acuerdo con Random House Children's Books, una división de Penguin Random House LLC.

MÉXICO: Dakota 274, colonia Nápoles
C. P. 03810, alcaldía Benito Juárez, Ciudad de México
Tel: 55 5220-6620 · 800-543-4995
e-mail: editoras@vreditoras.com.mx

ARGENTINA: Florida 833, piso 2, oficina 203,
(C1005AAQ), Buenos Aires
Tel.: (54-11) 5352-9444
e-mail: editorial@vreditoras.com

Todos los derechos reservados. Prohibidos, dentro de los límites establecidos por la ley, la reproducción total o parcial de esta obra, el almacenamiento o transmisión por medios electrónicos o mecánicos, las fotocopias o cualquier otra forma de cesión de la misma, sin previa autorización escrita de las editoras.

Primera edición: julio de 2021

ISBN: 978-607-8712-86-1

Impreso en México en Litográfica Ingramex, S. A. de C. V.
Centeno No. 195, colonia Valle del Sur, C. P. 09819
Alcaldía Iztapalapa, Ciudad de México.

EN EL BOSQUE

ALYSSA WEES

Traducción: Julián Alejo Sosa

Para mamá, una bruja buena.

PARTE UNO

1
En el bosque

Comencemos con la Bruja del Bosque.

Solo los niños podían encontrarla, guiados por zorros que brillaban levemente en la oscuridad entre la realidad y los sueños. Viajaban por esta tierra de ensueño hasta encontrarse con un arco parecido a un ojo a medio abrir, que apenas daba lugar para que lo cruzaran arrastrándose.

Debajo de las estrellas y una luna salpicada de cráteres violetas y azules, vivía la bruja en su castillo de torres hechas con troncos increíblemente gruesos y anchas paredes de ramas y hojas, sobre las que se erguían almenas hechas con los molares inmensos de algún animal gigante. Los huesos entrelazados que formaban la compuerta de entrada destellaban bajo la luz blanquecina de la medianoche, mientras que el puente levadizo de herraduras se extendía sobre un río rojo correntoso.

Al final de un pasillo serpenteante, iluminado por faroles de manos esqueléticas donde las llamas ardían estables sin la ayuda de una mecha, cera o madera, la bruja esperaba sentada en su trono tallado en un colmillo dos veces más alto que ella, ubicado justo en el centro del castillo, en una habitación amplia y circular sin techo, cuyas paredes se elevaban muy, muy altas y se curvaban levemente hacia el interior. Los zorros podían verla todo el tiempo, a cada una de sus facciones, todas a la vez, como una imagen completa. Sonreían y dormían a sus pies descalzos, lamiéndose las patas, esperando, observando.

Una zorra de pelaje naranja, tan oscuro que casi parecía rojo, se paró sobre el apoyabrazos del trono para ver a la tropa de zorros de ojos brillantes que se acercaba a la inigualable bruja, acompañando a un muchacho y a una muchacha de brazos cruzados.

Los chicos solo podían prestarle atención a una parte de ella a la vez: a sus labios bañados en la luz plateada de las estrellas, a sus ojos ónix delineados con un polvo dorado, a su cabello negro ondulado con perlas. Sus rodillas se veían tan duras como diamantes, apenas visibles debajo de su vestido escarlata; manos delgadas y dedos largos, uñas cortas y mordidas. Su piel suave y tensa cubría sus huesos delgados con una apariencia aceitosa y brillante, como una fiebre eterna e irrompible.

A medida que se acercaban, la bruja notó que no eran muy parecidos a sus visitas usuales. La muchacha no era una niña. Había visto dieciséis veranos, o tal vez diecisiete, casi el mismo número que la bruja. Tenía cabello largo y ligero, y ojos azules con pestañas tan finas que apenas eran visibles. Era un rayo de sol en el cuerpo de una chica, dorada y firme, y caminaba como si temiera romperse en mil pedazos, dando cada paso con delicadeza e inseguridad.

El muchacho era mucho más grande que ella y de seguro era su hermano, ya que, si bien no se parecían mucho, compartían una especie de confianza magnética que los mantenía unidos, lado a lado. Tenía un rostro más huesudo, con labios color tinto como el vino, cabello negro azabache, una tez pálida como la luna fantasmal en pleno mediodía. Tenía algunas heridas sobre el dorso de su mano, viejas y nuevas, que iban en todas direcciones, algunas superficiales sobre otras más profundas, algunas cicatrizadas y otras abiertas.

La bruja cerró los dedos sobre los apoyabrazos del trono. Arañó la superficie esmaltada con sus uñas y el chillido resonó por todo el salón. La zorra de pelaje rojo levantó las orejas y gruñó. Nunca le había gruñido a ningún niño antes.

Al hablar, la voz de la bruja fue como una seda de obsidianas retorcidas brotando de su largo cuello oscuro.

—Soy la Bruja de los Deseos —dijo—. ¿Qué quieren de mí?

Los niños siempre sabían lo que querían y esa era la única razón por la que solo ellos podían encontrarla. Pero estos dos eran mucho más grandes que el resto y no estaban dispuestos a simplemente recibir su deseo y marcharse.

—¿Qué eres? —preguntó la joven en voz baja, mirando fijo a la bruja, mientras su hermano sonreía a su lado, sus labios presionados como si ya supiera la respuesta. Pero cuanto más observaba el castillo de la bruja, su sonrisa más se transformaba en una mueca de dolor. Miró a los zorros hambrientos, a las estrellas torcidas y las paredes espinosas, y nuevamente a la bruja.

—¿Qué es este lugar? —preguntó él—. *¿Dónde* estamos?

La sonrisa de la bruja fue tan amplia que nadie hubiese imaginado cómo lograban sus átomos mantenerse unidos.

Su mundo, su castillo, nunca había deseado crearlos. Los habían arrancado directamente de su corazón durmiente y le había *dolido*. El dolor nunca había desaparecido y fluía como un veneno perpetuo sin antídoto. Pero ella no podía caer. Y no lo haría, su mundo debía seguir adelante.

Incluso con la sonrisa, no dejó de raspar su trono y quitar el esmalte en lugar de su propia piel, avivando los latidos invertidos de su corazón.

—¿Qué quieren de mí? —preguntó una vez más.

La muchacha sujetó su falda arrugada e hizo una reverencia, un movimiento rápido y sutil con el que sus rizos rebotaron sobre sus hombros.

—Deseo quedarme aquí contigo —dijo apresuradamente—. Quiero concederles deseos a quienes más los necesitan. Quiero vivir por siempre en un sueño.

La bruja dudó. Nunca nadie antes le había pedido algo así. Era el único deseo que sabía que no podía conceder; este mundo era suyo y debía vivir allí sola. Pero para la joven era solo un lugar de descanso, un lugar de suspiros, cuya puerta se abría solo una vez para no hacerlo nunca más. Para quedarse debería dormir, ni muerta ni viva, hasta el fin de los tiempos.

No, decidió la bruja, no le concedería ese deseo.

Pero la joven no tenía por qué saberlo.

En el fondo del corazón carmesí de la bruja florecía una rosa eterna con pétalos aterciopelados de sangre, cuyo tallo de hueso robusto estaba repleto de espinas incisivas que temblaban al compás de su pulso. Como sabía que crecería otro en su lugar, lo tomó de su interior. Se abrió paso entre la piel, los músculos y los huesos, y arrancó un pétalo puntiagudo, del mismo modo que lo hacía con todos los niños que le pedían deseos. Cada pétalo era del mismo tamaño y forma, pero su sabor era único, una esencia infinita para deseos infinitos: goma de mascar para tener un hermanito, lavanda y miel para nunca pasar hambre, canela para conocer un nuevo amigo, manzana especiada para tener de mascota a un dragón invisible a todos menos para quien lo deseara, bilis agria para vengarse del bravucón de la escuela, chispas de chocolate y menta para curar a alguna abuela enferma.

Pero la bruja sabía que este pétalo en particular solo se disolvería en una mota con gusto a sal, sangre y óxido: una promesa vacía, un placebo. Al entregarle el pétalo a la joven, la bruja rozó la palma suave con sus dedos callosos. Luego, el muchacho y la bruja observaron cómo se llevó el pétalo a la boca y lo tragó.

—Ahora, acércate, deseadora —dijo la bruja cuando el pétalo desapareció—. ¿Qué tienes para ofrecerme a cambio?

La muchacha buscó en sus bolsillos, pero estaban vacíos. Por un momento, miró a la bruja en pánico, pero no era monedas lo que la bruja quería a cambio de sus favores. ¿Qué sentido tenía darle dinero? No, la bruja negociaba con otro tipo de moneda: huellas, pecas y ampollas a punto de estallar; contusiones y rasguños, arañazos, cortes y heridas desvanecidas; verrugas, ronchas y muelas de juicio aún sumergidas en encías rosadas y frescas; picaduras de arañas y sábanas de piel, gotas de sangre caliente de dedos temblorosos; pestañas caídas y uñas rotas, incluso sombras completas. Los niños le daban lo que podían. Y la bruja lo aceptaba todo, quitándoles todas esas cosas que ellos creían que nunca extrañarían. Guardaba su dolor en un altar en el patio de su castillo de dientes y árboles, un bloque de piedra limpio en un claro de sombras. Algún día, seguro, todas las agonías de los niños y niñas superarían las suyas.

–Un mechón de tu cabello estará bien –dijo la bruja, antes de invocar un cuchillo con un hechizo rápido. Se lo entregó y la joven, que vaciló al tomar la hoja destellante, cortó un mechón largo de su cabello. La daga se desvaneció ni bien se lo entregó a la bruja.

Sin mover la cabeza, la bruja miró al joven. Arriba, algunas nubes que parecían huesos rotos rompiendo la piel avanzaban por el cielo. Esperó.

–Y *tú*, ¿qué deseas? –le preguntó finalmente el muchacho.

La bruja frunció el ceño. Era la tercera pregunta que el joven le hacía. Nunca alguien le había preguntado algo antes.

–Soy la Bruja de los Deseos y lo tengo todo –le contestó–. No quiero nada.

–¿De verdad? –le dijo, dando un paso hacia ella–. ¿De verdad lo tienes todo?

La zorra de pelaje rojo a su lado gruñó nuevamente. La bruja se llevó las manos a las rodillas.

–No lo preguntaré por tercera vez.

–Debe haber algo que quieras –insistió el muchacho–. Debe haber algo que te falte.

Pero no, estaba equivocado. El castillo, los zorros, el altar, los regalos: *ese* era su deseo. Todo, todo suyo. Incluso la lluvia fría de diamantes que empezaba a caer desde el techo abierto del castillo

13

era suya y de nadie más, de la Bruja de los Deseos del Bosque, con su mandíbula firme y su cabello mojado.

—Desperdiciaste tu deseo —le dijo, pisando con fuerza y haciendo que el suelo temblara.

La muchacha miró a su hermano furiosa y se apoyó con una mano sobre su hombro para no caerse. Las uñas de la bruja destellaron como cristal en una tormenta de relámpagos en cuanto se inclinó hacia adelante y tocó a cada uno en la sien. Una vez. Dos veces.

—Despierten.

Y desaparecieron.

Sola en su trono, la bruja cosió una y otra vez su esternón con una aguja larga y puntiaguda, una que había hecho con un colmillo. Cuando terminó, se llevó las rodillas desnudas hacia su barbilla y presionó sus muslos contra el hilo rojo enhebrado en la piel seca de su pecho. Los zorros bufaron y se movieron inquietos, pero la bruja los ignoró y cerró los ojos, intentando sacar la voz del chico y su pregunta de su corazón y de su mente.

Pero ya había quedado firme, sinuosa y profunda, repitiéndose como una canción, como una súplica, como una plegaria.

Y tú, ¿qué deseas?
Y tú, ¿qué deseas?
Y tú, ¿qué deseas?

2
En la oscuridad

Alternativas a gritar: aguantar la respiración, morderse una mejilla, hundir la cara en la almohada, llevarse la camiseta a la boca, abrazarse con tanta fuerza que los huesos estén a punto de romperse y los pulmones de colapsar, aparentar no tener boca ni pecho ni garganta para producir esos sonidos, cerrar los ojos y sonreír.

Sonreír, o incluso reír, solo un poco, lo que puedas, aunque sea solo un gritito ahogado, cuando lo único que quieres hacer es gritar y llorar, llorar, llorar y nunca más parar.

Haz lo que tengas que hacer, porque gritar desconcierta a la gente. En especial, a tus padres. A las dos de la mañana. Cuando tienes dieciocho años y ya eres bastante grande como para andar asustándote con pesadillas. Pesadillas que solo están en tu cabeza y no pueden hacerte daño.

Pero...

Mis pesadillas nunca estuvieron *solo* en mi cabeza.

Es el olor lo que me despierta. El aire se siente denso como saliva caliente, uñas rotas y bilis ácida. Desde la puerta del ático, bajo la vista y veo a mi propio cadáver extendido en el suelo como una muñeca: nada más que huesos con restos de piel, un esqueleto podrido sobre la madera húmeda manchada de sangre. Sé que soy yo por el cabello que le queda en la cabeza: denso y negro sedoso.

Me quedo mirándolo por medio segundo y luego grito.

Unos pocos segundos después, unos pocos latidos de mi corazón agitado, mi hermana Rose sale corriendo de nuestra habitación abajo y sube las escaleras a toda prisa.

–¿Qué ocurre? –grita, tomándome de la mano.

Mi única respuesta es gritar de nuevo, esta vez con menos convicción, más como una pregunta que como una exclamación. Se escuchan dos pares de pisadas más y, en seguida, nuestros padres aparecen por detrás. Papá pasa corriendo a toda prisa y tira de una cadena para encender la luz de la escalera: en un instante, pasamos de estar sumidos en la oscuridad total a quedar casi ciegos por una luz brillante blanca. De inmediato, toda la transpiración, la sangre y la sombra de mi cadáver desaparece por el suelo como si se estuviera drenando por una cañería.

–Rhea, ¿qué pasa? –pregunta papá, recostándose sobre la pared del ático, mientras mis dos hermanas menores, Renata y Raisa, aparecen por detrás de mamá, solo unos escalones más abajo, despeinadas y desaliñadas. Están acostumbrados a mis visiones, pero, aun así, aquí están, en la puerta, boquiabiertos, mirando todo el circo que estoy haciendo por segunda vez en la *semana*.

–¿Qué haces aquí arriba? –me pregunta papá.

Respiro profundo, sintiendo la mano fría de Rose. Tan fría... como un cadáver; me hace temblar.

–Estaba soñando otra vez –les contesto lo más tranquila que puedo y Raisa, detrás de mí, asoma la cabeza y la lleva hacia atrás, gruñendo, sin ánimos de escuchar todo esto por enésima vez–. Ya saben, ese con la puerta al final de la escalera en espiral. Subí, como siempre, por lo que se sintió como una eternidad y, cuando llegué arriba de todo... *abrí la puerta*.

Aquí hago una pausa. Empiezo a sentir cómo se me revuelve el estómago, ya que nunca había abierto la puerta en el sueño antes. Por lo general, me despierto ni bien toco el picaporte, desconcertada, pero no tan sorprendida de estar en el mismo lugar que esta noche, frente a la puerta del ático. Pero después de esperar unos minutos para calmar mi corazón agitado, bajo y regreso a la cama. Sin visiones, ni gritos, ni reuniones familiares improvisadas en medio de la escalera angosta.

Pero esta noche es distinta.

–Cuando abrí la puerta del sueño –les explico–. También abrí la puerta del *ático*. Y cuando bajé la mirada, vi... eh, un cuerpo. Muerto.

No les digo que era el mío. Tener visiones siniestras es una cosa, pero verme a mí misma muerta es algo definitivamente mucho más aterrador. Cuando miro a Rose, se estremece del miedo como si supiera de qué estoy hablando.

–¿Quieres decir que eres sonámbula? –pregunta mamá con los rizos de su cabello negro aplastados a un lado de su cabeza–. Pero es extraño… nunca has caminado dormida.

–Ah –le quito sutilmente la mano a Rose y me froto los ojos para no tener que mirar a mamá, a papá ni a nadie–. Sí. Raro, ¿verdad?

Mis padres saben de mi sueño recurrente, pero jamás les dije que camino dormida, ya que empezó hace solo unos pocos meses. Sigo esperando que en algún momento se detenga. Igual tampoco camino por toda la casa rompiendo cosas o lastimándome.

Pero no se detuvo y ahora me atraparon. Mamá y papá se miran y noto algo de preocupación en sus rostros.

–Fue solo un sueño, cariño –dice finalmente papá, volteando hacia mí–. No puede hacerte daño.

–Respira profundo –agrega mamá–. Relájate.

Un par de ojos verdes brillan en la oscuridad en la otra punta del ático, lo cual me alarmaría si no estuviera segura de que es solo Gabrielle, mi zorra mascota. Es mi compañera constante desde el día que me encontró y nunca se apartó de mí a pesar de las dudas iniciales de mis padres. Gabrielle y yo tenemos una conexión especial que no está solo en mi imaginación: incluso desde lejos puedo sentir los latidos de su pequeño corazón como si fuera el mío, como si nuestros corazones estuvieran entrelazados. Ahora olfatea alrededor para asegurarse de que definitivamente no hay ningún cadáver oculto en la habitación. Al no encontrar nada, emerge de las sombras y nos sigue hacia abajo. Bostezando, Renata y Raisa vuelven a su cuarto arrastrando los pies, mientras mamá y papá nos acompañan a Rose y a mí al nuestro.

–Tienes una gran imaginación, Rhea –me dice mamá mientras me acuesto en la cama y Gabrielle se sube de un salto y se acurruca a mis pies–. Pero no es real, ¿recuerdas? Está solo en tu cabeza.

–No estoy imaginando nada –le contesto con terquedad–. Estoy *maldita*.

Las visiones aparecen desde que tengo memoria. Cuando era pequeña, la mayoría eran simples, no más que un destello, y luego desaparecían: el techo de mi habitación se hacía cenizas mientras estaba acostada despierta, el cielo se abría como piel seca, las estrellas se movían como insectos. A veces, brotaban ramas del suelo de nuestra casa y subían por las paredes como enredaderas.

Pero al crecer, las visiones fueron madurando y cuando estoy en una calle muy concurrida o en la tienda, la gente empieza a verse diferente: algunos tienen el cabello mojado y pintado de un color verde azulino, mientras que a otros les gotea agua salada de los dedos; otros tienen ojos que destellan como relámpagos; otros tienen cuernos y musgo entre sus dientes; y otros no son más que sombras profundas y densas que se escabullen por el suelo. Una vez, un buzón de metal grande en la puerta de la oficina del correo se transformó en un animal inmenso con cuerpo de león y cabeza de humano, me miró fijo y soltó un rugido ensordecedor sin previo aviso.

También está el bosque denso de atrás de mi casa. Normalmente lo único que hay allí es un descampado, pero a veces veo un bosque alto y oscuro, un entramado de árboles interminable con hojas color hueso y telarañas relucientes que parecen hilos de saliva entre sus troncos. El bosque es eterno, sin salida a la vista, y cada vez que intento entrar… desaparece. Así, sin más.

Pero nunca había tenido una visión como *esta*, una en la que veo mi propio cadáver. Están empeorando. *Yo* estoy empeorando... y no sé por qué.

Ni siquiera estoy segura de que la psicóloga a la que mis padres me enviaron cuando tenía siete y apenas era lo suficientemente grande como para encontrar las palabras adecuadas para explicarle lo que me pasaba supiera qué era todo esto. Les dijo que tenía un trastorno de ansiedad severo y me enseñó técnicas de respiración para calmarme cuando tenía ataques de pánico. Técnicas que serían muy útiles si me las acordara durante las visiones. Pero la mayoría de las veces incluso me olvido de respirar. O peor aún, como esta noche, empiezo a gritar.

—Sé que se *siente* como estar maldita, Ree —dice papá—, pero no es eso. La ansiedad afecta a muchas personas y eso está bien. No estás sola, ya te pondrás mejor. Recuérdalo siempre.

Asiento y me acuesto en la cama. Mamá y papá se marchan y apagan la luz, pero ni bien oigo que cierran la puerta de su cuarto, voy corriendo al baño y me lavo los dientes: pasta dental sabor canela para sacarme el gusto a carne podrida de la boca, el único remanente de la visión. Me quedo mirando fijo al reflejo de mis ojos en el espejo, desafiando a mi rostro a que se descomponga, que me muestre mi muerte una vez más.

Pero al notar que no cambia, que no se derrumba ni se carcome, exhalo.

—*No tengo miedo, no tengo miedo, no tengo miedo.*

Si repites algo las veces suficientes, es muy probable que se vuelva cierto.

Un fantasma aparece en el espejo. Tiene mi cuerpo huesudo

y mis rasgos: la misma tez oliva y el mismo cabello negro denso, los mismos ojos castaños, los mismos dedos largos y aretes de perlas rosadas. Pero si bien mis labios están cerrados y lucen pálidos, los de ella están separados por una sonrisa filosa. Y cuando la veo, yo también sonrío.

Dice: *Escúchame, tú. El miedo no lastima.*

Dice: *Puedes tener una espada clavada en el estómago y creer que tu cuerpo está a punto de desangrarse, pero aun así tu alma permanecerá intacta.*

Dice: *Regresa a la cama.*

La miro.

—Está bien —digo, aunque sea para sentir que son mis labios los que se mueven y no los del fantasma.

Vuelvo a la cama, pero no a dormir. La luz de noche de Rose brilla en su lado de la habitación, mientras yo, a solo un metro y medio, estoy sumida en la completa oscuridad.

Desde el otro lado del espacio que nos separa, oigo unos susurros suaves.

—¿Voy a morir? —susurra Rose y yo, desconcertada, no le respondo—. ¿Tuviste una premonición del futuro?

Me toma otro momento entender a qué se refiere: cree que el cuerpo que vi era el de *ella*. Malinterpretó mi mirada. Rápidamente, tomo una decisión. Si bien sé que es muy cruel, no la voy a corregir. Siento como si estuviéramos juntas en esto.

—No —le contesto, deseando que eso sea verdad—. Fue solo una pesadilla.

—¿Segura?

—Sí —miento.

–¿Me lo dirías si supieras que voy a morir?

–Sí, lo haría –le miento nuevamente.

–¿Qué crees que pasa después de la muerte? –pregunta, girando hacia mí.

Por un momento, me quedo pensando en eso. No en *qué* quiero decir sino en cómo quiero decirlo. Desde que empecé a tener las visiones, a menudo me pregunto sobre el más allá cuando estoy despierta por la noche. No lo pienso en términos lógicos (lo único que sé es que el más allá es la nada absoluta) sino más bien en lo que quiero que sea. ¿Qué tal si cuando morimos revivimos en un sueño del que no despertamos nunca más? Si pienso en eso, no me parece tan aterrador.

Y ahora me pregunto a mí misma: ¿cómo sería el sueño de Rose?

–Yo creo que te conviertes en viento y puedes ir a cualquier parte del mundo cuando quieras –dice–. Incluso, podrías ir a las estrellas si lo desearas y ni siquiera te quemarían –luego de una pausa, agrega–: No suena tan mal.

–No, la verdad que no –le contesto.

–Buenas noches, Ree –dice y su aliento ilumina el espacio, adhiriéndose al techo como la estática a un televisor, inquietante y brillante. Hipnotizante.

Parpadeo una vez, dos veces, y desaparece.

–Buenas noches –le contesto. Algunas veces desearía poder contarle todo, todo lo que me mantiene despierta por la noche. Pero contárselo a ella o a alguien más solo lo haría más real.

Porque aún hay más. En la visión, incluso algunos segundos después de despertar, detrás de la puerta del ático oí a alguien respirar. Una inhalación larga, fuerte y rasposa.

El tipo de respiración que alguien tendría antes de gritar.

Con la primera luz de la mañana, me levanto y me lavo la cara, esta vez sin ningún fantasma huesudo saludándome. Anoche por primera vez crucé la puerta del ático en mi visión y no quiero olvidarme ni un solo detalle. Regreso a toda prisa a mi habitación y me encuentro con que la cama de Rose también está vacía. Revuelvo por completo mi mesa de luz hasta encontrar un diario de tapa negra con todas las páginas en blanco. El que mamá nos dio hace un tiempo, cuando empezó a darnos clases en casa y nos dijo que era importante que recordáramos nuestros sueños y los escribiéramos. Los míos eran siempre lo mismo: la oscuridad, la escalera, la puerta. Ni me molesté en abrirlo. Pero ahora no podía desperdiciar ni un solo minuto. Le robo una pluma a Rose de su mesa de noche, me siento en la cama y, con una pierna colgando sobre el borde, escribo.

Una vez que termino, muerdo la pluma de plástico y repaso las palabras una vez más, con mi letra apurada y algo torcida:

Una puerta al final de una escalera alta en espiral. Un cosquilleo detrás de mis rodillas que me advierte que voltee y me aleje lo más rápido y lejos que pueda de la puerta. Pero nunca la abro. No debo abrirla: hay secretos detrás de ella y descubrirlos sería vivir por siempre con una carga muy pesada, como si tragar esos secretos indigeribles significara tenerlos dentro de mí para siempre, rugiendo en mi estómago, masticando mis venas.

Pero ya estoy cansada de no saber, por lo que extiendo una mano y sujeto el picaporte. Lo giro.

Aquí es donde casi siempre me despierto.

Pero anoche no.

La frialdad del picaporte de metal en mi mano, el chillido enfermizo de las bisagras, un cadáver podrido en el suelo. La respiración de alguien o algo en el aire. Y un grito.

Siempre he querido saber lo que había detrás de esa puerta y ahora lo sé.

Pero ¿lo sé? Porque cuanto más pienso en ello, más segura estoy de que no era mi cadáver. Es decir, eso fue lo que vi al abrir los ojos, claro, pero no creo que fuera mi cuerpo en el sueño. Porque detrás de la puerta sentí a alguien o algo respirar. Y, si yo estaba muerta, entonces ¿quién estaba respirando?

Quejándome, arrojo el diario y la pluma hacia la cama. Gabrielle levanta la cabeza, desconcertada.

—Tengo hambre —le digo y me paro, para nada dispuesta a seguir pensando en todo esto hasta después del desayuno—. Vamos.

Encuentro a Renata en la cocina. Está comiendo sola en la mesa y la luz cálida del sol entra por la ventana abierta a su derecha, iluminando un lado de su rostro y sumiendo al otro en sombras. Esboza una sonrisa al verme.

—Shay me dijo que te perdona —dice Renata inesperadamente, con su cabello recogido en una coleta que se mueve a un lado de su cabeza. Muerde una tostada con manteca y la deja caer al suelo para Gabrielle.

No sé muy bien a qué prestarle atención, por lo que camino

hacia la despensa a buscar una caja de cereales de chocolate y los sirvo en un tazón.

—¿Perdonarme por qué? —le pregunto, sentándome frente a ella. Somos las únicas en la mesa, Rose seguro ya está en su clase de ballet, Raisa probablemente siga durmiendo y mamá y papá están trabajando en el jardín.

—¡Por escaparte! —dice, sacudiendo la cuchara cubierta de leche como si no pudiera creer que le preguntara algo tan obvio. Tiene su diario de sueños abierto con una pluma encima a un lado de su tazón de cereal—. Dice que no debes temer de volver porque te perdona y muchas otras personas también. Lo que hiciste, ya está hecho, ahora solo quiere que estés a salvo.

—Ah —digo, asintiendo—. Está bien.

Y debería haberlo dejado ahí. Pero como soy curiosa y porque solo sueño la misma cosa, una y otra vez, y Renata no, y *en especial* porque mi corazón casi se sale de mi pecho con las palabras *miedo* y *perdón*, como una roca que rompe una ventana, como alguien que repite *déjame entrar, déjame entrar, déjame entrar* (lo cual no tiene mucho sentido, porque mi corazón ya está *adentro*, ¿verdad?), digo algo de lo que me arrepiento ni bien sale de mi boca:

—Está bien, pero ¿quién es Shay?

Renata suelta la cuchara en el tazón de cerámica aún lleno y salpica todo a su alrededor. Se pone de pie, estira los brazos y golpea ambas manos sobre la mesa, sin quitarme los ojos de encima.

—¡Shay, Shay! —grita, golpeando el suelo con su pie dos veces—. ¡La que come hombres y es tu amiga y te adora!

—Ah, ah, sí, claro —me retracto—. Solo…

Renata voltea y sale corriendo de la habitación.

Antes de seguirla, termino mi desayuno, por lo que tiene un poco de tiempo para calmarse. Su diario sigue abierto sobre la mesa y, si bien es tentador leerlo, no lo hago. Mis hermanas nunca fueron tan ambivalentes como yo al anotar sus sueños, pero Renata es sin duda la más prolífica de todas. Incluso habla de la gente de sus sueños como si fueran amigos de toda la vida, como si nosotras también los conociéramos, y cuando le decimos que no son reales, parece confundida y molesta.

Y luego se esconde.

Por lo general, la encontramos enseguida. Con el pasar de los años, descubrimos cada uno de sus lugares favoritos y nos acostumbramos a su tendencia a buscar lugares que nadie creería que elegiría. La playa es uno de ellos, más específicamente, entre dos rocas cerca del faro, a casi dos kilómetros por la orilla. Otro escondite es un pozo bastante profundo frente al cementerio. Le gusta ir allí después de una tormenta y quedarse con los pies sumergidos en el agua de la lluvia, mirando las tumbas al otro lado de la cerca negra de hierro.

Pero, sin duda alguna, su escondite de más fácil acceso es el rincón del armario que comparte con Raisa, a un lado de la puerta plegable.

Y es ahí mismo donde la encuentro sentada con las rodillas presionadas contra su pecho. Cuando abro la puerta, levanta la cabeza y la lleva hacia atrás, y veo como su tráquea se trasluce a través de la piel pálida de su cuello, acompañada por un tridente de venas delicadas. Me agacho y entro arrastrándome por debajo de la ropa. Juntas cerramos la puerta y quedamos en total oscuridad, salvo por una línea delgada de luz en la unión de las puertas.

–Lo único que quiero es encontrar el lugar de donde vengo –dice–. Solo eso. Mi origen. Porque no creo que sea este, Ree. No creo que sea este.

Me siento como ella, con las rodillas presionadas contra mi corazón.

–Yo tampoco creo que vengas de este armario.

–Ya sabes a lo que me refiero.

Y, de cierto modo, *sí* sé a lo que se refiere, sentada aquí casi a oscuras, casi en silencio. Empiezo a tener una sensación incómoda y áspera, como si el alma me estuviera raspando la piel y los huesos, no necesariamente para escapar, sino más bien para decirle a mi cuerpo que vaya a lugares imposibles, convencida de que puedo tocar las estrellas y no quemarme.

Al menos, creo que a eso se refiere.

–Entonces –digo–, cuéntame más sobre Shay.

Levanta la cabeza de la pared.

–¿Quién?

Los sueños de Renata son como las olas del mar, vienen y van. Flotan en la superficie por un rato y luego se hunden y se ahogan en las profundidades.

Suspiro.

–No importa.

Nos quedamos sentadas en silencio; la cercanía a las paredes y la densidad de las sombras me recuerda al ático. ¿Caminaría dormida otra vez esa noche? Y si lo hacía, ¿tendría la misma visión? ¿O sería distinta esta vez? Después de pensarlo una y otra vez, llego a la conclusión de que haber visto mi cadáver no es una premonición, tal como teme Rose. Mis otras visiones nunca se hicieron realidad. Tal vez sea solo un miedo latente que se manifiesta, como una preocupación constante de que algo malo podría ocurrirme a mí o a mi familia. Solo quiero que todos estemos a salvo, juntos y felices por siempre.

Pero si mi cadáver no es lo que se esconde detrás de la puerta en mis sueños, entonces ¿qué o quién es?

—Espera —digo en voz alta con una idea. A mi lado, Renata se levanta sobresaltada luego de estar perdida en un momento privado de ensueño—. ¡El ático! ¿Y si duermo en el ático? Entonces no caminaría dormida, porque no tendría ningún lugar a dónde ir.

Podría caminar dormida hacia otra parte de la casa de todas formas, pero ¿por qué lo haría? En el sueño siempre subo escaleras y, si ya estoy en el punto más alto de mi casa, tiene sentido que simplemente me quede allí. Así quizá sueñe con la cosa o la persona que realmente está detrás de la puerta.

—Está muy oscuro y hace mucho frío allí arriba —me dice Renata cuando me pongo de pie y abro las puertas del armario. Esta vez, las dejo abiertas—. ¿No te da miedo?

Pero ya estoy corriendo por toda la casa, demasiado frenética como para responder.

—Rhea, ¿qué ocurre? —me pregunta mamá cuando salgo a toda prisa hacia el jardín, sin aliento. Tiene un sombrero de ala grande y una mancha de lodo en la barbilla—. ¿Pasó algo malo?

Le cuento mi idea.

Papá asiente con la mirada perdida detrás de mí mientras analiza mi propuesta. Tiene cabello negro y tupido, pero la barba sobre su barbilla ya muestra algunos mechones grises que destellan bajo la luz del sol. Luego de un minuto, sonríe.

—Creo que podemos hacer algo.

Durante las siguientes seis horas, quedamos sumidos en una orquesta de golpes, sierras y algunos insultos mientras limpiamos el ático. Llevamos todas las cajas húmedas al sótano y un estéreo viejo y polvoriento directo a la basura. Hay ropa de mamá y mía que separamos para donar, junto con otras baratijas extrañas y tesoros inútiles que mis hermanas reclaman enseguida: un alhajero que debió morir ahogado en algún momento, con una bailarina sin cabeza que gira al son de una canción disonante y moribunda; una lámpara de lava rosa que emite un resplandor tenue; un ramo de flores falsas aplastado; y un mazo de naipes al que le faltan todas las reinas. Solo quedan algunos muebles de los que nadie quiere deshacerse. Papá sube una cama de sobra que teníamos en el sótano y lo sigo por detrás con un ventilador en caso de que haga calor.

Luego de una batalla con varias arañas de patas largas y una sesión de limpieza profunda, mi nueva habitación está lista. Lo único que necesito es esperar a que llegue la noche, cuando mis sueños me visitarán una vez más.

Gabrielle camina sobre la alfombra del baño frente a la ducha mientras me preparo para irme a dormir. Durante un minuto, simplemente me quedo parada frente al espejo, esperando a que mi versión fantasma, o lo que sea, aparezca en el espejo, sonriente, deslumbrante y astuta, deseosa de cosas que quizá solo parecen sabias y dolorosas a mitad de la noche. Cuando parece que no vendrá, bajo la cabeza para buscar mi cepillo de dientes y, de repente, noto que puedo ver mi corazón, como si mi piel fuera una ventana que estuvo siempre allí, esperando que la notara y mirara dentro de mí. Mi corazón rojo, agitado y mal, mal, mal (*se supone que debemos escucharlo, no verlo*) no late mucho, sino más bien se abre y cierra, una y otra vez, rápido. Casi como una boca agitada o un puño tenso.

Lentamente, como si fuera a espantar a una mosca, me llevo los dedos al pecho, pero al tocarlo lo único que siento es piel suave y cálida. Exhalo y dejo caer la mano, y la ilusión desaparece como si nunca hubiera estado allí.

Nada de esto es real.

No tengo miedo.

Alguien llama a la puerta del baño justo cuando levanto el cepillo y lo llevo a mi boca.

–¿Sí? –digo, aunque suena más bien como un sonido gutural, ya que tengo la boca llena de espuma. Un sonido sucio que se abre paso entre mis dientes cerrados. Me ahogo y escupo en el lavabo.

–¿Estás bien? –me pregunta Rose a través de la puerta por enésima vez desde esta mañana. No le respondo y me enjuago la boca.

Cuando abro la puerta, entra y presiona el dorso de su mano congelada sobre mi frente ardiente. Soy alta, pero ella mucho más, por lo que tiene que agacharse un poco para estar a la altura de mis ojos. Todavía lleva su cabello largo y dorado recogido en un rodete por su clase de ballet, sus hombros están desnudos y llenos de pecas pálidas, y sus ojos azules pestañean rápido y mucho. Es extraño que no nos parezcamos en nada y, de todas formas, seamos hermanas que se llevan solo un año y medio de diferencia. En casi todos los aspectos, incluso debajo de lo superficial, ella es la mañana y yo la medianoche.

Su mano se calienta levemente mientras me pasa su frío.

—No creo que debas ir al ático —dice en voz baja, mirándome fijo—. Creo que tienes que quedarte conmigo.

—No creo que a Ren le moleste dormir en mi cama para hacerte compañía —le digo—. O a Raisa, si se lo pides muy, muy tranquila.

—Pero no es lo mismo —suspira, mordiéndose una de las mejillas—. ¿Cuánto tiempo estarás allí arriba?

Inhalo, inhalo, inhalo, me detengo. Hay mil respuestas a esa pregunta, pero ninguna que la haga sentir mejor.

No le digo: *No lo sé.*

No le digo: *Indefinidamente.*

No le digo: *Por siempre.*

—Puedes venir conmigo —termino diciendo, aunque es una oferta vacía. Es Rose. Rose, quien me seguiría a cualquier parte… menos por la noche. Rose, quien guarda baterías nuevas cerca de su cama por si se gastan las de su luz de noche. Rose, quien duerme con los ojos medio abiertos y las cortinas sin correr porque incluso sus párpados son demasiado oscuros.

Quita la mano de mi frente y siento como regresa el calor.

—¿Sabías que en realidad los colores no *existen* en la oscuridad? —dice mientras se desata el cabello, sacando hebilla tras hebilla y soltándolas en el lavabo—. Creo que también pasa lo mismo con la belleza. Es por eso que los monstruos viven en la oscuridad; porque lo horroroso no necesita luz para existir.

Siento un nudo en el pecho mientras intento descifrar sus palabras como si fueran un acertijo.

Ayer, mis hermanas y yo decidimos pasar el día en la playa. Cuando salimos y avanzamos hacia la costa, vi algo en la calle: una mariposa enorme tumbada de lado, sacudiendo inútilmente sus alas negras, azules y violetas, al igual que sus patas, para enderezarse. En nuestro pueblo tranquilo, no hay mucho tráfico por la mañana, por lo que crucé la carretera y me acerqué a la mariposa en el pavimento caliente. Me agaché para verla más de cerca, para asegurarme de que la lucha era real y no un truco de mi imaginación volátil. Renata pasó corriendo a mi lado, sonriéndole al cielo, ignorando todo lo que había debajo de ese techo suave de nubes y brisa cálida que acariciaba sus mejillas, con la canción de las sirenas en las olas que rompían contra la arena como un océano que se lame los labios con su lengua acuosa.

–¡No toques eso! –gritó Raisa, quien se acercó corriendo hacia mí. Giró y dio un salto hacia atrás–. ¡Gérmenes, enfermedades, muerte! –luego rio y regresó corriendo con Renata.

Entonces la mariposa era real. Junté las manos sin saber mucho cómo ayudarla, preocupada de que si la levantaba le causaría más daño. No estaba muy segura de lo que le pasaba, más allá de que sus alas se movían desesperadas y no parecían levantar el aire suficiente para elevarse del suelo. Vacilé por un momento al ver sus antenas moviéndose. ¿Debía recogerla de las alas o…?

Un pie aplastó al insecto sobre el pavimento. Volteé con las manos sobre el suelo ardiente como si fuera un cangrejo. Levanté la vista y vi a Rose, quien arrastró el pie sobre la carretera para limpiar las vísceras de la mariposa aplastada de la suela de su zapato.

Me quedé mirándola fijo, inmóvil, aunque me estuviera quemando las manos con el suelo, aunque la luz del sol penetrara directo a mis ojos, haciendo que el mundo quedara difuso y metálico.

—Terminé con su sufrimiento —dijo contenta y se quedó en silencio, con su cabello dorado brillando a la luz del sol y su traje de baño tan rojo como el rubor de sus mejillas. Inclinó la cabeza hacia un lado, como si no entendiera por qué estaba mal, por qué no la entendía.

—La iba a apartar del camino, Rose —dije finalmente, poniéndome de pie. Mis rodillas crujieron al enderezarlas. La sujeté de las muñecas. Quería que sintiera mi dolor, solo un poco, ya que mis manos aún estaban calientes por el pavimento—. Estaba a punto de salvarla.

—Terminé con su sufrimiento —repitió, sin quitarme las manos como creí que haría. Respiraba muy agitada y abría y cerraba los dedos sin parar. Nunca apartó la mirada de mí—. Ya no era hermosa.

—Siempre sería hermosa —le respondí con frialdad—, sin importar lo que pasara.

Rose negó con la cabeza.

Ya no era hermosa. Sus palabras resuenan dentro de mí, entrelazándose con el presente.

Lo horroroso no necesita luz para existir.

Es por *eso* que Rose detesta la oscuridad: prefiere ver a sus monstruos de frente, saber su tamaño y forma exacta, y no tener que someterse a su imaginación salvaje, atrapada en ese lugar de sombras donde la mente solo puede conjurar las peores cosas, donde el miedo puede avivarse y distorsionar la realidad.

—Bueno, no creo que sea así —le digo, cruzándome de brazos y apoyándome sobre el lavabo—. Creo que hay belleza hasta en las cosas que no podemos ver, pero que sabemos que están allí. Como el viento o la música.

Se queda en silencio, mientras se quita la última de las mil hebillas que mantienen firme a su rodete y su cabello finalmente cae sobre sus hombros. Sus dedos se cierran sobre el borde del lavabo y mira su reflejo en el espejo, casi sin parpadear. Luego de un largo momento, voltea hacia mí y sonríe. Como el sol de invierno, brillante y frío a la vez.

—Vete —dice suavemente—. Parece que no duermes desde hace una semana.

—Guau, gracias —digo, soltando una risita y saliendo del baño hacia el pasillo—. Dulces sueños. Te quiero hasta el infinito.

Esboza una sonrisa reluciente.

—Hasta el infinito.

Mientras camino hacia el ático, mamá y papá suben para darme un abrazo como si me estuviera mudando al otro lado del mundo.

—*Te quiero* —me dice papá antes de voltear y mandarles un beso a cada una de mis hermanas, Rose en el baño, Renata y Raisa en la habitación que comparten—. Y a *ti*, a *ti* y a *ti*.

—Yo también te quiero —le digo antes de entrar rápido a mi habitación. Miro a Gabrielle y enseguida entiende que quiero algo de privacidad, por lo que aparta la vista mientras me pongo un par de shorts para dormir y una camiseta vieja y suave. Entretanto, escucho a Renata con sus oraciones usuales desde la habitación de al lado, *muy fuerte*, con su voz aguda, agitada y exultante, porque cree que es la única forma de que se escuchen sus plegarias.

—¡Querida agua, viento y estrellas! ¡Querido fuego, hielo y rocas! —dice mientras me pongo la camiseta y tomo mi almohada—.

¡Envíennos su estruendo, sus olas, sus soplidos y sus estallidos! ¡Envíennos sus luces, sus truenos y sus temblores! ¡Por favor, cuídennos y manténganos a salvo! Es la noche más oscura y no quiero volver a dormir nunca más. Amén, amén, amén.

—Si no te vas a dormir, te pincharé un dedo hasta que lo hagas —gruñe Raisa, cuyas palabras atraviesan su puerta entreabierta.

—No funcionará conmigo —dice Renata, con su voz normal—. No soy la princesa de esta historia.

—Bueno, *claro que no*. Pero el pinchazo no tiene que ser mágico, querida —le dice Raisa, burlándose con dulzura—. La pérdida de sangre es igual de eficaz.

Renata suelta una risa breve y alegre, y oigo el golpe suave de una almohada que Raisa le arroja. Salgo en silencio de mi habitación, deseando que quedarme dormida fuera tan fácil como hacer un hechizo: un pinchazo, un suspiro y luego nada más que sueños.

Mis hermanas finalmente se quedan en silencio, mientras yo sujeto mi almohada contra mi pecho con fuerza y camino hacia la escalera angosta al final del pasillo, pasando el baño y la habitación de mis padres. Gabrielle está a mi lado, como siempre, y no es la primera vez que deseo poder decirle lo agradecida que estoy de tener su compañía constante y sus gruñidos sobre mi pecho, del mismo modo que siento el dolor en la palma de mis manos cuando ella pisa una espina. Nuestra conexión extraña me hace sentir menos sola.

Pasaron ocho años desde que Gabrielle salió corriendo del bosque de atrás de nuestra casa y entró por la puerta trasera, como si perteneciera a este lugar, igual al resto de nosotros. Su llegada repentina y confiada fue muy extraña, a decir verdad, más aún porque no hay ningún bosque detrás de nuestra casa salvo por el que veo en mis visiones. Pensé que Gabrielle desaparecería junto con el bosque, pero, de algún modo, por algún milagro, no lo hizo y estoy agradecida de que esté aquí conmigo esta noche.

Subimos juntas hacia el ático, hacia la habitación que me liberará de mi sueño… y, con suerte, también de mis visiones.

Mis pies encuentran el último escalón y sujeto la almohada con más fuerza contra mi pecho, mientras mantengo los codos presionados a mi cuerpo sobre mi cintura. Incluso con la puerta abierta, no creo poder abrir mucho los brazos hacia los costados sin que mis dedos toquen alguna de las paredes angostas. La luz del pasillo apenas nos alcanza, pero ya conozco el lugar. Hay una cama junto a la puerta y un aparador en la otra punta con tres cajones rotos, una lámpara de pie y una mesa de luz repleta de libros con los lomos quebrados, la mayoría biografías de miembros de la realeza: los Romanov, Nefertiti, la emperatriz Dowager Cixi, la Casa de los Medici. Vine a dormir, no a leer, pero me hace sentir mucho mejor saber que están cerca. Libros nostálgicos para saciar la nostalgia.

Pero lo mejor de la habitación es que no hay ventanas.

Gabrielle entra corriendo y cierro la puerta. Las bisagras oxidadas chillan y el cuarto entero queda sumido en la oscuridad total como si lo hubiera tragado una sombra irrompible. Durante varios segundos, parpadeo y tiemblo, pero no del frío. Pienso, *si la belleza no existe en la oscuridad, entonces soy la cosa más fea de este lugar.*

Me acuesto en la cama y los resortes crujen, pero enseguida ceden. Quiero dormirme rápido y evitar toda la espera llena de inquietud. Gabrielle se sube a la cama y, como una roca que rebota sobre un lago, siento como su alivio regresa a la normalidad sobre mis costillas: alivio de sentir las sábanas suaves y saber que no hay nada que temer.

O tal vez sea mi propio alivio. Llevamos juntas tanto tiempo que ya no sé distinguir nuestras diferencias.

Me acuesto de lado y Gabrielle se acurruca detrás de mis rodillas.

Está tan, tan oscuro. Y aun así no puedo dormir.

Gabrielle tampoco, por lo que se para y se escabulle hacia mi almohada. Estiro un brazo y le acaricio el cuello peludo, mientras se acomoda a un lado de mi cabeza para mantener a mis pensamientos cálidos.

Intento tragar saliva, pero tengo la boca seca y mis dedos aún están aferrados al pelo de Gabrielle. Su incomodidad se une a la mía como dos tormentas que chocan de frente y me siento sola. Aunque ella está aquí, ya es una *parte* de mí y no cuenta.

La habitación no se siente tan segura como creí. No veo las paredes y, si no puedo verlas, ¿cómo sé que siquiera están allí? Me siento como si estuviera flotando en el espacio, desanclada. Mareada. Perdida.

No puedo dormir.

No puedo dormir.

No puedo dormir.

En el silencio peculiar de la oscuridad absoluta, me siento en la cama con las piernas cruzadas, preguntándome si fue un error venir aquí. Preguntándome si, quizá, esta oscuridad tampoco me ayudará a escapar de mí misma.

Estoy tan sumida en estos pensamientos que me toma unos minutos notarlo: la oscuridad respira. La oscuridad está respirando.

O...

Alguien más está respirando en la oscuridad. No sé qué me asusta más.

Es exactamente como en mi sueño, salvo que ahora estoy despierta, aguantando la respiración y pidiéndole a Gabrielle que haga lo mismo. La oigo una vez más: una inhalación larga, una exhalación corta.

Otra vez...

Y otra vez...

Y otra vez.

Gabrielle gruñe y se queda en silencio. Por un segundo absurdo, se me ocurre que puede ser la respiración de un pájaro pequeño que quedó atrapado en esta parte de la casa, desesperado por salir: el susurro de las alas, el aleteo de las plumas, los ojos pequeños entrecerrados, el chasquido de un pico que se cierra.

Pero no, no es un pájaro. Tal vez sea la casa misma, como si las paredes, el techo y el suelo de madera se estuvieran acomodando o asentando. Como yo, quizá la casa también tiene inquietud con los labios azules y mucho insomnio, y está plagada de pesadillas de viento y fuego, habitaciones destruidas y ventanas quebradas como huesos.

Pero tampoco es eso.

Me quedo mirando hacia la oscuridad inquebrantable. Quiero darle un nombre para que no sea tan monstruosa, tan oscura y destructora. Pero no se me ocurre nada.

Quizá sea solo mi hermana que viene a pedirme que regrese a la habitación porque me extraña. Porque no puede dormir sin mí cerca. Y quizá, quizá, yo tampoco puedo hacerlo sin ella.

–¿Rose? –susurro. Mi corazón se queda en silencio, atento.

–No –responde una voz, cortando la oscuridad. Una voz que no es mía y mucho menos la de mi hermana. Una voz que suena como una jeringa que atraviesa la piel, rápida, limpia, profunda. La voz de un chico–. No soy Rose –agrega.

Un grito implosiona en mi garganta y me ahoga. Un terror sinuoso corre por mis venas, eléctrico. Estoy parada a un lado de la cama, tambaleándome, buscando el interruptor de la lámpara, cuando de repente una mano humana me toca la muñeca sutilmente. Unos dedos calientes rozan mi pulso salvaje.

–Espera –dice la voz, el chico, la oscuridad–. Por favor.

Enseguida aparto la muñeca de su mano cuidadosa y mi corazón empieza a latir con más fuerza, mientras espero quieta tan cerca de él que puedo sentir su aliento sobre mi piel. Gabrielle se acurruca sobre mi pierna y gruñe, lanzando algunas mordidas al aire en señal de advertencia. Oigo el chasquido de sus dientes y estoy segura de que, si el chico no se aparta, Gabrielle lo morderá hasta que lo haga.

–Debo pedirte que no te vayas –me dice tranquilo y su aliento me rosa una vez más la mejilla desde arriba. Doy un paso hacia atrás, alejándome de la que debía ser la lámpara, aunque no pueda verla bien. Al cabo de un instante, suspira aliviado y me alejo hasta que me choco con la puerta de la escalera. Sujeto el picaporte por detrás de mi espalda. Incluso aunque estemos en paredes opuestas de la habitación, estamos cerca.

—Por favor, mi cielo —dice con más urgencia.

—¿Qué quieres? —pregunto entre dientes—. ¿Quién eres?

—¿Quién soy? —pregunta el intruso lentamente, sin sonar alterado—. Ah, creo que ya lo sabes, Rhea Ravenna.

Pronuncia mi nombre como un hechizo, como una maldición. Vacío mis pulmones, exhalo.

—¿Te conozco?

—Ah, sí —se detiene—. Y no. Sí y no.

—Bueno —digo y Gabrielle gruñe—. ¿Qué está pasando?

Empieza a reír: rabioso, cautivado, un sonido que deambula entre una elegía y un aleluya.

—Ya nos vimos miles de veces antes, tú y yo. Pero no creo que lo recuerdes.

—*Por supuesto* que no lo recuerdo —grito—. No eres…

Real. Iba a decir *real.*

Porque es un sueño; tiene que serlo. *Él* era el que estaba respirando al otro lado de la puerta. Pero…

Pero su mano caliente en mi muñeca. Su voz aguda y punzante. Su aroma, leve pero presente, en el aire estancado y pesado: una manzana fresca arrancada de la copa de un árbol.

—¿Cómo entraste aquí? —sujeto el picaporte, lista para salir corriendo en cualquier momento.

—¿No se te ocurre pensar —comienza a decir el niño—, que ya estaba aquí cuando entraste?

Niego con la cabeza, pero ya es demasiado tarde cuando comprendo que él tampoco me puede ver.

—El cuarto estaba vacío.

—¿En serio?

—No había nadie —digo, aunque mi respiración queda atrapada en la última palabra. Otro gruñido se forma en la garganta de Gabrielle.

—¿Estás segura? ¿Buscabas a alguien?

Me llevo una mano hacia el rostro con las mejillas sonrojadas. Podría marcharme, podría irme corriendo. ¿Me atraparía? ¿Me seguiría?

—Bueno, está claro que no te estaba buscando a ti —digo después de algunos segundos—. Ni siquiera te *conozco*.

—Antes sí —dice—. Pero ahora ya no.

—¿En dónde estás? —parpadeo rápido, pero sigue muy oscuro, tal como yo quería—. ¿Qué estás haciendo?

—Estoy sentado sobre el aparador, si quieres saberlo, con las piernas cruzadas y los codos sobre mis rodillas. Tengo la barbilla inclinada unos, mmm, digamos, quince grados...

—Basta. Deja de hablar, por favor.

Me hace caso, pero en el silencio parece esbozar una sonrisa. Puedo sentirla, como dientes de acero que atraviesan mi corazón.

La Oscuridad. Eso es lo que creo que es. Una sombra hambrienta en un esqueleto de vidrio negro con una sonrisa cristalina.

—¿Eres un fantasma? —le pregunto a la Oscuridad sonriente.

—No —responde—. No soy un fantasma.

—Entonces, ¿qué eres?

Su sonrisa destella y crece, puedo *sentirla* más que verla.

—Creo que lo sabes, Rhea Ravenna.

—¿Cómo sabes mi nombre? —le pregunto con un tono inquisidor—. ¿Y cuál es el tuyo de todos modos?

—Tus huesos temblaron y suspiraron mi nombre anoche,

cuando finalmente abriste la puerta del ático –empieza a hablar más bajo, por lo que tengo que acercarme para escucharlo bien–. Escúchalos. Dile a tu corazón que se calle. Silencia tu respiración. Solo por unos segundos. Solo para que puedas escuchar. Tus huesos lo saben, aunque tu mente no.

–¿Qué saben? –pregunto, girando el picaporte–. Abriré esta puerta y dejaré que entre la luz para asegurarme de que no estoy hablando con un fantasma.

–¡No! –oigo sus pies caer en el suelo. Luego, más suave, agrega–: Si haces eso, no me volverás a ver nunca más. Te lo juro, no me volverás a ver *nunca* más.

–Quizá no *quiera* volver a verte –esbozo una sonrisa triunfante al ganar la delantera. Inflo el pecho, incluso aunque no pueda verme. De todos modos, estoy bastante segura de que puede sentir mis movimientos del mismo modo que yo lo siento a él–. Quizá con una vez ya sea suficiente.

–*Por favor.*

Vacilo por un momento, aunque *sé* que no debería. Me detengo y no abro la puerta. El chico, esta Oscuridad, no es más que una inoculación que me llena las venas de miedo y fascinación. Gabrielle frota su cabeza contra mi barbilla, avisándome que quiere irse, correr, esconderse.

–Si no te molesta –le digo con el que espero sea un tono imperioso, pero racional–. Me gustaría irme a dormir ahora.

–Como gustes –dice la Oscuridad, relajando la tensión en su voz–. No me molesta para nada.

–No me *entiendes*, quiero que te marches. Ahora, por favor. O voy a *abrir* esta puerta y no podrás detenerme.

El aire tiembla. El silencio nos traga por completo y luego nos escupe.

–Está bien –dice finalmente–. De todas formas, las sombras no duermen –con un tono de voz mucho más bajo, agrega–: Y los sueños, bueno… te ocurren siempre cuando estás despierta, ¿verdad?

Se oye un suspiro, una exhalación larga. Una brisa pegajosa roza mis mejillas, mi cabello. El chico, de algún modo, supuestamente, se va de la habitación. Espero, inmóvil.

¿En *verdad* se ha ido?

No. Entierro mis uñas en la carne sudada de mis palmas.

Aún puedo oírlo, olerlo, sentirlo. La Oscuridad.

Sonriendo.

Respirando.

Lentamente.

Junto a mi almohada y mi zorra y abro la puerta de golpe, pero aún está muy oscuro. Con Gabrielle a mi lado, bajo por las escaleras hacia un claro de luz tenue en el pasillo. De pronto, no puedo tolerar más la idea de dormir en esta casa, por lo que me aferro a mi almohada con más fuerza y camino por el corredor hacia la escalera principal por donde bajo hacia la planta baja. Una vez allí, busco una vieja bolsa de dormir que tenemos guardada en el armario de los abrigos. En puntillas de pie, me escabullo por el vestíbulo y salgo por la puerta del frente. Cruzo la carretera descalza y me voy lejos, lejos, lejos de la casa y la habitación habitada, infectada y contaminada por la Oscuridad, lo suficientemente lejos en la playa, donde esa cosa, *él*, no pueda atraparme. Y eso es lo que me digo. Aquí afuera estoy a salvo.

Por un largo rato, me quedo acostada boca abajo en mi bolsa

de dormir sobre una montaña suave de arena con los codos extendidos sobre la almohada y las manos debajo de mi barbilla. Gabrielle descasa sobre mi cuello y ambas quedamos de cara al ático sin ventanas. Alertas, expectantes, listas para cazar al cazador.

De pronto, aparece un coche por la carretera e ilumina todo con sus luces fluorescentes espectrales, pero no a nosotras. Me quedo mirando a la casa, una caja blanca de dos pisos con persianas verdes, macetas de geranios que manchan de rojo sangre el porche y un buzón torcido con una bandera roja rota que apunta hacia el suelo. Por un momento, en un abrir y cerrar de ojos, las paredes parecen retazos de piel que se sacuden al viento cálido del verano como ropa en una soga.

Luego de un minuto, una hora, una vida entera o diez, volteo. Salvo por algunas estrellas perdidas que parecen pústulas y las verrugas de la luna menguante, el cielo está oscuro. Pero es una oscuridad común, una que no habla. Ni respira.

Mi único deseo ahora es dormir. O quizá no precisamente dormir, sino despertarme: el reinicio natural de una noche sólida de descanso seguida de la luz fresca del sol sobre mi pijama suave de algodón y un desayuno caliente. Si tan solo pudiera dormir, creo que todo estaría bien. La Oscuridad, quizá, ya se haya ido para ese entonces. Quizá me despierte riendo de esta pesadilla.

Quizá.

Cierro los ojos y repito una plegaria, una súplica: *no tengo miedo*.

No tengo miedo.

No tengo miedo.

3
En el bosque

Ella dijo, "Despierten"

Ella dijo, "Síganme".

Ella dijo, "Vengan a jugar".

La bruja sonrió, borrando de su memoria a los visitantes extraños del día anterior. Acarició a los zorros por detrás de sus orejas antes de llevarlos a dormir, cantándoles suave mientras masajeaba sus costillas con sus pies, un canto alegre que hacía que las hojas vibraran y la brisa soplara. Los zorros no necesitaban nada de la Bruja de los Deseos y por eso ella les estaba agradecida. Dormían alrededor de su trono, formando un anillo de pelaje cobrizo que adornaba el lugar, pero cuando los llamó, se levantaron y estiraron sus patas. La siguieron hacia el claro, donde había un altar repleto de ofrendas de las cuales tomó la sombra de un niño y la retorció con fuerza entre sus manos, quitándole toda la oscuridad que tenía acumulada. Cuando no quedó nada de ese polvo, comprimió la luz remanente de un orbe que arrojó hacia el aire tan alto que quedó atrapado en el cielo. Los zorros bostezaron, lanzaron algunas mordidas al aire y parpadeando repetidas veces ante la luz tenue del sol en sombras. Inclinaron la cabeza hacia un lado al ver a la Bruja de los Deseos girar en el claro y, al cabo de un rato, se unieron a ella en un vals salvaje.

Los zorros aún no lo habían aprendido, pero las estrellas ya lo sabían y, consecuentemente, la bruja también: el grito ardiente en nuestro interior duele menos cuando nos movemos, cuando avanzamos, cuando buscamos sin parar, de todas las formas posibles.

Así trabajaba la bruja y así lo había hecho siempre: bailando bajo el resplandor cálido de un sol en tránsito. Al menos, hasta la mañana, cuando estaba contemplando a los zorros en el claro y notó a un extraño entre ellos.

Al principio, ignoró a este intruso de pelaje negro brilloso que olía a manzanas, canela y secretos. No le gustaba que hubiera aparecido justo después de la visita del par de adolescentes curiosos, y tampoco al resto de los zorros, quienes mantenían distancia; solo la zorra de pelaje rojizo se acercó y le gruñó. La bruja le pidió a su guardiana que regresara, incitando al resto de los zorros a que la acompañaran en su celebración del mediodía como si nada extraño hubiera pasado. En medio de un baile rápido, la bruja saltaba y reía, mientras la luz del sol se reflejaba en su cabello oscuro. Miró hacia atrás para ver si los zorros la seguían con devoción.

Todos salvo uno.

De inmediato, se detuvo y varios zorros se chocaron con sus piernas, haciendo que sus hocicos húmedos se golpearan con

fuerza contra ella. Giró abruptamente hacia el extraño y se acercó a él con las manos sobre su cintura.

Dijo, "Baila".

Dijo, "Ahora".

Dijo, "Usaré tus huesos para marcar el ritmo de nuestra canción si te niegas a acompañarnos".

Pero el zorro extraño solo levantó la cabeza y sonrió.

4
En la oscuridad

Una colonia de gaviotas desveladas grazna sobre mí, sobrevolándome con sus plumas blancas brillantes bajo la luz de un sol que parece estar en todas partes: arriba, abajo, en la carretera, en la piel ondulante del mar.

¿Era real la Oscuridad? Si vuelvo al ático, ¿la volveré a encontrar allí?

Gabrielle se pone de pie, arquea su espalda y se recuesta nuevamente sobre mi almohada. Giro la cabeza hacia un lado y casi grito cuando veo otro cuerpo envuelto en una sábana sobre la arena. Está mirando hacia otro lado y su cabello dorado yace disperso sobre una almohada rosada. Algunos granos de arena manchan una de sus mejillas y la punta de su nariz.

Rose.

Exhalo, aliviada. Levanto la mano para cubrirme los ojos y una mujer que pasa corriendo por la carretera confunde el gesto con un saludo. Levanta la mano y me saluda, mientras su cabello largo y castaño recogido en una coleta se mueve de un lado a otro sobre su cabeza, acompañado por el vaivén del cable de sus audífonos conectados a un aparato en su brazo. El viento parece arrancarle todo el cabello y, por un momento, se ve calva; su cuero cabelludo brilla como un segundo sol.

Salgo de mi bolsa de dormir y me acuesto de espaldas con las manos por detrás de mi cabeza. Gabrielle también se levanta y deja a la vista el pelaje aplastado de su hocico. Cuando me mira, veo que tiene las pupilas contraídas.

La siente primero, una milésima de segundo antes que yo: una brisa fresca que sube por mi espalda hacia mi nuca. No, una brisa no. Una respiración.

Está aquí, pienso.

No, no puede ser.

Pero tiene que serlo. En algún lugar, al otro lado de toda esa luz. Quita al sol del cielo como la costra de una herida y allí la encontrarás. La Oscuridad, la noche.

—¿Ree? —dice Rose, girando, y luego se levanta, con las sábanas alrededor de su cintura, dejando al descubierto una camiseta roja arrugada con el cuello estirado. Luego de bostezar por un largo rato y de estirar los brazos, esboza una sonrisa—. Buen día. ¿Cómo dormiste?

Me encojo de hombros.

—Como siempre.

—¿En serio? —dice, acercando su hombro al mío—. ¿No pasaste la *mejor* noche de tu vida aquí afuera junto al mar y bajo las estrellas?

Pretendo mirar en todas direcciones, buscando algo.

–¿Qué estrellas? –señalo al sol–. ¡Ah, espera, ahí hay una!

Ríe y me guiña el ojo.

–Supongo que estamos demasiado cerca de la ciudad como para ver muchas por la noche. Pero el mar… el mar es lindo.

Rose acaricia a Gabrielle detrás de las orejas y cierra los ojos agradecida. Nos quedamos sentadas en silencio por un momento, cómodas. Luego de un rato, la miro y le pregunto.

–¿Cómo supiste que estaba aquí?

–Te escuché bajar corriendo del ático. No viniste a la cama y no estabas en el sofá –saca un elástico de su muñeca, inclina la cabeza hacia adelante y se ata el cabello–. Me asusté, pero después vi que el armario estaba abierto y faltaba la bolsa de dormir. Pensé en Renata y sus escondites y te encontré –levanta la cabeza, pero no me mira a mí, sino al mar–. No quería que estuvieras sola.

Gabrielle se sienta, completamente alerta, y una vez más siento el aluvión de miedo que se había apoderado de nosotras cuando supimos, por primera vez, que la oscuridad del ático respiraba, que estaba viva.

–¿Recuerdas cuando me dijiste –empiezo, eligiendo las palabras con cuidado–, que la belleza necesita luz para existir y las cosas feas no? ¿Cómo los colores y eso?

Asiente y se frota un ojo.

–Bueno –bajo la mirada hacia mis uñas mordidas que ningún esmalte puede salvar. Luego de unos segundos, lo digo–. ¿Qué tal si te digo que hay un chico en el ático? ¿Y que dice conocerme, aunque yo no sepa quién es? ¿Y que no sé de dónde salió ni cómo llegó allí?

Lo único que quiero es que me diga que no existen las cosas feas o los monstruos, que solo existen en metáforas y en la mente. Incluso, en sueños lejanos, fuera de nuestro alcance, fuera de la vista. Intangibles.

Pero...

No dice nada.

No dice nada y siento que no puedo aguantar la respiración por mucho más tiempo. Le toco la mejilla con un dedo y noto que su piel pálida está fría.

–¿Qué dices de eso? Si fuera verdad.

–*Diría* que suena un poco sospechoso.

Volteamos al oír a Raisa, quien se estaba acercando tan sigilosamente que ninguna la escuchó. Lleva unos pantalones cortos y un bikini a juego con su cabello azul peinado con dos colas de caballo. Con los ojos entrecerrados detrás de sus gafas rosadas, se sienta a mi lado y estira las piernas hacia adelante.

Al cabo de un rato, Renata se acerca saltando con un atuendo parecido, pero con un traje de baño amarillo de una pieza y un sombrero de ala ancha sobre sus risos castaños sueltos. Esboza una sonrisa y se acuesta boca abajo en la arena.

–Ehm, ¿qué tanto escucharon? –les pregunto y me sonrojo ante la idea de que seguramente escucharon *algo* de lo que le acabo de contar a Rose.

–Ah, todo –dice Renata con un tono burlón, mientras dibuja sus iniciales en la arena con la punta de su dedo, ignorando por completo mi vergüenza–. Se te escucha por toda la playa.

–No puedo creer que hayan dormido aquí afuera –dice Raisa, abriendo los ojos bien grandes mientras flexiona sus pies descalzos–. Deberían haber dejado una nota por lo menos. Mamá y papá estaban muy preocupados hasta que las vieron por la ventana. O sea, ¿tienen una *idea* de todas las desgracias horribles que le pueden pasar a una mujer sola? Ladrones, asesinos, porquería de ave en la cabeza, activistas por los derechos de los hombres…

En ese instante, cinco chicos con pantalones cortos aparecen en sus bicicletas. Los reconozco enseguida. El que está al frente tiene cabello largo y castaño, y lleva un gorro de béisbol. Se detiene y el resto hace lo mismo, y se nos quedan mirando.

–Amigos, miren. ¡Son las Locas Ravennas! ¿Cómo les va hoy, señoritas? ¿Hay lugar para que las acompañemos en su fiesta de té alocada?

Raisa bufa y les levanta el dedo del medio, y luego voltea hacia nosotras como si estuviera diciendo, "¿Ven? Desgracias horribles".

Tengo la reputación de ser una especie de bicho raro entre mis pares. Ya sea por escapar de buzones vivos mientras grito o por quedarme mirando fijo a la gente cuando mis visiones les crean pico en lugar de boca. Sin mencionar el hecho de que tengo una zorra como mascota. Mis hermanas me defienden siempre que pueden, pero todos los chicos del pueblo se burlan de nosotras. Creen que tenemos secretos y quizá sí los tengamos. Secretos que ni siquiera nosotras conocemos y que están encerrados en los rincones más desesperados de nuestros corazones, envueltos a nuestras almas. Secretos jugosos. Esa es la palabra que usa la gente: *jugosos*.

Pero pienso, en especial luego de mi encuentro con la Oscuridad, que, si tenemos secretos, no son para nada jugosos. Sino más bien *sangrientos*.

–Aw, solo estoy bromeando –le dice a Raisa, los demás ríen disimuladamente.

–Cierra *la boca*, Brett –dice Raisa–. Esta fiesta es muy exclusiva. Solo para brujas.

–Vamos, muchachos –dice otro y se encoge de hombros–. Larguémonos de aquí antes de que invoquen a algún demonio o algo que nos coma.

–¿Quién dijo algo de invocar a un demonio? –grito, antes de que Raisa les conteste–. Somos muy capaces de comérnoslos *nosotras* mismas.

Brett ríe, llevando su cabeza hacia atrás y haciendo que los músculos de su estómago bronceado se tensen. Coloca los pies nuevamente sobre los pedales de su bicicleta.

–Oigan, tengan un buen día. Nos vemos.

–Sí, diviértanse con su sesión espiritista o lo que sea que estén haciendo –agrega otro–. Mándenles saludos a los fantasmas.

De inmediato, pienso: *Nosotras somos los fantasmas.*

No sé qué quiero decir con eso, pero creo que es verdad.

Sin dejar de reír disimuladamente, los niños se marchan en sus bicicletas. El lugar queda en silencio una vez más, o lo más silencioso que pueda estar, con las olas repetitivas sobre la orilla y las ráfagas de viento cálido.

Raisa mastica una punta de su cola de caballo, mientras mira a los niños marcharse.

–*Bueno* –dice, eventualmente–, ¿qué decías? ¿Algo sobre un niño en el ático? No pudo ser uno de esos idiotas. Son demasiado estúpidos como para conquistar a una chica, mucho menos para abrir una puerta cerrada.

De repente, todo se siente seco: mi boca, mi piel, mis ojos. La arena, la brisa, el cielo. No esperaba que me interrogaran cuando nombré a la Oscuridad; solo quería que Rose dijera que no era real, que me quedé dormida sin darme cuenta y eso sería todo. Así podría dejarlo todo de lado, olvidarlo, y terminar con todo esto de una vez. Pero eso no pasó y ahora mi balanza interna cae completamente hacia un lado.

—No sé *qué* fue —digo.

—¿Era lindo por lo menos?

Levanto un poco de arena y la dejo caer sobre mis rodillas, mis piernas y empiezo a enterrarme viva.

—No le vi la cara.

Renata también agarra un poco de arena y la suelta sobre mis pantorrillas, ayudándome sin prestar mucha atención.

—Ah, seguro vino a besarte.

—Bueno, *por supuesto* —dice Raisa, inclinando la cabeza para que Renata no pueda ver que pone los ojos en blanco—. ¿Rose? ¿Tú qué opinas?

Me sonrojo levemente al oír lo del beso y la idea de besarlo a *él* en particular. ¿Será como besar a un fantasma, a una sombra? ¿Sentiría siquiera sus labios?

Pero luego recuerdo su mano, su mano cálida, *real*.

Me concentro en Rose, mientras la arena cae entre mis dedos. Se lleva un pulgar a la boca y muerde la piel de sus uñas en silencio.

—No, Ren, estaba muy oscuro y no quería que encendiera la luz —entierro mis manos en la arena caliente para que dejen de temblar—. Esa cosa... él... era muy aterradora. Aterradora y... bueno, dijo que me *conocía*. Dijo que ya nos habíamos visto antes.

Raisa estira los brazos sobre su cabeza.

–Y bien, ¿por qué no lo buscas? –se encoge de hombros, como si fuera algo sencillo. Se pone de pie y se acerca saltando hacia la calle, sin molestarse en mirar hacia atrás para ver si la seguimos.

Gabrielle se pone de pie al igual que yo y me dispongo a levantar mi bolsa de dormir y mi almohada.

–¡No! –grito, corriendo tras Raisa como si estuviera en cámara lenta, mientras la arena me quema los talones y los dedos de los pies. Por el rabillo de mi ojo, veo que Rose levanta sus sábanas y me sigue, Renata por detrás. Raisa se detiene al otro lado de la carretera, esperándome.

–¿Qué tal si es peligroso? –pregunto, respirando con dificultad, deteniéndome–. ¿Qué tal si…?

–Los sueños no pueden hacerte daño, Ree –me dice Raisa y sacude la cabeza de lado a lado. Estira la mano y toma la almohada que llevo entre mis brazos–. Los sueños no son peligrosos. Y estoy segura de que eso es este niño sin rostro. Solo un sueño tonto.

Esto era exactamente lo que quería que dijera Rose.

Pero…

No me siento mejor y no entiendo por qué.

Sujeto con más fuerza mi bolsa de dormir sobre mi pecho y trago saliva, pasando el peso de uno de mis pies hacia el otro, sintiendo la arena por todas partes. Creo que, de hecho, se equivoca: algunos sueños *sí* son peligrosos, aquellos que intentamos olvidar con todas nuestras fuerzas porque después se tornan filosos y sombríos, y emergen desde lo más profundo de tu garganta.

–Igualmente, quiero verlo –dice Raisa mientras el resto se acerca–. Vamos, ¿está bien?

–*Espera...*

Y una vez más, se va saltando, por lo que ya está a mitad de camino de la casa cuando termino de quejarme. Renata se encoge de hombros y esboza una especie de sonrisa, y Rose se queda en silencio. *¿Por qué no dice nada?* Corremos en puntillas de pie sobre el pavimento ardiente y luego sobre el césped húmedo del jardín que nos moja nuestros pies sucios. A un lado, el jardín de mamá exhibe su colección ecléctica de las primeras flores del verano: hortensias coloridas como lunas rosadas; peonías descoloridas por el sol; lirios de temporada con lenguas violetas; y caléndulas de un naranja fuego cremoso.

Intento ignorar que las paredes de la casa erizan como piel fría cuando entramos por el porche. Mantengo la puerta abierta para Gabrielle y arrojo mi bolsa de dormir hacia el sofá antes de acercarme corriendo a Raisa.

–¡Niñas, hice wafles! –grita mamá cuando pasamos por la cocina. Está parada orgullosa frente a la waflera en la isla del centro con una espátula en la mano. Un tazón casi vacío con restos de la mezcla descansa junto a una botella de jarabe de maple y un plato con una pila de wafles dorados. A un lado hay otra bandeja con una pila más pequeña de tiras de tocino bastante chamuscadas. El aroma a azúcar y carne quemada se mezclan en el aire–. Hay fresas frescas en el refrigerador para ti, Rose. El tocino está crujiente, Ree, como a ti te gusta.

–Por *crujiente* –agrega papá, quien se encuentra sentado en la mesa de la cocina con un crucigrama y una taza de café–, se refiere a *quemado*.

–No –dice mamá–. *Crujiente.* Super extracrujiente.

–Claro, eso dije, quemado –agrega papá y mamá hace un gesto como si le pegara en la cabeza con la espátula.

–Ah –me detengo en el arco junto a Rose–, suena gen...

–¡Ya volvemos! –interrumpe Raisa a los pies de la escalera, fuera de la vista de mamá y papá–. Estamos en medio de una misión muy importante que no puede esperar.

–Bueno, está bien –dice mamá, justo cuando papá gira en la silla y golpea la espátula de mamá con su pluma. Ella ríe e intenta golpearlo una vez más, pero esta vez de verdad. Papá la bloquea y levanta una cuchara de la mesa con la otra mano, mientras se pone de pie con la rodilla doblada. Quiero seguir mirando, pero estoy indecisa, al igual que Renata, quien aplaude y salta mientras los observa como toda una espectadora entusiasta. Sin detener el duelo en la cocina, mamá agrega–. Solo calienten un poco los wafles en el microondas cuando terminen con su misión, ¿está bien? Su padre y yo iremos de compras en un rato.

–Está bien –murmura Rose, pero no creo que la hayan escuchado. Me sujeta de la muñeca y dejamos a mamá y papá con la alegría de su duelo.

–¿Qué están haciendo? –pregunta Raisa, con las cejas levantadas y una pierna en el tercer escalón.

–Duelo de espada –le explico.

–Son tan raros.

–Son tiernos –dice Renata, riendo entre dientes.

Avanzamos por el pasillo del primer piso, todas en silencio hasta que Raisa se detiene.

–¡Aquí estamos! –dice como una guía de turismo, deteniéndose con un pie sobre el primer escalón–. ¡La tierra de las sombras del niño invisible! Ahora, damas y caballeras, por favor, mantengan sus brazos y piernas cerca del cuerpo en todo momento. Estos niños salvajes son feroces y se los conoce por devorar todo que tenga carne y sea una mujer. ¿Están listas? –sonríe y asentimos–. ¡Síganme!

Rose me sujeta de los hombros a medida que comenzamos el ascenso corto, como si fuéramos un grupo de niñas que hacen el trencito para no perderse. Tiene las manos frías, como siempre. Pongo las manos sobre los hombros de Raisa, pero resopla y me las quita. Renata viene última, pero no volteo para ver si sujeta a Rose como ella me sujeta a mí.

Aguanto la respiración. Hasta que duele. Hasta que arde. No exhalo hasta el último minuto, ese momento previo al desmayo absoluto. Y así entramos al ático que está iluminado solo por una pequeña luz que proviene de la escalera. Raisa desliza sus pies sobre la madera crujiente, buscando la lámpara a tientas.

–¿Hola? –pregunta y, casi de inmediato, maldice. Al parecer se golpeó el dedo gordo del pie con una de las patas de la cama, lo único con lo que alguien podría golpearse, vaya suerte la suya–. Venimos en paz, ¿okey? Queremos saber por qué estás aquí en nuestro viejo... –de pronto, la lámpara se enciende y la pequeña habitación se llena de luz–, ático.

Con los ojos entrecerrados, miramos a nuestro alrededor. No hay nadie más que nosotras.

Renata se agacha para mirar debajo de la cama y no encuentra nada, por lo que se levanta y se encoge de hombros.

–Bueno, ese es el único escondite aquí.

–Tienes que apagar la luz –digo y Gabrielle se frota sobre mi pantorrilla–. Tiene que estar completamente a oscuras.

Raisa inclina la cabeza hacia un lado, cierra un ojo y me mira, como si me fuera a entender mejor si me mirara desde otro ángulo, desde una perspectiva torcida.

—Pero entonces, ¿cómo lo veríamos, genia?

—No podríamos —susurra Rose por detrás de mi espalda.

—No *quiere* que lo veamos —digo—. No creo… O sea, no creo que *exista* en la luz. Sé que puede parecer una locura, pero allí es en donde está. *Eso* es lo que es —me corrijo de inmediato.

—Okey, está bien —dice Raisa y, si bien presiona sus labios con escepticismo, obedece y apaga la luz. Rose suelta mis hombros y la tomo de las manos por detrás de mi espalda. Con los dedos entrelazados, siento su pulso a un lado de sus nudillos. Se siente algo irregular, rápido al principio y lento al cabo de un rato, suave, fuerte, una y otra vez. Y casi en perfecta sincronía con el mío.

Esperamos.

Cuatro chicas y una zorra en medio de la oscuridad.

Siento una especie de cosquilleo en mi cabeza, como si me hubieran arrancado un cabello, pero gradualmente se convierte en una sensación más agradable. Es como si alguien me estuviera haciendo una trenza con sus dedos, como el hilo en un carrete, vuelta tras vuelta, sin parar.

Lentamente.

Sutilmente.

En la oscuridad.

—¿Rose? —susurro—. ¿Me estás…?

Pero sus manos aún están sujetas a las mías y, por lo que sé, Raisa y Renata aún están al otro lado de la habitación cerca de la lámpara, la cama de por medio.

—Tengo… que… irme —giro y me choco con Rose, quien se tropieza hacia atrás, pero no se cae. De algún modo, a pesar de la oscuridad, extiende la mano y me sujeta por la muñeca, y me lleva hacia la escalera con ella. Siento las uñas de Gabrielle raspando el suelo de madera por detrás. Últimas, vienen Renata y Raisa, quienes bajan a toda prisa respirando con dificultad. Cuando estamos todas en el pasillo, nos quedamos mirándonos atónitas.

—Okey —dice Raisa, encorvada hacia adelante con las manos sobre sus rodillas y sus colas de caballo hacia adelante—. ¿Qué fue lo que te asustó *tanto*? ¡No había nada!

—Tú… ¡Tú también te asustaste! —digo. La mano calma de Rose aún está aferrada con fuerza a mi muñeca.

—¡Pero solo porque tú te asustaste primero! *Tú* me asustaste más que nada —se endereza—. ¿Qué piensas, Rosi?

Pero Rose no dice nada, simplemente se queda mirando fijo por detrás de mi hombro izquierdo. Hacia el ático. Siento un cosquilleo en la cabeza. Exactamente *allí*, sobre mi oreja derecha y en ningún otro lugar.

—¿Rose? —digo rápido y alterna su mirada entre nosotras dos. Finalmente, se encoge de hombros, voltea y se marcha a toda prisa hacia nuestra habitación.

—*Yo* no me asusté —murmura Renata, con los ojos vidriosos—. Pero definitivamente había algo allí.

No estoy segura de qué hacer con todo esto; miro a Raisa y sonríe con satisfacción. Dividida entre pedirle a Renata que se explaye más y entender la razón por la que Rose se marchó, eventualmente me encojo de hombros y sigo a Rose hacia nuestro cuarto. La encuentro sentada al borde de mi cama con la cabeza baja. Por un largo rato, no se mueve y, cuando estoy por acercarme para asegurarme de que aún respira, levanta la cabeza. Sonríe y luce como si no tuviera miedo de nada, en toda su vida, mucho menos de lo que acecha en la oscuridad del ático.

—Rhea —dice con firmeza—. No te preocupes.

Así su exterior fresco y dorado empieza a ondular, su fachada inmaculada empieza a ser un mero espejismo y la veo como algo más, como algo espectral y suave, algo terrible que en cualquier momento se puede desgarrar: su piel se derrite como plata fundida y cae por su esqueleto como gotas de estrellas.

En un abrir y cerrar de ojos, la entropía más elegante que jamás haya visto termina.

Inconsciente de mi visión, se acerca a mí. Me abraza, pasando sus brazos por debajo de los míos sobre mis costillas. Sus manos forman un puño por detrás y presionan mi columna.

—La belleza es venenosa para los monstruos —dice sin soltarme. Recuesto mi cabeza sobre su hombro—. Aman la belleza, la codician, pero no pueden tenerla. Así que, como verás, estás a salvo de cualquier peligro. Estás a *salvo*, Rhea. De verdad.

Me suelta y da un paso hacia atrás. Intento sonreír, pero no puedo y mantengo una expresión de confusión tensa. Empiezo a sentir un gran ardor en mi cabeza, como si mil dientes pequeños estuvieran atravesando mi cráneo.

Pero, a pesar de la incomodidad, llego a la conclusión de que tiene razón. La Oscuridad *tiene* que ser un sueño. No, más que eso: *una pesadilla*. Porque no puedo pensar en nada más aterrador que un sueño como este, uno que solo está en tu corazón y no puede hacerte daño. Hasta que, de repente, extiende una mano y te toca.

5
En el bosque

LA BRUJA SE ACERCÓ AL ZORRO DE PELAJE NEGRO CON UN PÉTALO recién arrancado de su corazón en la palma brillante de su mano. Nunca ningún zorro había comido de su corazón y ni siquiera la bruja sabía qué ocurriría cuando este lo hiciera.

La reina atemporal e infinita del castillo de dientes y árboles se había cansado de que el zorro misterioso se rehusara a bailar, noche tras noche, ignorando sus órdenes. Ningún tipo de amenazas perversas o palabras suaves de coerción lo hacían obedecer. Ahora, el zorro desobediente se encontraba sentado en el claro, donde la bruja dejó caer el pétalo justo por delante de él. Cayó lentamente hacia el suelo, reflejando la luz del sol.

–Come –le dijo–. Come.

Durante un segundo, el zorro vaciló y no se movió. Luego bajó la cabeza y levantó el pétalo con su lengua. La bruja esperó mientras masticaba y un hilo de sangre brotó de sus labios cuando tragó.

—Ahora, baila —dijo—. Baila.

El zorro parpadeó una vez, dos veces, tres veces. Y luego bailó. Saltó con sus patas lastimadas por espinas y se retorció una y otra vez, sacudiéndose y suspirando, mientras su cuerpo de zorro se deshacía en mechones ensangrentados de pelaje negro, bigotes marchitos y garras sucias; todo quedó en el suelo áspero del claro.

Donde antes había un zorro, ahora yacía un joven de prendas desgarradas.

Pero no era cualquier joven, sino uno familiar, de tez pálida y cabello tan oscuro que avergonzaba al espacio que separaba a las estrellas, con un par de labios que competían con la manzana más roja del árbol y algunas heridas en el dorso de sus manos.

—No eres un zorro —dijo la bruja, entre dientes, con desdén—. Y ya estuviste aquí. ¿Qué clase de magia maligna usaste para engañarme?

El joven, recostado de espalda con la respiración agitada, parpadeando incontrolablemente, levantó la vista hacia ella. La bruja se sonrojó cuando vio su barbilla y mandíbula húmeda y brillosa con el icor del pétalo de su corazón, ahora en su estómago humano burbujeante. Era tan íntimo ver los vestigios de una comida sagrada sobre su piel y dientes. La había engañado, le había robado. Se agachó frente a él, con una mano sobre la tierra a sus pies.

—No fue magia —logró decir sin aliento—. Simplemente me transformé y me dejaron entrar.

La bruja lo miró y presionó su puño con más fuerza sobre la tierra, irritada cada vez más por su descuido.

—No eres un zorro —repitió—, y tampoco un niño. No tienes ningún propósito aquí. Márchate.

—Tienes razón —dijo con la voz entrecortada—. No soy ninguna de esas cosas. Pero *sí* tengo un propósito aquí. Tú eres la Bruja de los Deseos, ambos lo sabemos. Pero, aun así, ¿quién te concederá un deseo a ti? ¿Quién más, salvo yo, que he logrado entrar al Bosque, una y otra vez, aunque solo los zorros puedan hacerlo?

—Yo no necesito deseos —dijo la bruja, negando con la cabeza y poniéndose de pie, mientras su falda y su cabello se mecían al viento. Se quedó parada delante del zorro que no era zorro y agregó—. Yo lo tengo todo y tú… no eres nada. Solo un estafador, una mentira, un beso seco de labios cerrados. No eres bienvenido aquí.

—¿Te desharás de mí con tanta facilidad? —le preguntó, haciendo una mueca de dolor. La bruja sabía que estaba dolorido: dolía nacer y dolía renacer, incluso aunque fuera simplemente una regeneración de la verdadera piel de uno—. Puedo ayudarte a dejar este lugar, este sueño, este sufrimiento largo y eterno. Yo puedo despertarte.

La bruja se lamió los labios y miró al resto de los zorros reunidos al borde del claro, casi inmóviles, apenas respirando.

—Hay una forma —agregó—. Y yo la conozco.

—*Mentiroso* —dijo la bruja—. No me importa porque te equivocas. Yo no deseo nada.

—Al menos, déjame contarte una historia. Una historia del mundo exterior. ¿No te gustaría escuchar la historia de un país que se encuentra más allá de tus bosques, en donde viven los niños cuando no están dormidos? ¿Nunca te preguntaste cómo es ese mundo?

La bruja miró al cielo y las estrellas incrementaron su luz como un humano que levanta la barbilla y pretende no estar escuchando, desinteresadas de lo que la Bruja de los Deseos tenía para decirle a su zorro que no era zorro. Los zorros reales abrieron grande los ojos y los árboles encogieron sus hombros de madera, mientras el viento soplaba por el claro meciendo el cabello largo de la bruja y dándole un cosquilleo en la cabeza. Durante un segundo exacto, el corazón de nuestra bruja se detuvo, como un latido perdido en una procesión de miles de contracciones de músculos y sangre. Se llevó una mano al pecho, repasando con sus dedos la cicatriz que le había quedado luego de coserse la piel una y otra vez.

–Está bien –dijo finalmente y lo acompañó hacia el castillo–. Puedes contarme sobre el mundo exterior. Pero… –levantó un mano justo cuando el joven empezaba a esbozar una sonrisa de victoria–, si decido que no quiero escuchar más, ¿me prometes que te detendrás?

Asintió enseguida.

–Lo prometo –dijo, presionando ambas manos sobre su corazón–. Ahora, comencemos.

El zorro que no era zorro se sentó frente a la plataforma mientras la Bruja de los Deseos escuchaba desde su trono las descripciones del Otro Mundo más allá del Bosque. Si bien había muchos mundos, le explicó, él solo conocía uno, el mundo de donde él venía, un mundo lleno de magia. Provenía del país del reino de cristal y fue de esa porción diminuta de un mundo igual de diminuto, entre otros miles, miles, *miles* de mundos, que le contó su historia, desde los detalles más pequeños, pero importantes:

las estaciones, las luces de la ciudad, las tazas humeantes de té de canela, los piñones tostados al fuego y las moras agrias de los arbustos más espinosos. Un juego popular conocido como *Brujita*, en el que los jugadores ganaban o perdían juntos. Un cielo nocturno que en los lugares más al norte estaba tan saturado de estrellas sedosas que incluso la medianoche era igual de brillante que el mediodía. Había academias de enseñanza superior y todos podían estudiar en estas escuelas… Menos las máculas.

–¿Quiénes son las máculas? –preguntó la bruja con un susurro, sintiendo a la palabra extraña liberándose de su garganta y quemando sus labios. El zorro que no era zorro se acercó, ansioso por explicarle, pero en ese instante la garganta de la bruja empezó a arder aún más y no se atrevió a repetir la palabra. Ni siquiera a pensar en ella–. No importa. Habla de otra cosa.

La miró por un largo momento y notó que no lo podía mirar fijo. Finalmente, asintió y le describió el fenómeno de los tornados resplandecientes y huracanes lluviosos, cuyos vientos arrancaban raíces y derribaban árboles como cabello de una cabeza. Le advirtió del Fuego de las Estrellas, llamas tan potentes que podían quemar acero, magia en su estado más puro.

–¿Eso viene de las estrellas? ¿Cómo? –preguntó la bruja–. Incluso con magia parece algo muy difícil.

–Lo es. Primero le ordenas a una estrella que caiga –dijo el zorro que no era zorro–. Luego la atrapas entre tus manos y la matas.

–Tienes que ser muy poderoso para siquiera *tocar* a una estrella –dijo la bruja, levantando la vista hacia las suyas–. Para tocarla sin quemarte.

–Sí –dijo y le habló de los desastres, del dolor. Le habló de las guerras y la esclavitud. De disparos de magia que atravesaban huesos y cerebros como un arma de fuego, cuyo impacto era el despertar de un sueño, pero a la inversa. De fantasmas con cuencas vacías y gargantas secas.

Y justo antes de quedar sumidos en el resplandor violáceo del atardecer, antes de que la bruja juntara las manos para atrapar el sol de sombras que caía desinflado desde el cielo, el zorro que no era zorro se acercó a ella.

–¿Deseas que me quede?

–No –le contestó la bruja de los Deseos.

–¿Deseas que regrese?

Y luego de la pausa más breve, la bruja le contestó.

–Sí.

–Hasta mañana, entonces.

6
En la oscuridad

Con la barriga llena de jarabe, nos sentamos alrededor de la mesa redonda en el patio trasero junto al jardín. Gracias al azúcar, todavía sigo inquieta por nuestra visita al ático, por lo que agradezco que, si bien es verano, a mamá le guste seguir dándonos clases para mantener nuestras mentes en forma. Lamentablemente, hoy ninguna de nosotras puede mantener mucho la concentración. Estoy sentada entre mamá y Renata, con Rose y Raisa al frente, y Gabrielle acurrucada sobre mi regazo, dormida. Elegí este lugar a propósito para estar de frente al patio y así darle la espalda a la casa.

Al ático.

–Hace mucho calor –dice Raisa, desplomándose en la silla y deslizándose hacia abajo como si estuviera a punto de caerse debajo de la mesa y desaparecer. Se cubre los ojos con su brazo para taparlos del sol, aunque la sombrilla que está en el centro de la mesa nos cubre a todas con su sombra–. No puedo pensar así.

–Podemos ir adentro –sugiere Renata, bebiendo un sorbo de su limonada.

–¡Pero también hace mucho calor allí! Está en todos lados.

–No hace tanto calor –digo y es verdad: veintitrés grados como mucho, con algunas nubes en el cielo que parecen fantasmas que bloquean la luz del sol. El aroma a las lilas se siente pegajoso en el aire y el mar cubre la arena con sutileza, como si estuviera juntando las manos en una plegaria.

–Escuchen, niñas. Hoy vamos a aprender algo divertido –dice mamá, pasando las páginas de un libro grande.

–¿Qué materia? –pregunta Rose, moviendo distraídamente las hebillas de su cabello. Las saca de su rodete y las vuelve a poner en su lugar. Hoy ni siquiera tiene ballet, pero aun así se peina.

–Historia –dice mamá.

–Más vale que sea la historia de los métodos de tortura o no voy a prestar atención –declara Raisa–. Empezando por *este*, ser obligadas a estudiar durante el verano.

–¿De verdad tienen algo mejor que hacer? –pregunto. Un destello naranja al otro lado de las rosas justo donde termina el piso de cemento del patio me llama la atención, pero desaparece antes de que siquiera pueda parpadear dos veces–. ¿Qué estarían haciendo sino?

Levanta un brazo de sus ojos.

–¿Perdón? Limpiar mi habitación, por supuesto. Tal como mamá me pidió que hiciera.

Renata resopla, pero rápidamente frunce el ceño al ver que

Raisa toma su vaso de limonada y se lo aleja tanto que tiene que levantarse de la mesa para recuperarlo.

–Muy bien, aquí está –dice mamá, abriendo el libro sobre la mesa para que todas podamos ver. Señala una fotografía que ocupa toda una página. Es un castillo verde menta de tres pisos con docenas de columnas blancas y detalles dorados–. Hermoso, ¿verdad?

Como siempre, no hay ninguna señal previa. En un instante estoy mirando una imagen en un libro y al otro estoy mirando más allá, por detrás de los hombros de mamá hacia el bosque.

El bosque.

El bosque que no existe.

Gabrielle levanta la cabeza enseguida en respuesta a mi calma repentina y siento que cada uno de mis músculos queda congelado en su lugar, todos menos mi corazón que late como una ametralladora, disparando balas de sangre, el doble de letales e igual de ruidosas.

Una brisa fría sopla sobre mis mejillas y garganta como uñas recién cortadas. Tiemblo. Cada vez que veo a los árboles parecen haber crecido un poco más, por lo que los veo más altos, gruesos y oscuros, y el espacio que los separa luce tan negro como la belleza invertida. Cada vez que los veo parecen estar más cerca, lo suficiente como para que pueda notarlo.

No está allí, pienso. *No es un bosque.*

La voz de mamá reaparece como un eco, como la luz de una estrella muerta que le toma siglos llegar hasta mí.

–¿Quién vive aquí?

–Una princesa –contesta Renata.

Entierro mis dedos en el cuello de Gabrielle con fuerza.

–Una heredera –contesta Raisa.

Me recuerdo a mí misma que debo parpadear para que no me empiecen a arder los ojos y respirar para que no colapsen mis pulmones.

–Una bruja –susurra Rose y mi corazón se detiene, como un cartucho vacío. Gabrielle suelta un chillido y me quedo mirando fijo a mi hermana.

Porque no está mirando a la fotografía del libro de mamá. Está mirando al bosque. O, mejor dicho, a donde estaría el bosque si supiera que está allí. Lo cual no es así, porque yo soy la única que puede verlo.

Solo lo dice una vez: *una bruja*, y luego silencio. Pero la palabra queda atascada en mi mente como una canción forzada y, cuando mi corazón empieza a latir de nuevo, mi pulso también la repite.

Una bruja, una bruja, una bruja en el bosque.

Y, de pronto, *siento* a la bruja, allí, en medio del bosque, tal como sentí al chico en la oscuridad. Es una sombra en mi corazón, una rosa que florece en completa oscuridad.

Y grita.

Los gritos reverberan en mi mente como mis propios pensamientos, pero más fuertes, y sus gritos no se parecen en nada a algo que haya escuchado antes, el sonido exacto que debe hacer la luna llena: un crujido que agita a los lobos.

No, lobos no… *zorros*. Muchos.

–¿Rhea?

–¿Qué? –sacudo la cabeza, pero el bosque no desaparece y el grito no para–. Ehm, ¿sí?

—¿Quién vivía aquí? —pregunta mamá, impaciente, dándole golpecitos con su dedo a la imagen—. ¿Sabes qué es?

—Ehm, sí —contesto, intentando apagar la cacofonía dentro de mí—. Es el Palacio de Invierno de San Petersburgo. La casa de la familia imperial hasta que fueron asesinados hace unos cien años.

—¡Yo tenía razón! Una princesa *vivía* allí —dice Renata, sonriendo, y me parece todo tan confuso. ¿Cómo puede sonreír cuando hay alguien gritando? Pero claro, ella no lo escucha. Miro a Rose, ansiosa por saber si ella también lo escucha—. ¡Anastasia Romanov! Esa princesa famosa que escapó. Aún está por allí, en algún lugar, sana y salvo.

—Sería una mujer *muy* vieja ahora, pero sí —agrega mamá, bajando el libro—. Hay rumores que dicen que escapó de los soldados que fueron a buscar al resto de su familia.

—Pero no es verdad. No escapó —aparto la vista del bosque y me concentro en mis hermanas, sin olvidarme de respirar—. Lo que ocurrió fue que la familia real estaba en arresto domiciliario cuando los despertaron sus guardias por la noche y les dijeron que se vistieran. Las niñas, ehm, veamos, había cuatro: Anastasia, María, Olga y… Tatiana, creo. Las niñas y su hermano, Alexei, junto con sus padres, el zar y la zarina, fueron llevados al sótano, donde les pidieron que esperaran. Luego los guardias entraron a la habitación y abrieron fuego. Pero las niñas tenían joyas cosidas a sus vestidos para mantenerlas fuera del alcance de algunas personas codiciosas y fueron esas joyas las que las salvaron, ya que sirvieron como una especie de escudo que las balas no pudieron atravesar. Anastasia y María lograron escapar y corrieron hacia el bosque. Así es como empezó el rumor. La gente dijo que Anastasia

y María se habían marchado. Pero el caso es que no. Y empezaron a cazarlas –me detuve–. De todos modos, es solo una versión de la historia. Lo que fuera que haya pasado, al final encontraron los cuerpos de todos los miembros de la familia real.

–¿Cómo *sabes* todo eso? –pregunta Raisa.

–El fantasma de Anastasia me lo contó –le contesto, mirando nuevamente hacia los árboles y apartando la vista rápidamente. *No mires, no escuches–*. No, tonta… *lo leí.*

Mamá resopla al oír todo esto.

–Niñas, podemos, por favor…

–Bueno, *yo* escuché otra historia –dice Renata, levantándose de su asiento con mucho entusiasmo y con las mejillas ruborizadas–. La princesa tenía magia y el resto no; es por eso que le tenían miedo y querían matarla. Su madre también tenía magia y fue la primera en morir. Por eso, la princesa, triste, se fue corriendo hacia el bosque mientras los soldados la perseguían. Y luego, conjuró un hechizo de sueño y escapó. *El fin* –termina–. Aunque no es realmente el fin porque aún está allí, esperando despertar –voltea hacia mí–. Así que, como ves, Ree, estás equivocada. La princesa todavía *está* allí afuera. Solo está dormida.

–¿Sabes qué? Tienes razón –dice Raisa, reclinándose en la silla, mientras se sujeta de la mesa con una mano para no caerse por completo–. Esa historia está mejor, Ren. Elijo esa.

–No se trata de cuál te guste más –mi corazón se detiene brevemente, y no entiendo por qué–. Sino de los hechos.

Raisa acomoda su silla.

–Lo que para uno es un mito, para otro puede ser un recuerdo.

–Está bien, está bien –interrumpe mamá, tomando el control de la conversación nuevamente–. Nos estamos yendo de tema. Ren, esa fue una, ehm, historia *interesante,* pero me temo que Rhea tiene razón. Ninguna princesa sobrevivió.

El grito crece y crece, tan insoportable y estridente que puede hacerme estallar como un espejo en cualquier momento. Ya no puedo seguir ignorándolo. *Necesita ayuda,* pienso. *Necesito ayudarla.*

Gabrielle salta de mi regazo cuando me pongo de pie. Todas se me quedan mirando, mamá y mis hermanas, y, si bien apenas puedo escucharme a mí misma, hablo.

–Ya vuelvo –salgo corriendo del patio.

Corro por el jardín hacia el no-bosque, sin otro plan más que *callarla, callarla, callarla.* Descalza sobre el césped seco, veo una libélula que se sacude y se corre de mi camino, un haz de luz repentino que se abre paso por un hueco en las nubes que parece la cuenca de un ojo vacía. Pero esta luz no llega al bosque, no importa lo brillante que sea.

Entro a la oscuridad de los árboles y el bosque no se desvanece. No, *colapsa.*

Las ramas se cierran como dedos en un puño y las hojas caen sin previo aviso, como si un remolino áspero de un verde anémico azotara el lugar. Los troncos más cercanos comienzan a caer, por lo que me corro del camino, pero termino justo frente a otro que ya está cayéndose, y luego otro y otro, hasta que me veo obligada a abandonar el lugar y regresar. En mi intento por volver, me tropiezo con una raíz y caigo de espaldas en el jardín, donde el haz de luz ya desapareció. Miro a los árboles retorciéndose y cayendo entre grandes paredes de polvo. Ramas rotas, troncos quebrados, hojas marchitas; cuando el polvo se disipa, todo desaparece.

Todo transcurre en perfecto silencio y no tengo idea de en qué momento el grito se detiene.

—¿Rhea? —me llama mamá, pero no me muevo—. ¿Tenías un insecto o algo?

—No, un insecto no —dice Raisa, riendo disimuladamente—. Un *chico*. Un chico de sombras que la persigue.

Miro a Gabrielle, respirando con dificultad a mi lado. ¿Nos habríamos lastimado si la madera irreal nos hubiera aplastado? ¿Podría algo que es imaginario y a la vez no causarnos daño?

¿Se habría sentido como abrazar a un fantasma?

Fue solo un sueño, cariño, dijo papá el otro día. *No puede hacerte daño.*

Cuando finalmente me pongo de pie y volteo, no es porque esté segura. Estoy sin aliento, llena de lodo y mi corazón está más acelerado que nunca. Y para variar, toda mi familia me está mirando desconcertada. Sé que tengo que mostrarme como si todo estuviera bien, mientras todos se preguntan qué rayos acaba de ocurrir y qué deberían hacer al respecto.

—Necesito acostarme —camino hacia el patio de cemento—. Tienes razón, Ray, hace mucho calor.

Ni siquiera espero una respuesta. Paso por al lado de ellas y entro a la casa. Subo las escaleras y me desplomo en la cama, temblando. Un minuto más tarde, mamá entra para ver cómo estoy.

—¿Necesitas algo? —me pregunta, acariciándome la espalda.

—No, ya me siento mejor —le contesto, aunque no sea verdad—. No te preocupes, ya se me pasará —y espero que lo haga.

No me levanto hasta después de una hora y aun así me quedo en la habitación, evitando acercarme a la ventana, leyendo un libro de acertijos y adivinanzas para sacarme las imágenes del bosque, la bruja y, en espacial, la Oscuridad, de la mente, todos esos pensamientos que me gustaría no tener ni ahora ni nunca.

¿Qué espera un beso que no llega?

¿Qué sueña sin parar hasta perder el control?

Pienso, una y otra vez, pero no aparece nada. Luego de un rato, cierro el libro. Es el primer acertijo que no puedo resolver.

Espero a que Raisa y Renata se preparen para ir a la playa y que mamá se vaya a su reunión con el grupo de jardinería. Luego con una manta sobre mis hombros como una capa y una almohada sobre mi pecho como un escudo, bajo por las escaleras, lentamente y en silencio, preguntándome si así es como será la vida de ahora en más, yo en puntillas de pie por mi propia casa como si hubiera un fantasma acechándome en cada rincón; y a veces, solo a veces, pienso que ese fantasma soy yo.

Rose está sola en la cocina, hurgando en el refrigerador.

—¿Lo viste? —le pregunto, un poco fuerte para el ambiente silencioso de la casa medio vacía—. ¿Viste el bosque?

—¿Qué bosque? —pregunta, sin voltear. No se asusta como yo lo habría hecho si alguien apareciera por detrás sin previo aviso. Rose nunca se asusta por nada, siempre y cuando sea de día.

—En el patio.

Se endereza, pero no voltea.

—¿Te sientes bien? —me pregunta.

—¡Rose! —me acerco corriendo a ella y cierro la puerta del refrigerador. Finalmente, me mira—. ¿Por qué dijiste que vivía una bruja en el palacio? ¿De verdad crees que una bruja puede vivir en ese lugar?

Con un yogur en una mano, camina hacia la mesada y toma una cuchara del cajón de los cubiertos. Su tranquilidad es enfermiza.

–Creo que una bruja podría vivir donde quisiera.

Presiono la almohada con más fuerza sobre mi pecho.

–¡Bueno, la mayoría vive en el bosque!

–¿Quién lo dice?

–¡Las historias! Los mitos, los cuentos de hadas y esas cosas.

Se encoge de hombros.

–Quizá vive en un palacio *en* el bosque.

–Quizá –contesto, pensando en eso.

–De todos modos, no tengo idea –dice, llevándose una cucharada de yogur a la boca haciendo que sus dientes repiqueteen con el metal–. *Yo* no soy una bruja.

Me desplomo sobre el refrigerador, decepcionada, aunque *estoy segura* de que no vio el bosque. Nadie más ve las cosas que yo veo.

Llevo la cabeza hacia atrás y miro al techo.

Salvo que... Bueno, puede que haya una persona que sí lo sepa.

–¿Quieres ir a la playa? –dice Rose, recuperando mi atención–. Podemos hacer una competencia de castillos de arena. Podemos construir un reino entero. Incluso te dejaré destruirlo cuando terminemos. Ya sé que esa es tu parte favorita.

Bajo levemente mi almohada-escudo y esbozo una sonrisa. Rose nunca me deja aplastar sus creaciones cuando terminamos, aunque el viento y el agua lo hacen de todos modos.

–Sí –le contesto y Rose salta en puntillas de pie, entusiasmada–. Reto aceptado.

Volteo y me sigue arriba. Pero mi euforia inicial por la oferta de Rose parece desvanecerse ni bien entro a mi habitación.

Una bruja, dijo.

Una bruja.

7
En el bosque

Durante toda la noche la bruja arrancó pétalos de su corazón, concediendo deseos de todas las formas y colores a los niños que la buscaban en sus sueños. Pero con cada minuto que pasaba, ansiaba el regreso del zorro que no era zorro para escuchar cómo con su voz esculpía cosas que ella nunca vería, lugares que nunca visitaría y gente que nunca conocería. Entretanto, sus zorros leales deambulaban a sus pies.

Los niños… deseaban. Y la bruja… esperaba.

Y esperaba.

Y esperaba.

Finalmente, entró al castillo, sacándose su piel de zorro y transformándose en un muchacho.

–Ven –la bruja le pidió que se acercara–. Ahora.

–Como desees –dijo, haciendo una reverencia.

Se sentó delante de ella con la cabeza hacia atrás, la mejor manera de mirarla, con su cuello largo y pálido.

Y habló.

Habló hasta que su voz empezó a sentirse áspera, momento en el que empezó una lección de historia sobre el pasado complejo del mundo más allá del Bosque: reyes y reinas venerados, conquistas y revoluciones, batallas sangrientas y asedios insufribles. Incluso los bigotes de los zorros se crispaban al escuchar la historia.

Luego de un rato, el zorro que no era zorro siguió con la mitología: monstruos y doncellas, héroes y villanos; miró hacia el cielo y le habló de dioses inmensos y de todas las formas imaginables. Ángeles y demonios, salvadores y caballeros, religiones y cultos.

Y cuando empezó a contarle un cuento de hadas, una fantasía sobre la crueldad, el coraje, la belleza y la desesperación, sobre maldiciones, besos y curiosidades asesinas, la bruja no quiso escuchar.

—Habla de otra cosa —le exigió.

Suspiró y le habló de la hija de un pirata antiguo conocida por sus pociones finas, una niña con ojos de cristal y una piel perfumada con la esencia de la muerte. Dejó que el zorro que no era zorro se sentara a los pies del trono de espaldas a ella. Mientras hablaba, la bruja le ataba flores frescas en su cabello: azules, amarillas y violetas salvajes, pétalos que brillaban como golpes en el cuerpo. La bruja le pidió más historias de heroínas que fueran exactamente como la hija del pirata, y él accedió. Tenía tantas historias como rocas en sus manos y ella las quería escuchar todas.

Bueno.

Casi todas.

–Había una vez una joven muchacha –dijo, mientras la bruja le armaba una corona de rosas–, una muchacha llamada…

La bruja sujetó su cabello con fuerza y clavó las uñas en su piel. Él hizo una mueca de dolor y bajó la vista hacia sus rodillas desnudas.

–Parece un cuento de hadas –le advirtió la bruja.

–Te aseguro que no lo es.

Relajó las manos, pero solo un poco.

–Entonces, ¿qué es?

Levantó la barbilla y giró sobre su cintura para mirarla.

–Es más bien… una historia secreta, se podría decir.

La bruja no respondió. En cambio, soltó su cabeza y esta cayó hacia adelante. En ese instante, ella se alejó del trono y caminó afanosamente a su alrededor.

–Regresa a tu casa –le dijo finalmente, con la cabeza baja y dándole la espalda con los brazos cruzados con firmeza sobre su corazón.

–Pero…

–Suficiente.

–Pero yo…

–¡Lo prometiste!

El zorro que no era zorro se quedó inmóvil y las flores en su cabello cayeron al suelo. Rodeó en silencio a la bruja, pero ella no levantó la cabeza sino hasta que se marchó. Mucho menos relajó sus brazos y corazón.

En voz baja, a nadie más que a sí misma, se dijo:

–Suficiente por ahora.

8
En la oscuridad

Rose se encuentra acostada boca arriba con el brazo derecho justo por encima de su cabeza y una pierna que le cuelga por el borde de la cama, ofreciendo inconscientemente su pie como carnada para la clase de monstruo come-hielo que acecha allí abajo, ignorando el frío y la belleza congelada de las almas de la nieve.

Espero a estar completamente segura de que está dormida antes de levantarme y salir en puntillas de pie sobre la alfombra, lista para deslizarme debajo de las sábanas ante el más mínimo movimiento suyo.

–Espera aquí –le susurro a Gabrielle cuando se levanta para seguirme–. No tardaré.

Tuve muchas oportunidades de regresar al ático durante el día, incluso después de jugar con Rose. Muchas oportunidades de regresar sin mis hermanas, pero desaproveché cada una de ellas.

Después, después, después, me repetía una y otra vez a mí misma. Hasta que luego se transformaba en *nunca, nunca, nunca.* Y así, *después* y *nunca* convergieron entre sí y se cancelaron.

Ahora, ahora, ahora.

Lo más inteligente habría sido alejarme, olvidarlo, pretender que nunca había ocurrido.

Pero…

Dos noches atrás había abierto la puerta secreta por primera vez, luego de años de extender el brazo y despertarme con gusto a decepción y alivio en la boca. Y anoche encontré a un muchacho en el ático que dice conocerme y no creo que sea una coincidencia, ¿verdad? Si bien parece imposible, no puedo evitar preguntarme si, al abrir la puerta, lo liberé de alguna forma. ¿Lo liberé hacia mi vida, o peor aún, hacia mundo de los despiertos?

Siempre supe que había secretos detrás de esa puerta y, quizá ahora pueda encontrar algunas respuestas. Respuestas para las visiones que me maldicen, para las criaturas que veo y para encontrar una explicación a por qué puedo verme el corazón a través de las costillas. Respuestas para el bosque y la bruja.

Y para el muchacho.

Gabrielle me sigue de todos modos cuando me escabullo de la habitación hacia el pasillo vacío. Subimos las escaleras juntas, pero cuando abro la puerta del ático y entro, la cierro enseguida y la dejo afuera. Puedo sentir que rasguña la madera y llora, pero la ignoro y sigo adelante.

La habitación podría ser tan pequeña como una taza de té o tan vasta como el universo mismo, infinita. La puerta, la cama y el suelo a mis pies son las únicas cosas reales y sólidas en esta oscuridad total. El calor avanza por el cuarto como un sarpullido sobre la piel, por lo que enseguida noto que ya estoy transpirando. Busco la cama, me inclino y me arrastro hacia atrás hasta chocarme con la pared. Tener los ojos cerrados o abiertos no hace la diferencia. Pero los mantengo abiertos de todas formas.

Si bien estoy determinada a no dejar que me encuentre con la guardia baja, su voz flota y se retuerce como un vapor que no sé de dónde viene. Cuando habla, presiono la espalda contra la pared con tanta fuerza que duele.

–Rhea Ravenna, regresaste.

Nuevamente, usa mi nombre como un hechizo, como un encanto que roza lo siniestro y lo sagrado, lo demoníaco y lo divino.

–¿Quién eres? ¿*Qué* eres? –levanto la barbilla e inhalo con firmeza–. ¿Por qué no pudimos verte cuando vinimos con mis hermanas? ¿Fuiste tú quien me tiró del cabello?

–Puedes repetirte a ti misma que no fui yo, si eso te deja tranquila. Puedes elegir creer que era una de tus hermanas –dice y siento su sonrisa cortante. Quiero que responda todas mis preguntas, pero no dice nada más.

–¿Dónde estás? –le pregunto, desorientada.

–En el aparador –dice–. No te preocupes. Hay mundos enteros entre nosotros.

No puedo ni siquiera imaginar qué quiere decir con eso, por lo que decido ignorarlo por ahora.

–¿Sabes? –digo–. No me parece justo que tú sepas mi nombre y yo no sepa el tuyo. Ni siquiera sé nada de ti.

Suspira.

–Ah, mi cielo, tengo tu nombre en la garganta desde hace

mucho tiempo. Eres el ardor de mi corazón, un ardor que nunca pude calmar.

Mientras habla, también puedo sentirlo. *Un ardor.* No es una punzada incómoda común y ordinaria sobre la piel seca. Este tiene dientes y empieza a germinar como una semilla que no sabía que estaba allí. Una semilla que ahora, a medida que la riega con sus palabras, empieza a crecer, como un brote con colmillos pequeños que comen todo a su paso.

Me llevo una mano al pecho y me rasco el esternón, aunque no sirve de nada.

–Un ardor que no podías calmar... ¿hasta ahora?

–No. Nunca podré calmarlo, Rhea Ravenna, y ese es el asunto.

–*Detente* –dejo caer mis manos–. Deja de llamarme así.

Hay una pausa.

–¿Cómo?

–Como... si supieras algo que yo no.

Esboza una sonrisa.

–Pero yo *sí* sé algo que tú no. ¿No me estuviste escuchando?

–Sí, pero no dijiste nada que tuviera *sentido*.

–¿Quieres saber mi nombre?

Asiento con fuerza, aunque sé que no puede verme.

–Te propongo que juguemos a algo, tú y yo.

–Un juego –exhalo–. ¿Qué clase de juego?

–Una adivinanza, por supuesto –se detiene–. Te gustan los juegos, ¿verdad? Los acertijos, las adivinanzas, las rimas.

Mi corazón arde, se retuerce y late cada vez más rápido.

–¿Cuáles son las reglas?

El aparador cruje y se tambalea de un lado a otro como si le hubieran sacado un peso de encima. La Oscuridad ahora está de pie a solo treinta centímetros de mí. Lo sé, porque el espacio que nos separa, mi alrededor, se siente más cálido. Y cuando habla, su voz se oye más fuerte y cerca.

–Tienes tres intentos para adivinar mi nombre.

–¿Qué? –casi me rio en voz alta–. ¿Quién eres? ¿Rumpelstiltskin? No parece muy contento.

–¿Rumpel… qué? No sé qué significa eso.

–¿Nunca oíste hablar de Rumpelstiltskin? ¿De dónde eres?

–Del mismo lugar que tú.

–¿Y ese lugar es…? ¿El País de las Maravillas?

–Supongo que es un país y hay maravillas –dice con ironía–. Pero yo no lo llamaría el País de las Maravillas, no.

–No quería decir eso… No importa. –me muerdo una mejilla, pensativa. ¿Hablará en serio? ¿Quiere que adivine *su nombre*? O sea, no me parece *tan* irracional, al menos no para un cuento de hadas o un sueño.

–¿Solo tres intentos? –pregunto–. ¿Qué pasa si no acierto ninguno?

–Entonces perdemos los dos –su voz suena fría y siento que tensa la mandíbula–. Perdemos los dos y el juego termina.

Ya sé que debería atenerme a las preguntas que vine a hacerle, pero no estoy segura de cómo dar vuelta la conversación. Quizá jugar su juego estúpido sea la única forma de obtener alguna respuesta.

–¿Me darás alguna pista?

–Sí. De hecho, te contaré una historia.

–¿Una historia? –digo y la voz de Renata, sin aliento, trepa como una araña desde algún rincón de mi mente. *"La princesa tenía magia y el resto no… Y luego, conjuró un hechizo de sueño y escapó. El fin"*. Ahora que lo pienso, la forma en la que contó la historia fue extraña. ¿Acaso Renata quiso decir que la princesa escapó y ese era el final de la historia? ¿O quiso decir que gracias a un hechizo de sueño la princesa escapó *del fin*, el fin de su vida, del mundo, de la historia? Pero ¿cómo es posible escapar de nuestro propio fin?

Sacudo la cabeza de lado a lado.

—No quiero escuchar una historia.

—Ah, yo no me adelantaría a rechazarla si fuera tú. Quizá sea lo único que te ayude a recordar.

Hace tanto, tanto calor en este cuarto diminuto que de repente lo siento muy cerca, casi sobre mí.

No tengo miedo, no tengo miedo, no tengo miedo, no, no.

—Está bien, ¿y si adivino? —levanto la barbilla, mirando hacia la oscuridad, hacia la nada—. ¿Y si gano? ¿Me mostrarás tu rostro?

—Si ganas, te daré un regalo —susurra y ahora soy yo quien se acerca hacia él. Tan cerca que puedo sentir el calor de sus labios—. Si ganas, te *quitaré la maldición*.

De un segundo a otro, me quedo sin aliento, como un suspiro entrecortado y un grito fracturado. Y por un instante, la oscuridad sobrenatural que lo rodea se dispersa lo suficiente para dejar a la vista una figura alta y delgada, una que apenas es más que una silueta. Agitada, bajo la vista hacia las venas azules de la piel blanquecina de su antebrazo y luego subo hacia su mandíbula tensa que se aleja de mí y regresa al centro de la habitación. Sabe que lo puedo ver, no muy bien, para nada bien, pero se supone que no debo hacerlo. No tengo permitido verlo, no todavía.

Luego la oscuridad regresa y se solidifica a su alrededor, esta vez más densa y negra que nunca. Ambos nos quedamos en silencio por un largo rato, intentando recapturar lo que se nos escapó. ¿Qué acaba de ocurrir? No creo que ninguno de los dos sepa; él parece igual de sorprendido que yo.

—Entonces, ¿sabes? ¿Sabes de mi maldición? —le digo medio ansiosa, medio aterrada—. ¿Sabes de mis visiones?

La oscuridad ondula, se arremolina, pero no se disuelve. No como antes. El joven tiene la guardia en alto y no estoy dispuesta a romperla una segunda vez. Al menos, no esta noche.

—¿Estás dispuesta a jugar? —pregunta y envuelvo mis brazos alrededor de mi cintura, temblando.

—¿Qué sabes de mis visiones? ¿Sabes lo que significan? ¿Sabes por qué veo cosas que no están allí?

—Solo lo sabrás, mi cielo, cuando digas mi nombre.

—¿Por qué me llamas así? ¿*Cielo*? ¿Y cómo sé si eres real? —casi estoy gritando, pero no me importa. Me pongo de pie y me acerco a la puerta a tientas—. ¿Cómo sé que puedes hacer lo que dices?

—¿Jugarás? —me pregunta entre dientes—. ¿Sí o no, Rhea Ravenna? ¿*Sí o no*?

—*Sí* —contesto con un tono de voz capaz de partir el cielo de día en dos y dejar una grieta limpia y negra con estrellas diminutas de oropel—. Sí, jugaré. Jugaré y ganaré, y luego… luego sabré quién y qué eres.

Sujeto el picaporte entre mis dedos y, al hacerlo, el muchacho sin nombre me susurra desde las sombras.

—Ah, pero te equivocas. Te equivocas, Rhea Ravenna. Al final, cuando ganes, *tú* sabrás quién y qué eres.

Abro la puerta y bajo por la escalera con las manos sobre la pared para mantenerme firme. Como si tuviera garras, como si estuviera trepando. Una vez al pie de la escalera, me desplomo de rodillas. No duele, no tanto como el ardor maligno que aún se aferra a mi corazón. Tiemblo y me tapo los ojos con el dorso de la mano cuando una esfera de luz pálida me golpea luego de estar sumida en una oscuridad densa.

Gabrielle está aquí, esperándome, con los ojos llenos de ira. Quería acompañarme para protegerme. Estoy segura de que me perdonará rápido, pero ahora lo único que hace es morderme las piernas, lo suficientemente fuerte para que me duela, pero no tanto como para lastimarme. Me mordisquea una vez la rodilla y luego regresa a mi habitación, pero se detiene en la puerta. *Vamos.*

Me pongo de pie y la sigo. Mientras intento dormir, acurrucada en la cama de espaldas a Rose, con Gabrielle a mi lado, una canción empieza a escabullirse a través de mi mente sin parar. Empieza lenta al principio, pero luego se torna más rápida que cualquier otra cosa.

Dice así:

Yo a ti te ayudaré,
Y la maldición te quitaré.
Cielo mío, cielo, cielo.
Ahora es mía, lejos, lejos.
Tu obsequio aceptaré,
La maldición te quitaré.
Y solo yo te pido, cielo,
Que digas mi nombre entero.

9
En el bosque

La luna menguante se ocultó detrás de una nube para descansar y sus ronquidos resonaron como leche que cae en una taza, y el zorro que no era zorro no apareció. La bruja caminó en silencio de un lado a otro en el claro, con el corazón tenso en su interior. Los pies le dolían, las rodillas le crujían, pero la Bruja de los Deseos siguió.

Los aullidos de los zorros se transformaron en susurros, luego en quejidos apagados y luego en nada. Pero aun así la bruja siguió.

Solo cuando el joven apareció en el claro con sus labios tan rojos que dolía verlos, la bruja se detuvo. Lo recibió con una mano extendida, con la esperanza de que no notara su temblor de alivio. Temía que no regresara luego de haberlo echado.

–Baila conmigo –le ordenó. Pero él no dijo nada–. ¿Por favor? –le pidió con un tono más dulce.

–No sé bailar –le contestó.

–Yo te enseñaré –le dijo.

El zorro que no era zorro se acercó a ella, casi como si estuviera esquivándola, casi como si estuviera acercándose a un animal asustado. Y la bruja esperó.

Finalmente, unieron las manos y sus dedos encajaron a la perfección, hueso con hueso, piel con piel. Él podía sentir su pulso, pero era demasiado lento como para ser el de una persona que acababa de pasar tanto tiempo caminando. Era el pulso de alguien a solo un suspiro de la muerte.

–Aún puedo darte lo que desees –le dijo él–. Puedo…

–No deseo nada –lo interrumpió con serenidad y ferocidad a la vez–. Solo que bailes conmigo. ¿Lo harás o no?

–Lo haré –le contestó y, así, empezaron.

Creaban la música con sus pasos y aceleraban el ritmo con su respiración, acompañados por los ronquidos cremosos de la luna, a medida que el sol de sombras ardientes y el llanto tenue y áspero de los zorros y sus pisadas los envolvía. A veces, cuando la bruja bailaba, se movía de un modo sinuoso y delicado que la hacía parecer como si estuviera flotando sobre la tierra a punto de levantar vuelo.

Pero esta vez era diferente. Sus pies estaban tensos y golpeaban el suelo con fuerza, mientras que sus brazos se sacudían de un lado a otro, separando y juntando sus manos repetidas veces. Giraba sobre sus rodillas sueltas y su cuerpo inclinado hacia atrás. Sus mejillas ruborizadas y el aliento evasivo pulverizaron sus miedos debajo de sus pies tensos y torpes.

El zorro que no era zorro había dicho que no sabía bailar, pero eso no importó. Su cuerpo sí sabía, sus piernas, cintura y hombros sabían. Su corazón sabía. Al principio, solo acompañó los movimientos de la bruja, pero cuando finalmente se olvidó de que no sabía bailar, armonizó sus pasos con los de ella: él era la puntuación de su oración, el nudo al final del hilo, el cierre de la cadena de su collar. Ella podía existir sin él, podía bailar sola, y bastante bien de hecho, pero él, de algún modo, la había traído de regreso a sí misma. Había transformado su línea en un círculo.

Solo cuando el sol cayó hacia un lado, bostezando su luz dorada, el zorro que no era zorro separó sus manos.

—Es hora de que me vaya —dijo.

La bruja se detuvo. El Bosque quedó tan silencioso que dolía. Dolía estar entre tanto silencio. Le dolía al mundo y a ella también. Los zorros ya estaban dormidos.

La bruja miró al zorro que no era zorro con los labios partidos y los ojos bien abiertos. Su cabello era un perfecto desastre.

—¿De qué trata la historia? —preguntó.

El zorro que no era zorro se mordió el interior de su mejilla. Tres veces, fuerte. Y ella vio cómo se plegaba la piel de su rostro. Lucía tan pálido que casi parecía transparente, irreal. Desvanecido.

—¿Qué? —preguntó.

—El cuento de hadas que no es un cuento de hadas —su voz sonaba alegre y distante, un mareo destructivo muy similar al deseo de una niña que acaba de construir un castillo de arena que quiere destruir antes de que alguien más lo haga por ella. Nada dura para siempre. Y la bruja lo sabía, pero a veces nosotros somos los propios artífices de nuestra destrucción—. ¿De qué se trata?

Lentamente, el joven sonrió.

–¿Deseas que me…?

–Sígueme –la bruja volteó y entró a su castillo, resistiendo todo impulso de saltar. Su estómago se retorcía hambriento, pero no había nada para comer. Esta noche se alimentaría de una historia y nada más.

10
En la oscuridad

Me despierto con una canción en la cabeza, una melodía sin letra. Algo sobre un cielo y un nombre.

Al cabo de un instante, la recuerdo.

La Oscuridad, sonriendo. Y un juego. Un juego en el que debo adivinar su nombre. Pero antes de tener tiempo para pensar en eso, oigo un murmullo grave desde el armario en la otra punta de la habitación. Mi corazón se detiene.

¿Es él?

Me levanto despacio, mirando hacia la cama vacía a mi lado y trato de recordar cuánto tiempo estuve dormida. Gabrielle intenta sujetarme de la camiseta para detenerme. Pero la aparto y me acerco en puntillas de pie al otro lado de mi cuarto, a medida que el sonido se torna cada vez más fuerte. Sujeto el picaporte y abro la puerta enseguida.

Me río de alivio. Pero el sonido se apaga y se transforma en un grito. Renata está sentada en un rincón del armario, meciéndose con las piernas sobre su pecho, mientras se pincha la punta del dedo con una aguja. La alfombra tiene tres gotas de sangre. Desde su garganta palpitante, brota un susurro frío que se transforma en un chillido ardiente y mordaz.

–*Despierta, despierta.* ¡Despierta, despierta, despiertadespiertadespiertadespierta *despierta!*

–Ren, ¿qué estás…?

Cuando levanta la vista y me ve, se abalanza sobre mí. Todo pasa tan rápido: una lucha de piel y uñas. Caigo de espaldas sobre el suelo con mi hermana arriba de mí. Una pesadilla de brazos y piernas que se sacuden por todos lados y el silencio de la concentración, mientras forcejeo para quitármela de encima. De pronto, siento un pinchazo en el pecho y me quedo sin aliento. La aguja me deja una herida no muy profunda, pero lo suficiente como para atravesarme la piel. Una herida larga sobre todo mi esternón.

–*Despierta* –repite con algunas lágrimas densas en sus ojos bien abiertos. Tiene la apariencia febril de alguien que intenta inútilmente frenar las olas del mar para siempre.

Y así como comenzó, termina. Gira hacia un lado y se aleja agazapada. Enseguida, se pone de pie y me mira, y yo le devuelvo la mirada, mientras intento recuperar el aliento. Toco la marca que me acaba de hacer en el pecho. Apenas hay sangre, pero, de todas formas, duele.

–Soñé que estaba soñando –dice con la aguja en la mano, mientras sus ojos de porcelana quedan agrietados por algunas venas cortas–. Me desperté. Me desperté en el sueño del sueño durante un segundo. Y me sentí como óxido en mi corazón. Como óxido que avanza por mi piel como ampollas llenas de dolor. Mucho dolor.

Cuando sale de la habitación, emite un sonido que parece estar entre una tos y una risa. Me quedo en el suelo, sin entender qué acaba de ocurrir. No sé con seguridad por cuánto tiempo me quedo allí, pero sé que es lo suficiente para que mi corazón deje de golpearme las costillas y la herida cicatrice. Lo suficiente para que Rose entre a la habitación y me encuentre.

–¿Viste a Ren? Hace tiempo que no la veo. Encontramos su teléfono debajo de su colchón, como siempre. La buscamos en la casa de Cadence, pero parece que ya no son amigas desde hace mucho. ¿Sabías…?

Me levanto muy rápido y toda la sangre abandona mi cabeza. Durante unos segundos se me oscurece la vista y solo veo destellos negros y grises.

–¿Qué te pasó en el pecho? –me pregunta Rose y se arrodilla para revisarme.

–Me atacaron –llevo la palma de mis manos hacia la cabeza para recuperar el equilibrio mientras el mundo a mi alrededor no para de girar–. O eso creo. De hecho, no estoy muy segura.

Sin decir nada más, va al baño. Al cabo de un rato, regresa con un pomo medio vacío de una crema antibiótica. Se pone un poco en los dedos y la frota sobre la herida delgada en mi pecho.

–Cuéntame qué pasó –dice y le cuento todo lo que ocurrió desde que me levanté. Justo cuando termino, Raisa se asoma por la puerta.

–¡Oye! ¿Qué le hiciste a Ren?

—¡Nada!

—¡La lastimaste!

—No, ella me atacó sin ningún motivo —señalo a mi pecho—. Mira lo que me hizo *ella a mí*.

—Bueno, será mejor que *tú* la *busques* —dice Raisa, mirando el corte sobre mi corazón—. ¿La buscaron en alguno de sus escondites?

—Todavía no.

—Bueno, vamos —dice Rose antes de que Raisa siga regañándome. Las mejillas de Rose no tienen color y se ven algo brillosas, casi congeladas—. Mamá ya está muy preocupada.

Parece que adivinar el nombre del niño tendrá que esperar. Me visto rápido y me reúno con el resto de mi familia abajo, en donde nos calzamos en silencio, preparamos nuestros bolsos y llaves, y salimos por la puerta como agua hacia un drenaje.

Pasamos toda la tarde buscándola en la costa, Rose y yo en una dirección, y Raisa cerca del faro en su bicicleta. Mamá y papá viajan al centro en auto y pasan por el cementerio. Gabrielle me sigue y siento el sabor a espuma cáustica en la punta de su lengua, como una premonición, con la misma seguridad con la que ella siente el ramo sangriento de mis venas. Al cabo de un rato, empieza a jadear por el calor y me empiezo a sentir exhausta. Regreso a la casa para reencontrarme con los demás.

—Ya la encontraremos —dice papá, dándole un beso en la mejilla a mamá, quien se mueve afanosamente por la cocina, preparando algunos sándwiches antes de salir nuevamente—. Siempre la encontramos.

Comemos rápido y en silencio. La comida no es otra cosa más que energía. No podemos disfrutarla sin Renata entre nosotros.

Y, justo antes de salir, Rose decide quedarse.

–Tiene que haber alguien aquí en caso de que regrese, ¿no les parece? –explica.

–Buena idea –dice papá y me ofrezco a buscarla por la playa, esta vez, sola. Cierro la puerta y miro hacia ambos lados antes de cruzar la carretera cubierta de arena. Cuando finalmente llego a la playa, me quito las sandalias y empiezo a correr tan rápido como puedo, con el cabello meciéndose al viento, enredándose y pegándose a mi cuello, con Gabrielle justo por detrás. Está oscuro cerca del agua, pero esta oscuridad no está contenida y fluye desde aquí hasta el infinito. Como siempre.

El viento sacude el dobladillo de mi vestido mientras corro, haciendo que la tela suave suba hasta mi cintura. Pero no me importa. ¿Quién me va a ver? Solo hay unas pocas estrellas tenues dispersas por el cielo. Rodeada por el espacio y el mar abierto, me siento la única persona en la existencia.

Corro y tiemblo por este lugar despejado, sintiéndome mágica, como si tuviera el poder de conjurar tormentas con solo un movimiento de mis dedos e invocar fuegos que no me quemen la piel y controlara con la palma de mis manos. Me siento con el poder de susurrar palabras que harían que quien las escuchara se enamorara de mí, aunque sea solo por unos minutos, lo suficiente como para bailar lentamente y besarnos en una fracción de segundo, como el suspiro anhelante de una despedida ruborizada.

Me siento con el poder de encontrar a Renata con facilidad, de pedirle al viento que la busque y me diga dónde está. Así, nunca más se perdería. Podría caminar hacia cualquier lugar y siempre sabríamos cómo encontrarla.

El mar sube y me detengo tan rápido al verlo tan cerca de mí que me resbalo en la arena húmeda y me caigo. Me arrastro con las manos y me pongo de pie, mientras el agua fría cubre mis pies, rodillas y vestido. Gabrielle está algunos metros detrás de mí, lejos de las olas. Empiezo a llamar a Renata, al principio en voz baja y, luego, más fuerte.

Cuando volteo hacia mi casa, en su lugar veo árboles, más altos de lo que deberían ser, como si fueran miles de huesos gigantes que crecen directo desde el suelo.

El bosque volvió.

Pero esta vez no escucho ningún grito. Al menos, no por ahora.

Regreso a la orilla y corro hacia la carretera y el patio trasero de mi casa. Gabrielle me muerde los tobillos como si me estuviera rogando que regrese, pero no puedo hacerlo. *No puedo...* O, más bien, no quiero, lo cual ahora es básicamente lo mismo. Me detengo a unos tres metros de la pared imposible de árboles, sin aliento. Doy un pequeño paso hacia adelante y luego otro y otro.

Y esta vez...

Los árboles no desaparecen. No colapsan.

Justo cuando estoy lo suficientemente cerca como para tocarlos, asustada de seguir avanzando, alguien aparece por detrás, tan despacio que no lo noto hasta que está justo a mi lado. Volteo, solo apenas, y la veo de a partes: sus rodillas cubiertas de granos de arena que parecen azúcar, unos pantalones cortos y una camiseta completamente mojada. Algunas gotas que caen desde su cabello húmedo por sus brazos y tengo miedo de que, si la miro directo, desaparezca.

–Lamento haberte lastimado –me dice Renata–. Me gustaría

decirte que no quería hacerlo, pero te estaría mintiendo –presiona su dedo índice levemente sobre mi sien. *Despierta, despierta, despierta*–. Quería hacerlo. Solo lamento haberte hecho daño. Pero estas cosas sí lastiman. Mucho.

–Está bien –espero a que empiece a explicar qué ocurrió, mientras busco mi teléfono en el bolsillo para avisarle al resto de mi familia que ella está bien, pero luego recuerdo que este vestido no tiene bolsillos y seguro dejé mi teléfono en algún lugar de la casa. De pronto, siento una gran ansiedad por regresar y alejarme del bosque que podría desaparecer o derrumbarse en cualquier momento, antes de que empiecen los gritos y no se detengan. Pero también temo que, si intento llevar a Renata a casa antes de que se sienta lista, se resista y se escape de nuevo.

–¿Alguna vez oíste hablar de la fiebre de mar? –me pregunta, sentándose con las piernas cruzadas sobre el césped húmedo–. ¿Sabes lo que es?

–No –me siento a un lado de ella y dejo que mi cabeza caiga sobre mis rodillas, el bosque tan cerca nuestro que se la puede llevar en cualquier momento–. ¿Dónde estuviste? Están todos desesperados.

–Es una expresión que se usa para referirse a los golpes de calor –dice, ignorándome por completo–. La usaban los marineros cuando tenían delirios en altamar. Los hacía ver planicies verdes que se extendían hasta el horizonte en lugar de las olas gigantes que rugían en todas partes. Confundidos, se arrojaban al mar y se ahogaban.

–Es muy triste.

–Al sol y al mar no les importa quién vive y quién muere.

–¿Qué tiene que ver esto con lo que acaba de pasar?

–¿No es evidente? –dice Renata, parpadeando y recostando su cabeza sobre mi hombro–. Es muy probable que pase lo mismo con la oscuridad. La oscuridad total, claro, una forma de fiebre de mar. Si te quedas por mucho tiempo en ella, empiezas a alucinar y ver praderas donde solo hay agua. Un bosque donde solo hay un descampado. Es casi como un sueño.

Mi corazón empieza a latir con fuerza, puedo sentirlo en todo el cuerpo: en mi estómago, mi cuello, mi sien.

–Espera, Renata, ¿a qué te refieres? ¿Tú también viste un bosque donde no hay ninguno? –lentamente, niega con la cabeza y se queda en silencio–. ¿Por qué haces esto? –corro mi hombro y se aparta. Algo está mal, pero no sé qué. El aire se siente pesado, pero el viento que sopla desde el bosque es frío y su voz… parece algo en el medio, como el ritmo de las olas en retirada, como espuma y olvido–. ¿Qué te pasa?

Por un momento, se queda en silencio y luego agrega:

–No está allí, sabes.

Finalmente volteo hacia ella y la enfrento. Es solo una sombra en la oscuridad, una silueta perfecta.

–¿Quién?

–La bruja –imposible, Renata señala hacia los árboles–. Siempre la estás buscando. Pero no está allí. Ya no.

Todo mi interior queda congelado.

–¿Cómo sabes eso? –susurro–. Creí que la había soñado.

Esboza una sonrisa, sus dientes brillantes.

–Sí.

Cuando miro hacia el bosque, este ya no está allí.

–Tienes que venir a buscarme, ¿está bien? No me queda más tiempo, pero te estaré esperando. Todos te estamos esperando –me dice, acercándose con un suspiro que roza mi mejilla–. Buenas noches, Rhea. Buenas noches.

–¿Qué quieres decir, buenas…? –me pongo de pie con la intención de seguirla, para nada dispuesta a dejarla ir. Pero ya no está aquí. Ni a mi lado, ni detrás de mí, ni en el campo. Se fue tan rápido como el bosque.

–¿Renata? –la llamo, girando en círculos, buscándola–. ¿Dónde estás? ¿A dónde te fuiste?

La caricia suave de su aliento desaparece rápido de mi piel y, cuando me detengo y bajo la mirada hacia el césped mullido con la idea de seguir sus pisadas, pero no veo ninguna. No hay nada, ninguna marca que me indique que siquiera estuvo aquí. Debería haberme abalanzado sobre ella para llevarla a casa cuando tuve la oportunidad.

Cuando volteo hacia la casa, veo el auto de papá estacionado en la entrada y el simple hecho de verlo allí me impulsa a volver. Cruzo esos pocos metros más rápido que en cualquier otro momento del día. Gabrielle me sigue por detrás con la cola erizada. Abro la puerta con fuerza y esta se estrella contra la pared. Entro a la cocina y encuentro a mi familia reunida junto a la isla: mamá, papá, Rose y Raisa.

No hay ningún rastro de Renata.

Papá dice algo y ríen. Las risas de mamá y Raisa suenan legítimas, pero la de Rose parece algo forzada. Noto que apenas lo intenta, ya que abre la boca levemente, pero se lleva la mano a la nariz como si intentara ocultar el sonido falso resoplando. Su risa, su risa genuina, es como pisar una capa de nieve fresca por la mañana, como el crujir del hielo debajo de las botas. Corta, firme y reveladora, y tan placentera que te hace querer escucharla una y otra vez.

–¿Hola? –digo, quieta bajo el arco que separa la cocina del vestíbulo. Parece como si cada una de las luces de la habitación estuviera encendida. Enceguecedoras, brillantes.

Mis hermanas están justo frente a mí al otro lado de la isla, pero mamá y papá tienen que voltear para verme. Al hacerlo, ambos sonríen. Es en ese momento que noto el helado en sus manos: vainilla en conos de wafles. Rose tiene un tazón de menta granizada y una cuchara de plástico, mientras que Raisa tiene el sorbete de un batido en la boca.

–Trajimos tu favorito –dice mamá y empuja un vaso de plástico sobre la mesada: chocolate, dos bochas con chispas de estrellas. Me lo llevo a la boca lentamente, un poco incómoda. No veo a Renata por ningún lado, pero debe estar aquí, en algún lugar. Si siguiera desaparecida, no habrían parado a comprar helado.

–Estamos contando cómo nos conocimos –dice papá cuando me acerco a su lado.

–*Otra vez* –dice Raisa, masticando su sorbete para ocultar una sonrisa. Si Raisa está sonriendo, entonces *deben* haber encontrado a Renata. Quizá esté en el baño. Me intento relajar y escucho.

–Justo estaba por contar la parte en la que su madre se obsesionó con mi tatuaje de la constelación –dice papá y esboza una sonrisa–. Mi parte favorita.

Ese tatuaje es solo uno de tantos: una corona invertida sobre sus costillas del lado izquierdo de su cuerpo; un par de ojos en su brazo izquierdo, ambos abiertos; y por último una serie de puntos negros unidos por una línea delgada y suave en su espalda.

Dice que los puntos representan las estrellas y la línea forma una constelación. Pero no es ninguna constelación que exista en nuestro cielo y fue precisamente eso lo que cautivó tanto a mamá: una disposición imaginaria de estrellas.

–Me dijo que la había inventado, pero aun así yo sentía que ya la había visto antes –nos cuenta mamá y miro hacia el pasillo, preguntándome si Renata vendrá–. Me resulta *tan familiar*. Pero la busqué en todos los libros de la biblioteca y nunca la encontré.

Riendo, papá pasa un brazo sobre el cuello de mamá, donde exhibe su único tatuaje: una rosa en su máximo esplendor. Con el codo sobre su oreja, la acerca y le da un beso en la frente.

–¡Alerta, demostración pública de afecto! –grita Raisa, dejando a un lado su batido y tapándose los ojos–. ¡Basta!

Pero no se detienen; mamá esconde su rostro en el cuello de papá y se inclina hacia adelante, apartando su trenza larga y negra para estar más cerca de él.

Clavo la cuchara en el helado para que quede parada. Papá continúa, mamá lo interrumpe con comentarios irónicos y Raisa ríe y grita. Rose es la única que no dice ni hace nada, solo se queda mirando su helado que se derrite lentamente. Todavía lleva puesta la malla negra y las pantimedias rosadas de su clase de ballet. De pronto, siento algo diferente y recuerdo lo que me dijo una vez, el único momento en el que se siente verdaderamente despierta es cuando baila. No es que lo haya olvidado, precisamente, pero verla ahora en la cocina, sin Renata, me resulta impactante. No dice que se siente viva… sino *despierta*.

Despierta.

Despierta.

Despierta, despierta, despierta.

Una punzada de dolor empieza a reptar por mi corazón, por lo que me llevo una mano al pecho. Todos están tan felices que es fácil creer que ya encontraron a Renata. Pero *¿dónde está?* Si no está en el baño, ¿se habrá ido directo a la cama? Debe estar aquí en algún lugar, sino no estarían tan tranquilos.

Sin advertencia alguna, Gabrielle abre la boca y me clava sus colmillos en la piel. No tan fuerte como para lastimarme, pero lo suficiente como para llamarme la atención. Entiendo de inmediato lo que me quiere decir: *Di algo.*

—Su madre, siendo la mujer que amo —agrega papá—, se fue y…

—Entonces, ¿la encontraron? —lo interrumpo—. O sea, está en casa, ¿verdad?

Papá hace una pausa.

—¿Quién? ¿Qué?

—Renata —le contesto—. ¿Está arriba o se fue a la casa de alguna amiga?

Mamá levanta la cabeza del hombro de papá.

—Ren… ¿Quién?

—Tu hija menor. Renata. Catorce años. Mi her… hermana —le contesto, ahogándome. Aparto la mirada de sus ojos alarmados y se enderezan, sacudiendo la cabeza de lado a lado. Miro a Raisa y se encoje de hombros. Luego miro a Rose y me devuelve la mirada, con la cabeza hacia un lado—. *Nuestra* hermana. Renata. Desapareció y fueron a buscarla. Y como ahora están tomando helado, creí… asumí que la habían encontrado. Porque, si no, no estarían tan, tan... *felices* –me detengo, pero nadie dice nada–. ¿Es una *broma*?

–No creo que sea una muy divertida –dice Raisa. Ya no sonríe. Nadie lo hace.

–Pero... –vacilo y Gabrielle me muerde la pierna una vez más, esta vez más fuerte–. Auch, Gabi, *basta*. Rai, tú compartes habitación con ella.

–¿Qué? ¿Ese cuartito de allí arriba? Apenas hay lugar para mí y algunas arañas, mucho menos para otra persona.

Un temblor avanza por mi espalda y desciende por mis hombros y costillas, cintura, cadera y piernas, hacia mis rodillas.

–¿Estás bien, Rhea? –mamá suelta el brazo de papá y se acerca al gabinete en el que guarda algunos remedios caseros que ella misma hace con lo que cultiva en su jardín. Apenas abre la puertita, ya sé cuál me va a dar, ese que está hecho con varios néctares y esencias, especial para aliviar el pánico y el miedo.

–Sí, estoy... –es lo único que puedo decir.

–¿Estás teniendo una visión? –me pregunta papá, sujetándome del codo y presionándolo como un consuelo–. ¿Qué ves?

–Lo de siempre –susurro y no es mentira, no precisamente; ni bien lo digo, ni bien lo pienso, miro a mi familia y la piel en su pecho empieza a burbujear y gotear sobre sus costillas, dejando a la vista sus corazones blandos–. Sueño que estoy soñando y...

Siempre la estás buscando, pero no está allí.

Ya no.

–Mamá, estoy bien –le digo cuando se pone en puntillas de pie para buscar en el estante más alto–. Creo que voy a ir a la cama. Estoy cansada, es solo eso.

Me marcho hacia mi habitación y siento sus miradas por detrás, mientras Gabrielle me sigue por las escaleras hacia la habitación que Raisa comparte, y *siempre* compartió, con Renata.

Me asomo por la puerta, pero no me animo a entrar. Desde aquí puedo ver todo lo que necesito y eso es esto: nada. Nada de nada.

O sea, hay *algunas* cosas en la habitación. Cosas de Raisa... Su cama está en un rincón, el edredón rosado y naranja sobre unas sábanas de un azul eléctrico. Hay zapatos, sostenes, ropa interior tirada sobre la alfombra, ropa que cae del armario abierto, ropa limpia que no puedo distinguir de la sucia; un armario alto repleto con los alhajeros viejos del ático; la ventana está completamente abierta y deja entrar una brisa tímida que sacude las cortinas rosadas. Hay algunos afiches de películas viejas sobre la pared y un escritorio de madera con manchas de café donde debería estar la otra cama. La cama de Renata.

Su cama está repleta de mantas de lana porque siempre tiene frío y cientos de almohadas porque le gustaba armar un fuerte a su alrededor por las noches. Su colección de conchas y caracoles de mar, corales y almejas, mejillones y moluscos forma una especie de mural sobre su mesa de luz. También veo un tazón de cristal lleno hasta el borde con perlas rosadas sin forma.

Su cama, sus cosas... Todo desapareció.

Volteo y regreso a mi cuarto, justo al otro lado del pasillo. Busco mi teléfono en la mesa de luz y lo sujeto firme con ambas manos por delante de mí. Empiezo a tocar la pantalla con torpeza mientras busco alguna foto de Renata, pero no encuentro ninguna. Antes solía tener docenas de imágenes de ella y de la familia completa, incluso algunas en las que aparecíamos nosotras dos solas, ella con la cámara y yo con una sonrisa que parecía más bien de dolor que de felicidad.

Me desplomo sobre la cama y el teléfono se resbala de mis manos sudadas. Tiemblo tanto que ni siquiera puedo gritar, aunque quisiera.

¿Es una coincidencia que justo después de hacer un trato con la Oscuridad, Renata desapareciera al otro día? ¿Es una coincidencia que luego de sentir el ardor en mi corazón ella me apuñalara justo en *ese mismo* lugar?

"Te quitaré la maldición", me dijo, no "Te quitaré a tu familia". Pero no debería estar quitándome *nada* todavía porque ni siquiera gané el juego. ¿Será una especie de castigo por dejar pasar un día entero sin intentar adivinar? ¿Qué más tiene bajo la manga?

¿Y si me arriesgo y nunca lo adivino? ¿Entonces qué? "Perdemos los dos y el juego termina". Me doy cuenta de que me estoy arriesgando a perder mucho más que solo un juego.

—No tengo miedo —susurro, sola en la habitación. No. No tengo miedo. No…

Pero sí. Tengo miedo.

Renata ya no está y nadie la recuerda.

Y estoy bastante segura de que fue por mi culpa.

11
En el bosque

La bruja y el zorro que no era zorro se sentaron lado a lado, acostados sobre la base de su trono, separados solo por unos pocos centímetros cuidadosos. Todavía faltaban varias horas para que empezaran a llegar los niños y las primeras estrellas recién se despertaban en el cielo, quitándose de encima sus sueños de luz, bailes y mareos. La bruja llevó las manos por debajo de sus rodillas sin mirar a su compañero. De todas formas, él le esbozó una sonrisa y, con una voz tranquila y firme, comenzó su historia:

Había una vez una chica, una chica cuyo nombre no podemos decir ahora, que vivió toda su vida en un castillo de cristal con el Segundo Mar al norte y la ciudad al este, donde construían las fachadas de los edificios y las vías de trenes encantadas con hierro. Fue de las cenizas de un viejo castillo de piedra que se levantó la nueva ciudad fortificada para que quienes vivían al sur, en el Bosque de Graiae, un bosque que ocupaba unas cuatrocientas hectáreas, no se animaran a visitar, ya que se decía que el hierro de la ciudad debilitaba las habilidades mágicas de los habitantes del bosque y los mantenía alejados. Y de igual modo, ningún habitante de la ciudad podía visitar el bosque, debido a los peligros impuestos por los silfos y las gorgonas grises, las hadas, las esfinges y las mantícoras que vivían en su interior.

En su mundo, la magia fluía por las venas de arcilla de la tierra y algunos humanos nacían con dos corazones, uno dentro del otro, el pequeño destinado a controlar la magia. Sus corazones humanos ansiaban la ciudad, pero sus corazones mágicos anhelaban el bosque, por lo que esta comunidad pertenecía a todos los lugares y a ninguno a la vez. Los llamaban máculas.

Si bien eran una minoría, las máculas eran temidas y veneradas en igual medida. Pero por un decreto real, se les dio a elegir: tener las muñecas encadenadas con hierro, el flagelo de la magia, para contener sus habilidades mágicas hasta que el rey dispusiera usar sus poderes; o ser libres, pero sin magia y sin su segundo corazón, desterradas al Pozo de los Descorazonados en las profundidades del bosque. En caso de elegir la primera opción, recibirían a cambio riquezas y serían honradas en festivales. Incluso les concederían títulos nobiliarios; cuanto más extraordinaria fuera su habilidad, más alto el título. Vivirían vidas plenas y opulentas, o eso parecía... Pero recuerda, no podían usar la magia a su gusto.

Inmáculas, llamó el rey a sus sirvientes. Inmaculados, puros.

"Son peligrosas, sí", le dijo a su pueblo, "pero para eso están las cadenas. Así todos estamos a salvo".

Nuestra protagonista era una mácula; pero no estaba encadenada, ya que mantenía sus poderes en secreto. Su abuelo era el rey y eso la convertía en una princesa, la única hija de su padre, el príncipe heredero. Su madre, la futura reina consorte, también tenía magia... Magia que también

guardaba en secreto, salvo de su hija. Si salía a la luz que eran máculas, tendrían que tomar una decisión, al igual que el resto de las máculas a las que atrapaban usando su magia con libertad: aceptar las cadenas y perder la libertad o conservar la libertad, pero no su magia. Las reglas eran las reglas y no importaba si pertenecían a la realeza o no.

Pero la princesa no quería quedarse escondida en el castillo, por lo que todos los días miraba por la ventana de su habitación hacia el bosque, donde ella sabía y estaba segura, de que pertenecía.

"No es seguro allí afuera", le había advertido su madre al ver ese brillo travieso en sus ojos, ese anhelo de libertad.

Por un largo tiempo, la princesa se abstuvo de salir, pero eventualmente su deseo de estar en el bosque superó sus miedos. Así fue que conjuró un encanto sobre ella y salió del castillo por la noche hacia el bosque donde vivían los monstruos. Donde ella también podía ser un monstruo.

En ese primer viaje, con apenas nueve años, se encontró cara a cara con una manticora a solo seis metros de distancia en las sombras. La bestia deambuló frente a un árbol y miró a la princesa, haciendo movimientos bruscos con sus patas. Sus garras eran largas y brillaban en la oscuridad.

"Hola, pequeña, ¿a dónde vas? Veo que estás sola y no pareces conocer las reglas del bosque".

Su aliento olía a ampollas de sangre, gusanos y carne quemada.

"¿Cómo sabes que no las conozco?", le preguntó la princesa, mostrando su lado más valiente. "Yo también pertenezco aquí, al igual que tú".

La manticora levantó sus cejas doradas y grises. "Ah, ¿sí?".

"Tengo magia".

"Ah, y por eso no trajiste un arma. Crees que con la magia es suficiente".

"Puede serlo si lo necesito". La niña le lanzó una mirada desafiante. *"¿Me comerás, manticora?"*.

"No, dulzura". La manticora se detuvo y le esbozó una sonrisa con sus tres filas de dientes. *"Solo nos comemos a los que creemos que se pueden escapar"*.

"Ah, ya veo. No me comerás porque yo sé que puedo escapar".

La manticora llevó su cabeza hacia atrás y rio. La risa de una manticora no se parece en nada a su voz escurridiza. Su risa es firme y abrupta, como dos rocas que se golpean entre sí, como un flujo de piedritas que cae hacia un arroyo. La princesa la amó de inmediato, con mucha intensidad.

"Ven conmigo, querida mácula, te presentaré a los árboles".

"¿Los árboles?".

"Debes hacerte amiga de ellos primero. Si los pones en tu contra, nunca más podrás regresar".

La manticora le presentó a los árboles y a todo lo que era necesario que conociera en el bosque, a los sátiros, los silfos y las esfinges, a los cambiantes de forma y a los descorazonados. Entre ellos, dos niñas: una gorgona gris de cabello plateado. Cualquier humano que mirara directo a sus ojos amatistas se convertiría en una sombra de inmediato. Y la otra, una ninfa que construyó su casa en el Río Gris que rodeaba la parte más oscura del bosque. Entre ellas, la mácula no pertenecía a la realeza, sino que era simplemente una criatura más que buscaba esconderse de un mundo oscuro, en donde su luz las volvía sospechosas y fáciles de encontrar.

Con el tiempo, la niña princesa se convirtió en una joven mujer y todas las noches visitaba el bosque para ver a sus amigos y practicar su magia, para gritar palabras capaces de invocar a las nubes y traer sus truenos sin lluvia, palabras que creaban relámpagos sin dolor, sin ningún otro motivo más que sentirse viva y usar la magia en su interior.

Oculta en la oscuridad, se escabullía del castillo, tragando sus suspiros y el repiqueteo de sus pies. Estaba mucho más asustada de su abuelo y sus soldados, y de lo que le harían si la descubrían, que de las criaturas que vivían en el bosque, pero encontraba consuelo en la idea de que, si descubrían su magia, se convertiría en la cosa que ellos más temieran.

A menudo, la princesa se aventuraba directo al centro del bosque para visitar a un pequeño grupo de huérfanos máculas conocidos como Los Olvidados del Bosque, los más grandes de ellos cuidaban a los más chicos. Les llevaba comida, agua y otras provisiones, y los ayudaba a construir y reparar sus refugios modestos de madera. Una vez que terminaba, jugaba con ellos al escondite y corría entre los árboles, riendo y saltando sobre troncos y hojas. Cuando los niños finalmente estaban cansados, la princesa les contaba cuentos.

"Algún día", les prometía, con una sonrisa amplia y temblorosa en su boca, "todos ustedes vivirán en el palacio conmigo, jugaremos todo el día y bailaremos toda la noche".

Así era su vida: princesa de día y mácula de noche.

Era agotador ser dos personas a la vez y vivir dos vidas. Poco a poco, su pequeño corazón de luna empezó a hincharse, lleno de secretos e ira. Quería ser una princesa y ser libre, ¿qué tenía de malo eso?

Su vida podría haber seguido así para siempre, con una mitad oculta, pero un día, un joven Inmácula de cabello negro sedoso que llevaba cadenas alrededor de sus muñecas, se acercó a ella en un pasillo del castillo, solo.

"¿Su alteza?", le dijo y la princesa apartó la mirada, repasando el camino más cercano a la salida. "Mi nombre es…".

"Disculpa", lo interrumpió rápidamente, sujetándose la falda y haciendo una leve reverencia. Si podía evitarlo, no hablaba con Inmáculas, ya que temía que descubrieran su secreto si se acercaban demasiado. "Tengo que…".

"Por favor, necesito hablar con usted, es solo un segundo".

Dio media vuelta, lista para irse, pero justo en ese instante, le habló lo suficientemente alto como para que lo escuchara.

"Su alteza, ya sé que tiene magia".

Y al oír esto, se detuvo. Lentamente, volteó. Era evidente que esto cambiaba las cosas. Lo miró fijo con la boca, la garganta y el corazón secos. Lo miró, pero no vio ningún rastro de maldad en sus ojos oscuros, solo desesperación en su ceño fruncido. Se mordió el labio y esperó la respuesta de la princesa.

"Acompáñame", le dijo, rompiendo el silencio. "Sígueme desde lejos, así nadie nos ve saliendo juntos".

La siguió discretamente por todo castillo hacia el ala norte. Era un lugar viejo que se caía a pedazos, la única parte del castillo hecha de piedra. El rey le había advertido que nunca fuera allí, pero ella lo hacía de todas formas, ya que le atraía la oscuridad y la humedad. Una vez que llegaron, la princesa se detuvo y miró al joven.

"¿Cómo sabes mi secreto?", le preguntó sin esperar y el joven tembló al sentir el aire frío del pasillo de piedra. Miró a su alrededor, como si no tuviera idea en qué parte del castillo estaban. "¿A quién se lo has dicho? ¿Qué quieres de mí?".

"No se lo he dicho a nadie", le aseguró, frotando inconscientemente las cadenas de hierro que rodeaban sus muñecas. "Tengo esta habilidad que me permite ver la magia de las máculas a través de su piel, cómo se desliza y susurra. Usted emana un resplandor dorado a su alrededor, como una especie de halo, y es el más brillante que jamás he visto".

La princesa lo miró por un largo rato, pensando en su habilidad

similar que le permitía sentir la magia de mácula a través de su piel si los tocaba. Luego se recostó sobre la pared y exhaló.

"Si lo sabes desde la primera vez que me viste, ¿por qué me lo dices ahora?".

"Intenté decírselo muchas veces", contestó, esbozando una pequeña sonrisa, "pero siempre se marchaba a su habitación cuando me veía".

Avergonzada, le devolvió la sonrisa, pero luego recordó quién era y trató de mantener una expresión más neutral.

"Y bien, ¿qué quieres que haga?".

Escuchó la historia de su familia, un relato oscuro en el que a sus padres les habían arrancado del pecho sus corazones de mácula y a su hermana mácula la condenaron a vivir en el Pozo de los Descorazonados, atrapada en un ático para que nadie descubra su magia.

"Lo siento", le dijo cuando terminó. Bajó la vista y movió los dedos inquietamente debajo de su guante de seda. "Por ti y por ellos".

"Entonces, ayúdeme", le rogó, dando un paso pequeño hacia ella. "Ayude a mi familia y derroque al rey".

"He intentado una y otra vez convencerlo de que las máculas no son peligrosas", le dijo en voz baja, "pero se niega a creerme. ¿Qué más puedo hacer sin violencia? Hay maldiciones para aquellos que se atreven a dañar a un familiar".

"Puede que tenga razón, princesa", agregó con tanta tristeza que ella levantó la cabeza sorprendida. "Pero el rey no es su familia. Nosotros, las máculas, sí lo somos. Yo soy su familia. Tengo dos corazones, al igual que usted. No está sola".

La princesa movió la cabeza de lado a lado.

"Cuando sea reina, cambiaré las cosas. Cuando sea reina, la gente me escuchará".

"*Su alteza, no podemos esperar tanto*".

Cuando la princesa volvió a hablar, lo hizo susurrando: "*¿Qué tal si mi luz no es lo suficientemente fuerte como para atravesar esta oscuridad? Quizá creas que soy el cielo, pero no soy más que una pequeña estrella*".

El inmácula hizo una reverencia y se arrodilló frente a ella.

"*Yo sé que es poderosa, puedo sentirlo. Juntos cambiaremos las cosas. Ahora, no después*".

Lentamente, con un nudo en la garganta, se quitó los guantes y presionó sus manos contra las mejillas del joven. Enseguida, sintió su magia, brillante, dorada y segura, una calidez en sus palmas que subía como un cosquilleo sutil por sus brazos. Apenas lo conocía, pero, aun así, notó que no quería que se marchara. Nunca nadie le había pedido ayuda u ofrecido la suya a cambio.

"*No estás sola*", se dijo a sí misma y las palabras se sintieron falsas en su boca, como humo, como cenizas, como algo que lleva muerto mucho tiempo. Pero luego pensó nuevamente en la mantícora, la gorgona gris y la ninfa, a quienes consideraba sus amigas. Pensó en su madre y en la hermana de este joven, y pensó en el mundo que deseaba ver, uno con libertad para todos.

No tenía ningún plan, ninguna estrategia, y no estaba preparada para hacer una promesa que no estaba segura si podría cumplir. Pero, quizá, solo quizá, este era un comienzo.

"*Lo haré*", le dijo finalmente al joven. "*Pero no todavía*".

"*Su alteza...*".

"*Por favor. Necesito un poco más de tiempo. Debo prepararme y consultarlo con el resto de las criaturas del bosque que pelearán por nuestra causa. Lucharemos esta guerra solo si sabemos que podemos ganarla*".

Dejó caer sus manos y notó que extrañaba su calidez. "Es mejor que no volvamos a hablar. No hasta que yo te lo pida. No hasta que yo esté lista".

La princesa acompañó al Inmácula fuera de la parte vieja del palacio tras haberlo hecho jurar que nunca regresaría a ese lugar sin ella. Apenas lo conocía y no sabía si podía confiar en él, pero su promesa debía ser suficiente por ahora.

"Él sabe mi secreto", pensó y había algo apasionante en todo eso, incluso aunque la asustara saber que este joven tenía el poder de revelarle la verdad al rey. Regresó a su habitación, pensando cuándo llamaría nuevamente al Inmácula de cabello negro.

Pero el día siguiente, la princesa encontró a su madre en el templo de la terraza, acostada sobre el altar con la garganta abierta, una herida violeta que brillaba como una nube oscura frente a la luna. Su cuerpo yacía desangrado, drenado de toda sangre y magia.

La princesa gritó fuerte, muy fuerte, lo más fuerte que pudo, y una vez que empezó, no pudo detenerse.

Muerte, muerte, muerte.

El rey buscó en vano al asesino. Los rumores se esparcieron rápido; la princesa oía susurros que comentaban que las criaturas del bosque habían conspirado para asesinar a la futura reina y así iniciar una guerra.

La princesa se enteró de estos rumores, pero no sabía qué pensar. No matarían a una de los suyos. En su dolor, apenas podía pensar con claridad y, durante días, no habló con nadie.

Al tiempo, en un estado de trance, la princesa confundió a la luz del sol por la luz de las estrellas y a una nube robusta por la luna llena. Así se marchó hacia el bosque, pero no de noche, sino de día. Presionó la frente contra un árbol y rascó la corteza con sus uñas. Una cosa salvaje, perdida.

Y así fue como la atraparon.

Era el octavo día después de haber perdido a su madre. Los guardias notaron un comportamiento extraño en ella y vieron que de sus pisadas brotaban chispas. Los guardias le avisaron al rey de inmediato y este salió acompañado por sus soldados y el príncipe heredero hacia el bosque, en donde atraparon a la joven princesa mientras descansaba sentada junto a un árbol. Su armadura destellaba bajo la luz tenue del sol que se abría paso entre las nubes de verano, pero ella sabía que, aunque llevara un vestido del escarlata más profundo, su armadura era más fuerte que la de ellos.

"¿Qué es esto?", gritó su abuelo. "¿De qué se trata todo esto?".

La niña levantó las manos hacia el aire y empezó a llover suavemente. Algunas gotas pequeñas se pegaron a su barbilla, manos, cuello y cabello, e hicieron que toda su piel brillara como si estuviera cubierta de diamantes. Abrió la boca y rio.

"¿Qué clase de brujería es esta?", su abuelo le dio una bofetada y las gotas de lluvia salieron disparadas de su mejilla. "Detente de inmediato".

Le hizo caso, pero solo para verlo mejor, una barba blanca y corta, y un par de ojos azules y marchitos, llenos de miedo. Sus soldados, inmóviles, ya no la asustaban. Ya no. Aquello que había temido durante toda su vida, finalmente estaba pasando y se sentía aliviada de que así fuera.

Como todas las máculas capturadas, ahora tenía dos opciones. Pero esta vez, fue su abuelo quién decidió por ella. Su padre le rogó que lo pensara dos veces, pero ignoró sus súplicas. Dos soldados mantuvieron alejado al príncipe, mientras otro se acercó con un hierro caliente y marcó el dorso de sus manos con la marca de los Inmáculas: en la mano derecha, un ojo abierto, en la izquierda, un ojo cerrado. Gritó mientras las ampollas se formaban en su piel.

El rey le dijo: "Se te acusa de prácticas vinculadas a las máculas, las cuales has ocultado durante dieciocho años. Recibirás la condena que merecen los de tu tipo. Tu linaje real ahora será una farsa. Eres mi esclava y lo serás por siempre".

La joven se puso de pie, reluciente. Otra risa se formó en su garganta, pero esta era oscura y cruel, y si la dejaba salir, todo el mundo se partiría en dos. Una división rápida, una veta limpia: magia a un lado, majestad al otro. Pero ella quería serlo todo.

"No lo entiendes, siempre fui tu esclava. Siempre estuve atada a tu miedo, a tu odio. Soy una princesa y una mácula. Soy ambas cosas. Tengo muchos rostros, no solo el que ven día a día para engañarlos. Se los mostraré a todos ahora". Al mejor estilo de las máculas, hizo una reverencia con ambas manos sobre el corazón. "La magia es como un rayo de sol, capaz de bridar calor y quemar, de iluminar y encegueer por igual. Bajo tu control, me convertiré en un arma contra el bosque y la gente que quiero. No seré tu esclava, no dejaré que me utilices".

Dio un paso hacia adelante y los soldados retrocedieron. Solo el rey se quedó parado firme, inmutable.

"Desde este día en adelante, estaré en el Bosque de Graiae, justo en el centro, bajo un hechizo de sueño", dijo y su padre le pidió a gritos que no lo hiciera. Pero la princesa continuó. Ya no había forma de salvarla ahora. "Lo único que me despertará es un beso. Sí, solo eso... Un beso. Pero sepan algo: quien se anime a tocar mis labios con los suyos deberá pagar el precio y ese precio es la vida. Quien intente despertarme, morirá, al igual que su ser más preciado".

Giró en círculos sin quitar la vista de los soldados, quienes mantenían los ojos fijos hacia adelante, sin animarse a mirarla. Volteó hacia su padre, quien tenía los brazos extendidos hacia ella, pero no podía tocarla.

Y, por último, volteó hacia su abuelo. Lo miró y él le devolvió la mirada. "¿Quién pagará el precio de una vida? ¿Tú?".

El rey no dijo nada. Ella sabía que no arriesgaría su propia vida por ella y eso era justo lo que quería. Solo deseaba dormir en paz.

Cuando terminó, se fue corriendo. Los soldados la persiguieron hacia el bosque, pero ella conocía mucho mejor el lugar y pronto los dejó atrás.

Mientras corría, murmuraba un hechizo de somnolencia, uno tan poderoso y antiguo que guardaba cierto rastro de magia roja, como una gota de sangre sobre una seda blanca. Susurró todo el camino hasta llegar al centro del bosque, en donde finalmente cerró los ojos y se desplomó sobre un arbusto frondoso y verde. Enseguida, las hojas se tornaron doradas y ocres donde su piel desnuda las tocaba, haciendo que sus bordes se doblaran hacia adentro. Su cabello estaba despeinado y lucía más oscuro que la tierra, mientras que sus manos permanecían firmes sobre su corazón. Así quedó recostada en el silencio, en la oscuridad, en un sueño.

Y sumida en el sueño más profundo de todos, sonrió.

El zorro que no era zorro giró sobre sus rodillas para mirar a la bruja.

—¿Te gustó la historia? —le preguntó, tan sutilmente que ella creyó estar a punto de llorar y ni siquiera sabía por qué. Jamás había llorado. No tenía razón para hacerlo; no en su castillo en un sueño en el Bosque.

La bruja solo se encogió de hombros.

—Estuvo bien —le contestó. El esmalte de su trono se sentía algo aceitoso sobre su espalda, húmedo por su sudor.

—La historia no termina allí —el zorro que no era zorro exhaló, quitándose la corona de flores de la cabeza—. ¿Quieres escuchar cómo sigue?

–Ya es tarde –le contestó ella.

–¿Deseas que me quede? –le preguntó.

La bruja no dijo nada.

–¿Deseas que regrese?

La bruja no dijo nada. El zorro que no era zorro presionó la punta de sus dedos contra la barbilla de la bruja. Ella no se movió. Él dejó caer su mano, pero ella aún la sentía, cinco puntos cálidos sobre su piel. En el resto del cuerpo, estaba fría. Se marchó, lentamente, como si esperara que ella le pidiera que regresara y le ofreciera quedarse.

Pero no lo hizo. *Y*, pensó ella, *nunca lo haré.*

Pero una pequeña parte de ella pensó: *Pero quizá, quizá, sí.*

Una brisa suave sopló entre las ramas de los árboles que se sacudieron en una noche larga que se extendió interminable. La bruja les pidió a los niños que se marcharan. A cada uno de ellos. Los echó con las manos vacías y llagas en sus bocas en lugar de deseos derretidos. Su altar quedó vacío, sin sangre seca ni dientes de leche y sombras. No podía tolerar a abrirles su corazón y le asqueaba la idea de coserse la piel con puntos irregulares y horribles, ya que no disponía de un espejo y nadie cerca para ayudarla. Excepto por los zorros leales, pero ellos no le contaban historias. Estaba sola, completamente sola, y quería gritar. Pero en su lugar, bailó, giró y se tambaleó de un lado a otro, mientras los zorros la miraban. Los gritos espantan a la gente, la despiertan. Incluso aunque la única persona cerca para espantar fuera ella misma.

La luna chillaba y las estrellas titilaban, mientras los zorros levantaban la cabeza y aullaban. Lo hacían porque ella no podía.

La Bruja de los Deseos, sola en el Bosque, no podía.

12
En la oscuridad

–¿Qué le hiciste a mi hermana? –le pregunto furiosa al joven en la oscuridad luego de que todos se fueran a dormir–. ¿Dónde está?

–Es todo parte del juego –me contesta de inmediato, tranquilo, como si nada hubiese pasado, como si todo fuera normal. Como si la gente se borrara de la mente y de los recuerdos de su familia todos los días, como un diente suelto que se cae de una boca sangrienta, rápido e irreversible.

–¿Y si no quiero jugar más? ¿Entonces qué?

–Entonces pierdes y no volverás a ver a tu hermana jamás.

Mis manos empiezan a temblar tan fuerte que apenas puedo girar el picaporte. Cuando lo logro, salgo corriendo del ático y regreso a mi cama oscura en silencio. Giro de un lado a otro, buscando una forma de calmar mi mente, obligándome a pensar y a recordar... A recordar quién es y dónde nos conocimos antes, un joven que parece el humo de las cenizas de un fuego extinto hace mucho tiempo, con su cabello negro sedoso y una voz que resuena interminablemente en mis oídos como truenos suaves y dolorosos.

Un momento... *Cabello negro sedoso.* ¿De dónde vino eso? Si nunca lo he visto. Pero estoy tan segura... El cabello del chico es negro, tupido y desprolijo, y puedo verlo perfectamente en mi mente. Intento enfocar la imagen para obligarme a ver su rostro, pero en donde deberían estar sus facciones, no hay nada.

Cuanto más lo intento, mi mente agotada empieza a deambular por donde quiere, torturándome con *arrepentimientos.* Si tan solo no hubiera dormido en el ático. Si tan solo no hubiera aceptado jugar al juego horrible de la Oscuridad. Si tan solo les hubiera contado a mis padres antes que era sonámbula, quizá podría haber terminado con todo esto antes de abrir la puerta. A veces, los secretos son secretos por una razón, porque conocerlos nos lastimarían más que mantenerlos ocultos.

Lo horroroso no necesita luz para existir.

Me acuesto boca abajo y hundo el rostro en la almohada. Ay, Dios... ¿Qué he liberado?

Gabrielle se levanta de los pies de mi cama y se acurruca junto a mi hombro, compartiendo mi inquietud en la noche que respira a nuestro alrededor y pega su calor a nuestra piel. Al cabo de un rato, oigo a Rose moviéndose en su cama, por lo que me recuesto y cierro los ojos, aparentando estar dormida mientras ella se pone su malla de ballet, se ata el cabello en un rodete y se va a su clase.

Cuando abro los ojos, la habitación está vacía y la puerta

cerrada. Gabrielle bosteza y levanta la cabeza cuando me levanto. Me siento en la cama, con la camiseta torcida a la altura de mi cintura, y noto que solo la mitad de mi cabello aún está aferrado a la coleta. La habitación está oscura y la lluvia se desliza como dedos líquidos por la ventana. Ahora que Rose no está aquí, desearía haberme despedido de ella antes de que se marchara. Y casi sin poder evitarlo, aparece un pensamiento en mi mente: *¿Y si no regresa?*

Tomo mi teléfono de la mesa de luz y le envío un mensaje de texto, rogando que me conteste ni bien termine la clase para asegurarme de que no la borraron de mi vida y que aún existe en donde puedo verla. Cuando termino, dejo el teléfono sobre la cama y voy al baño a lavarme los dientes y la cara. En el espejo noto que la herida que me hizo Renata no es más que un raspón, oscuro, verde y dorado. Mi pecho es un chillido hecho imagen. Un grito.

Me quedo mirándolo, pero no desaparece; no cambia, ni se desvanece. Es real y, cuanto más lo miro, más duele, como si fuera un ardor sobre un ardor sobre un ardor.

—Buenos días —me dice Raisa algo dormida desde la puerta abierta, aún con el protector bucal que usa para dormir sobre sus dientes superiores. Cuando se lo quita, varios hilos de saliva quedan aferrados a él cuando lo deja en el lavabo.

—Qué asco —digo.

—Qué asco tú —me contesta, señalándome al pecho—. Eso se ve *horrible*. ¿Qué te pasó?

—¿Tú también lo ves?

—Ehm, *sí*. ¿Pensabas que era una de tus visiones?

A pesar del dolor, me toco el pecho con la punta de los dedos, como si pudiera quitar la herida por arte de magia.

–Ehm, quizá.

Se encoge de hombros y saca el estuche rosado de su protector bucal del botiquín del baño.

–¿Sería mejor *si fuera* una visión? ¿O es mejor que sea real, aunque parezca que te golpearon en el corazón muchas veces?

–No me *golpearon*. Renata me clavó una aguja.

Raisa cierra la puerta imantada del botiquín.

–¿Otra vez con Renata? ¿Tu amiga imaginaria?

Esta vez, me paro firme y tenso todos los músculos del cuerpo. Sus palabras, más que mi herida, se sienten como muchos golpes al corazón.

–¿Sabes qué? Estás siendo muy mala, mejor me voy –dejo caer las manos y me marcho hacia la puerta, todavía sintiendo un cosquilleo en el pecho.

Raisa pone la vista en blanco.

–Bueno, como sea, porque necesito bañarme.

Con Gabrielle por detrás, busco a mamá en puntillas de pie por la casa para no molestar a las sombras. Una vez me dijo que me haría bien, y que incluso sería catártico, hablar con ella cuando tuviera una visión que me resultara preocupante. La habitación de mis padres está vacía; solo la cama muestra signos de vida, ya que tiene las sábanas revueltas y las almohadas desparramadas por todos lados. Miro dentro del pequeño lavadero con aroma a jabón y montañas de ropa mojada en el lavarropas. La sala de estar está en silencio, la televisión está apagada y el control remoto descansa vertical entre dos almohadones en el sofá.

En la cocina, sobre el microondas, hay una nota de papá escrita a mano, toda en mayúsculas:

FUI A COMPRAR. LLAMEN SI NECESITAN ALGO. LES LLEVO SÁNDWICHES PARA EL ALMUERZO. TE QUIERO A TI Y A TI Y A TI.

Tres saludos, uno para cada una de sus hijas. Aunque quizá, como Rose seguro salió antes que él, el último sea para mamá. No habría un saludo para Renata, ya no más.

Por último, regreso al baño arriba y presiono una oreja contra la puerta, cierro los ojos y me empiezo a sentir increíblemente cansada, incluso aunque recién me acabo de levantar. No oigo más el agua, por lo que asumo que Raisa ya salió de la ducha. Golpeo.

–¿Sí? –grita desde el otro lado de la puerta.

–¿Dónde está mamá?

–Un segundo –oigo sus pies sobre el suelo de cerámica. Apenas hago a tiempo a enderezarme cuando la puerta se abre y se asoma Raisa. Tiene una toalla envuelta alrededor de su cuerpo, mientras su cabello azulino húmedo y enredado le cuelga sobre sus hombros–. Perdón, ¿qué?

–¿Dónde está mamá?

–¿A qué te refieres?

Gabrielle gruñe a mis pies sorprendida y algo ahogada, y su corazón se detiene por un segundo. Mis propios latidos se empiezan a acelerar como una imitación compulsiva. Lo suficientemente fuerte como para opacar la revuelta repentina en mi pecho.

–¿Sabes si fue a comprar con papá o…? –pregunto y Raisa resopla. Esboza una sonrisa, pero luego se detiene.

–Espera… ¿Estás hablando en serio?

Sujeto mi camiseta y la estiro.

–Sí, quería hablar con ella…

—¿Estás bromeando? —dice Raisa, parándose más derecha—. Tiene que ser una broma.

—Espera. No, yo…

—Cállate, Rhea —su voz suena como el equivalente audible de las luces de neón: estridente, hipnotizante y con un tono violento—. O sea, te quiero y todo eso, pero *cállate*.

Me llevo ambas manos al rostro y me cubro a medias los ojos, sin poder mantener la concentración en la sangre que avanza a toda velocidad por mi cuerpo.

—Rai, no entiendo…

—¿Quieres saber dónde está mamá? —dice y sus dientes se ven tan brillantes que parecen las luces de un auto por la noche en una carretera recóndita que rodea el bosque, iluminando las letras blancas reflectivas de una señal verde que dice NO ENTRAR, ALTO, RIESGO DE HIELO SOBRE CALZADA DEL PUENTE. PRÓXIMA SALIDA EN 2 KM. PROHIBIDO GIRAR EN U. Sus labios lucen blancos y pálidos. Y yo soy el animal que se escabulle por la cuneta de gravas, creyendo que está a salvo y fuera de vista. Pero, de un segundo a otro, estoy justo frente a la luz amenazante—. Está bajo tierra, Rhea. Dos metros bajo tierra. Si quieres "hablar" con ella, te sugiero que contactes una médium o empieces a cavar.

La sigo mirando aún con las manos a cada lado de mis ojos.

—Raisa, no es gracioso.

—No —dice—. ¿Verdad que no?

No, no, no, no, no.

—¿Dónde está mamá? —grito, golpeando el suelo con mi pie y Gabrielle salta hacia atrás—. ¿Dónde está? ¿Dónde está? *¿Dónde está?*

—¡Está *muerta*! —grita Raisa y me cubro el rostro por completo—. Desde hace seis meses. La atropelló un auto cuando salió a andar en bicicleta, ¿recuerdas? Un conductor ebrio a las seis de la mañana. ¿Lo recuerdas? ¡Ahora cállate, *cállate*!

—*No*. No te creo.

—Está bien —me dice con desprecio—. *Adiós*.

Y me cierra la puerta en la cara.

Temblando, me quedo parada en el lugar, esperando que Raisa salga nuevamente y me explique, pero oigo que enciende el secador de pelo al máximo y entiendo que no va a salir pronto y no volverá a abrir la puerta hasta asegurarse de que ya me haya ido.

Me marcho a la cocina corriendo, con Gabrielle por detrás, y arranco la nota de papá del microondas. La leo una y otra vez, de atrás hacia adelante, de arriba abajo; y luego la giro, como si hubiera un mensaje secreto atrás.

TE QUIERO A TI...

Raisa...

Y A TI...

Rose...

Y A TI...

Rhea...

—¿Mamá? —susurro, dejando caer la nota al suelo y sacudiendo la cabeza. *Despierta, despierta, despierta...*

—¿Mamá? ¡Mamá! ¿Dónde estás? ¿Dónde estás? ¿Dónde estás? ¿Dónde estás?

Cállate, cállate, cállate...

Camino hacia el vestíbulo. No puedo esperar a que papá regrese para aclararme las cosas.

¿Cuánto tiempo le tomará?

Salgo por la puerta del frente, bajo por los escalones del porche y camino por el césped hacia la entrada para el auto a un lado de la casa hacia el garaje. El coche de papá y la camioneta que compartimos el resto de nosotras no están, por lo que paso por encima de la cortadora de césped, algunas sillas plegables y unas cuantas cuerdas de saltar enredadas, y busco mi bicicleta al fondo de todo: una bicicleta vieja de piñón fijo color verde menta con un manubrio alto y una canasta grande al frente. Está algo polvorienta y la rueda trasera está algo desinflada, pero, más allá de eso, está bien. La saco del garaje hacia la neblina de la mañana. Hay muchas nubes negras en el cielo que truenan con fuerza, pero todavía no llueve. Aunque Gabrielle proteste, la levanto y la pongo dentro de la canasta, y me subo.

Me alejo del mar y cruzo el vecindario, donde viven Brett y sus amigos, y sigo por una carretera principal con algunas tiendas.

Estoy completamente traspirada y agotada por el calor y la humedad, y a mi alrededor puedo ver cómo el vapor brota de las alcantarillas, como si fuera la respiración de algún fantasma. Intento ignorar las casas que se derrumban y las personas que pierden parte de sus rostros cada tres parpadeos.

Así: uno, dos, tres; *mejilla desgarrada.* Uno, dos, tres; *nariz aplastada.* Uno, dos tres; *garganta abierta.* Uno, dos, tres…

Respirando con dificultad, pedaleo casi sin obedecer las señales de tránsito.

No puede ser verdad, no puede ser verdad, no puede ser verdad, pienso.

¿O sí?

¿Dónde está Renata? ¿Todos vamos a desaparecer? ¿Uno por uno? ¿Seré la última?

Avanzo junto al cordón y me salpico los tobillos y pantorrillas con el agua enlodada de la zanja. No me siento real, sino más bien como si estuviera dentro de un cuerpo prestado, como si la carne y los huesos fueran de otra persona. Un corazón que parece una manzana podrida arrancada de un huerto prohibido.

Estoy cansada, hambrienta, y todo lo que veo a mi alrededor muere o está en proceso de hacerlo. Pronto, empieza a llover, suave pero insistente, y no quiero nada más que regresar y dormir, despertarme y empezar de nuevo, fresca. Pero no puedo, sé que no puedo, por lo que, si bien me duelen las rodillas y los pulmones no dan más abasto, sigo.

Finalmente, llego a una iglesia blanca que tiene el campanario torcido y rejas de hierro: el único cementerio de la ciudad, abierto a las visitas. Gabrielle levanta la cabeza desde la canasta mientras pedaleo por el sendero irregular que se abre paso entre las tumbas con ángeles de piedra y mausoleos de mármol, entre robles viejos con ramas dobladas por el viento húmedo y árboles grandes inclinados ante las nubes de hierro. No es un cementerio muy grande, puedo ver con claridad hacia afuera, una calle bastante concurrida donde los coches pasan a toda prisa con sus limpiaparabrisas encendidos. Avanzo hacia uno de los rincones de la manzana, donde deberían estar enterrados mis abuelos.

Me detengo cerca de su parcela frente a dos rocas cuadradas en el suelo. El lodo se sigue acumulando en la zanja, pero de todas formas me arrodillo y me arrastro con mis piernas y brazos por la tierra mojada. Gabrielle se baja de la canasta y sacude su pelaje anaranjado, aunque todavía siga lloviendo. Y en ese instante, la veo: una tumba que no recuerdo haber visto antes.

La leo una vez, dos veces. Otra vez. Otra vez. Rápido, lento. De derecha a izquierda, al revés, de arriba abajo.

Reese Ravenna
Amada madre, esposa y jardinera de la vida

No hay ninguna fecha, pero Gabrielle llora. Entierro mi rostro en el pliegue del codo y lo único que veo es mi piel con sus venas azules pálidas.

Sigo mi lista de cosas para no gritar: me tapo los ojos.

Inhalo, lentamente.

Exhalo, rápido.

Parpadeo tres veces.

Mantengo la vista tapada con fuerza hasta que el grito interno se apaga.

Pero…

El grito, *este* grito… *Nunca* se apagará.

Me muerdo las mejillas, con fuerza, tan fuerte como puedo, y luego… empiezo a cavar.

Con puños y uñas, ira y miedo, cavo con fuerza a través del lodo, el césped y la grava. La desenterraré si tengo que hacerlo, hueso por hueso, cabello por cabello, reanimaré su cerebro y su cuerpo. La traeré de regreso a la vida.

Solo un poco más.

Un poco más profundo.

Un poco más abajo.

Cuando empiezan a dolerme los brazos, bajo la intensidad, pero no me detengo. Gabrielle también me ayuda, con sus patas sucias, la mandíbula tensionada y las orejas levantadas. Quiero bajar las estrellas y arrojarlas al suelo para que mi madre sepa dónde es arriba y renazca bajo una luz sagrada.

Estoy sola en el cementerio llena de lodo y gusanos con la tierra revuelta a mi alrededor. Estoy sola y deseo con todo mi estúpido corazón no estarlo.

Arriba en el cielo veo un relámpago, seguido del estruendo de un trueno, mientras las nubes escupen lluvia como si fueran los labios del cielo. Aunque aún es de mañana, todo el mundo se ve tan oscuro que parece una noche sin luna. Demasiado oscuro. La oscuridad más oscura. Una sombra en particular aparece por detrás de mí y se acerca lentamente hacia mí.

Pronto, respira y, pronto, habla.

—Shhh, mi cielo, está todo bien.

Golpeo el lodo con mis puños y me salpico toda.

—¡Deja de llamarme así! —grito y levanto la vista. Pero, al hacerlo me doy cuenta de que, si bien la tumba aún está delante de mí, ya no estoy en el cementerio. Estoy en el bosque.

En medio de un claro amplio, rodeada por un círculo casi perfecto de árboles tan altos que, cuando llevo la cabeza hacia atrás, no puedo ni siquiera ver su copa. Y empiezo a creer que, quizá, no tengan fin y simplemente suban así hasta la eternidad, donde sostienen a las estrellas como corazones ardientes en sus ramas, mientras que sus raíces se extienden desde este mundo hacia el próximo, una y otra vez. El espacio que los separa está tan oscuro que pareciera como si no existiera nada allí, ni siquiera aire.

Pero estos árboles no son nada en comparación con lo que se eleva justo delante de mí: un castillo.

O, mejor dicho, las ruinas de uno.

Un río calmo y fangoso del color de la sangre coagulada rodea las torretas de troncos podridos y un puente levadizo con engranaje de hierro oxidados, paredes de madera, hojas rojas y marchitas que caen hacia un lado, almenas torcidas hechas con dientes amarillos, carcomidos y manchados de sangre vieja, como si los hubieran arrancado de la boca de alguna bestia peligrosa. Algunos retazos de piel flotan en el aire como la pelusa de un diente de león que se entremezcla con la neblina a mi alrededor, como una respiración pesada sobre mi cabeza. Un viento marchito sopla desde un lado, como el aliento frágil de algo dormido.

Como algo salido de un sueño o de una pesadilla, o de ambos y ninguno a la vez.

Fascinada con la vista, me pongo de pie lentamente. La lluvia suave eventualmente se detiene, pero, de algún modo, todavía escucho el tráfico a lo lejos, neumáticos sobre el agua, lo único que me conecta con la realidad.

La voz de la Oscuridad suena por detrás de mí, sobre mi hombro, a un lado de mi oreja. No estoy segura de que realmente esté aquí o que también sea parte de la visión.

–Entra –me dice la Oscuridad–. Entra y velo tú misma –doy un paso, pero me detengo, vacilante, porque este es la clase de lugar en el que viviría una bruja. Un palacio en el bosque–. Vamos, mi cielo –me apura suavemente–. Estoy a tu lado.

–Quiero verte –susurro y mi corazón empieza a latir con más fuerza y dolor, tan trémulo como el silencio de un mundo que espera una tormenta. Cuando giro hacia su voz, no veo a nadie, solo una sombra densa e impenetrable–. No quiero estar sola.

—No lo estás –dice–. Yo estoy aquí, siempre estoy aquí.

Parpadeo para quitarme la lluvia de los ojos y miro hacia el castillo. Estoy tan cansada. Y mojada. Y más hambrienta que nunca. Y preocupada, como si quisiera destrozar el mundo. Pero también quiero dormir y no despertarme nunca más. Dormir para siempre.

Empiezo a caminar.

Cruzo el claro, avanzo por el puente levadizo que se tambalea de un lado a otro y atravieso la compuerta levantada.

—Por aquí –me dice la Oscuridad y sigo el humo de su voz, hipnotizada, a través de los pasillos y rincones del castillo, cuyas paredes de ramas albergan espacios abiertos entre sí. Algunas gotas de lluvia caen desde mi cabello hacia mis ojos, mientras entro cada vez más al castillo; desde el cementerio, desde la tumba de mi madre, hacia las profundidades de un sueño aterrador y emocionante, y no volteo. Ni siquiera una vez.

—Aquí estamos –dice finalmente y una puerta doble se abre delante de mí como si tuvieran vida propia–. Está bien tener miedo.

Dentro me encuentro con una habitación circular abierta con columnas hechas de vertebras retorcidas empotradas en la pared. No tiene techo y puedo ver un cielo tan bajo que no estoy segura de que siquiera sea el cielo real. Sea lo que sea, brilla, pero su luz no me alcanza y no sé si es la mañana o la medianoche o algo en el medio. Solo veo un resplandor verde incrustado entre las estrellas tenues y suaves que forman una constelación parecida al tatuaje que papá tiene en la espalda. Una mano delgada que intenta sujetar algo que no puede tener.

Está muy oscuro, salvo por el brillo del suelo que parece cubierto de rocas o de diamantes extraños que se degeneran hacia algo que no parece carbón, sino algo más caliente, algo que parece y suena a muchos secretos, secretos tangibles y físicos.

Pero este brillo no es lo único que hay en el suelo. También hay manos. Esqueletos de manos. Cientos de ellos.

—¿Qué pasó aquí? —logro preguntar entre dientes, mirando los huesos de los dedos, nudillos y muñecas rotas en el suelo, algunos tan rotos que apenas puedo distinguir qué son—. ¿Qué es este lugar?

Como si me estuviera respondiendo, oigo un eco que avanza por todo el cielo, tan suave como las patas de una araña, como palabras atrapadas en las gotas de agua que cuelgan de una telaraña resplandeciente segundos antes de caer a la tierra, demasiado pesadas como para que la seda las pueda sostener: *Despierta*.

Me obligo a levantar la vista del suelo y veo un diente inmenso tallado con la forma de un trono, partido justo al medio como si lo hubiera atravesado un rayo. Pero no lo había visto antes debido a la densidad de las sombras que lo rodeaban. Me acerco lentamente a él, con el crujir de los huesos bajo mis pies.

—Cuidado, Rhea Ravenna —dice la Oscuridad desde algún lugar cercano a la entrada, como si no estuviera dispuesto a entrar a este lugar abandonado—. No toques nada.

—¿Por qué? Si nada de esto es real —le digo, parándome justo frente al trono. Había pensado en sentarme en él, pero ahora que lo tengo justo al frente, no quiero ni estar cerca. Su superficie esmaltada se ve tan suave y brillosa que parece la parte blanca de un ojo, y tengo la sensación de que, si lo toco, me va a quemar, lastimar y matar.

Paso la mano por mi cabello mojado y lleno de lodo, y volteo hacia el centro de la habitación. De inmediato, veo algo que no estaba allí hacía solo un minuto: un ataúd. Un ataúd hecho completamente de cristal sobre una base de madera.

Y no está vacío.

–¿Mamá? –avanzo con cuidado al principio, pero lentamente camino más rápido hasta estar corriendo hacia ella–. ¡Mamá!

Y cuando estoy lo suficientemente cerca, me doy cuenta de que estaba equivocada. No hay nadie allí. Solo flores. El ataúd sin tapa está lleno de rosas rojas.

–No me advertiste –le digo entre dientes a la Oscuridad, sin apartar la vista de las rosas. Se oye un trueno chirriante y las ramas de las paredes empiezan a retorcerse, a enredarse–. No me advertiste que tu juego haría que mi hermana y mi madre desaparecieran sin previo aviso.

Silencio.

–Eso no es obra mía –susurra. Me acerco a una rosa como si estuviera hipnotizada, mientras siento a mi corazón latir con fuerza contra mi pecho como una advertencia–. Es… espera, Rhea, *no…*

Demasiado tarde. Sujeto el tallo de la flor con una mano y lo arranco con toda mi fuerza.

Pero la rosa no cede.

De inmediato, varias espinas se clavan a la palma de mi mano con tanta fuerza que empieza a sangrar y trae consigo un dolor creciente. Alejo la mano, maldiciendo y gritando, mientras la sangre brota desde la herida hacia mi muñeca.

Y así, empiezan los gritos.

Esta vez son más enfermos y desesperados que nunca. Me

llevo las manos a mis oídos y me mancho las mejillas de sangre. Las paredes se retuercen y chillan con intensidad, y el suelo se tensa como un músculo. Empiezan a caer lágrimas del cielo y chispas de luz en el suelo brillan azules y luego violetas, hasta quedar negras. Las columnas se inclinan hacia un lado y se chocan entre sí, dejando agujeros en las paredes frenéticas. Me quedo boquiabierta, confundida y fascinada.

Un sueño no puede hacerme daño.

¿O sí?

Siento un brazo por debajo de mis rodillas y otro sobre mi espalda. Enseguida, alguien me levanta y me sujeta contra un pecho que no puedo ver. La Oscuridad me mantiene firme contra él y luego... corre.

Cruza la puerta y avanza a toda prisa por los pasillos, cruza el puente levadizo que se sacude de un lado a otro y sale del castillo muerto y moribundo, de regreso al claro donde me encontró. Esperaba que se sintiera como una roca, inflexible, pero su piel se siente cálida y suave, sus huesos no son más que nudos pequeños que sobresalen debajo de una capa delgada de músculos. Presiono mi rostro contra su cuello y noto que su pulso es más un espasmo que un latido.

¿Por qué tu corazón suena como una disculpa?, pienso. *¿Por qué te disculpas?*

Me baja y caigo de rodillas, y Gabrielle me empieza a lamer la mejilla. *Gabrielle... ¿Por qué no entró al bosque conmigo?* La envuelvo entre mis brazos y la acerco a mi cuerpo con los ojos mojados y comprendo que está lloviendo otra vez. Me seco las gotas con el dorso de la mano y miro a las tumbas más cercanas y a los ángeles de piedra que las custodian, a la cerca negra que separa el cementerio de la acera y la calle al otro lado, donde se oye el sonido perpetuo del tráfico.

Desde algún lugar cerca, oigo unas pisadas fuertes bajo la lluvia imparable y me pregunto qué otra alma solitaria podría estar afuera con esta tormenta, mientras mis lágrimas desaparecen con el agua.

—¿Estás aquí? —susurro, esperando que la Oscuridad aún esté cerca, mientras sujeto a Gabrielle, expectante.

—¿Rhea? —grita una voz, pero no es la Oscuridad. Alguien se acerca salpicando por el cementerio y, si bien lo reconozco por su voz, me sorprende ver a papá delante de mí con un paraguas azul gigante—. Rhea, *¿qué estás haciendo aquí?*

Abro la boca para decir algo, pero no me sale nada.

—Me llamó Raisa —me dice, agachándose y parándose a mi lado para que el paraguas también me cubra de la lluvia, mientras sus pies se llenan de lodo—. Me dijo que quizá te encontraría aquí. Dijo que te sentías mal.

—Mamá… ¿murió? —papá asiente, posando una mano sobre mi hombro y apretándolo—. No. *No.*

—Hablemos en casa —me dice con sutileza, sujetándome del brazo—. Puedes darte un baño caliente y relajarte.

Dejo que me lleve, mientras tengo toda la ropa pegada a la piel, enlodada de pies a cabeza. Cuando abro los dedos para revisar la herida noto que aún está allí: cinco puntos pequeños que parecen la mordida de un lobo, roja y amarga como una rosa.

Pijama sucio lleno de lodo seco. Cabello húmedo y resfrío. Mantengo las piernas firmes contra mi pecho. La lluvia ya paró, pero las nubes aún deambulan por un cielo que se ve igual que mis ojos después de llorar: secos, hinchados y brillosos. Me siento en el suelo en el medio del pequeño jardín de mamá, frente a los pocos árboles del patio, mirando fijo a un cuervo que está sobre una rama alta. Me mira como si me reconociera, pero no se atreve a decirlo hasta estar seguro. Gabrielle descansa al pie del árbol y lo mira fijo, con la cola tensa y levantada con voracidad, incluso aunque él la ignore por completo, para nada amenazado. Hago fuerza con la mandíbula para que mis dientes no tiemblen.

Decir que esto es un jardín es ser bastante generosa. No es más que una parcela de tierra desnuda un poco descuidada con algunas hierbas espinosas y algunos dientes de león que se mecen sobre sus tallos delgados. Sigo esperando que se transformen en flores, en gemas frondosas de todos los colores, pero no lo hacen.

Sigo esperando que la neblina del sueño se desvanezca de mi cabeza para sentirme real de nuevo, pero no lo hace.

Lo único que evita que me duerma es el pinchazo que siento en el pecho, como si me hubieran clavado más agujas para abrirme una y otra vez.

—¿Rhea?

El cuervo se va sin emitir sonido y volteo hacia la casa. Papá se asoma por la puerta. Me viene a ver cada veinte minutos desde que me encontró en el cementerio y me trajo a casa, los sándwiches prometidos en el asiento de atrás. Guardó mi bicicleta en el maletero y dejó que Gabrielle descansara sobre mi regazo húmedo y sucio.

—Te vas a enfermar —me dice, cruzando los brazos sobre su pecho.

—No me importa.

Raisa aparece por detrás, pero se asoma solo un poco sobre uno de sus hombros. Rose también está allí en puntillas de pie, mirándome por encima de la cabeza despeinada de papá.

—Preparó wafles —acerco las piernas más hacia mi pecho con toda la fuerza necesaria para hacerme lo más pequeña posible—. Hace solo dos días. Tú comiste algunos, papá, allí en la mesada de la cocina. Y después tuvieron una pelea de espadas con los cubiertos.

Raisa suelta un quejido.

—Vamos, Ree. Basta.

Pero solo tengo ojos para papá, quien se toca la piel suave de su barbilla y me mira.

—¿Ganaste tú, papá, o ella?

No dice nada.

Nada.

Y nada.

Me encojo de hombros y volteo para no tener que ver su mirada triste y perdida, o la advertencia en las cejas de Raisa o la distracción ilegible de Rose, quien se muerde el labio y aparta la vista.

—Ah, está bien —digo—. Supongo que fue un empate.

13
En el bosque

Una medianoche oscura como la picadura de una araña: un cielo esmeralda infectado con cúmulos de estrellas suaves y una luna tejida con telaraña. Esa noche, la Bruja de los Deseos reclutó un ejército de arácnidos para decorar el universo.

Descansaba sobre su espalda sobre el altar de piedra vacío en medio del claro, mientras el zorro que no era zorro yacía a su lado con una manta suave y gruesa debajo. Tenían las rodillas dobladas como pirámides que apuntaban directo al cielo, tan cerca entre sí que se tocaban y se mantenían firmes, su muslo derecho contra el muslo izquierdo de su compañero. Algunos mechones de su cabello estaban justo debajo de él, mientras que el resto yacía disperso sobre su cabeza como un fuego negro.

—Cuéntame —le dijo ella—, ¿qué ocurrió luego de que la princesa mágica cayera en el sueño profundo?

El zorro que no era zorro parpadeó y levantó la vista hacia el cielo verde venenoso. Luego continuó su historia, fuerte y claro:

En las profundidades del Bosque de Graiae, la princesa durmió eternamente. Estaba en la parte más profunda y oscura del bosque, donde ni siquiera las estrellas brillaban y, por un largo tiempo, nadie fue a verla.

El Inmácula que había hablado con ella en el ala norte podría haberse unido a ella, pero lo habrían sentenciado a pudrirse en los calabozos por tiempo indefinido. Lo que la princesa no sabía era que él había estado allí ese día, en el bosque, cuando conjuró su hechizo de sueño. Al ver la conmoción de los guardias, siguió al rey y sus soldados hacia la entrada del bosque. Cuando la princesa se había escapado hacia allí, él la había seguido con la idea de detenerla, ayudarla, esconderla o cualquier cosa que evitara que conjurara una maldición irreversible en ella misma. Pero los soldados lo atraparon antes de encontrarla. Lo acusaron de conspirar con la princesa contra la corona, pero no le hicieron daño alguno porque controlaba una especie de magia enigmática: la necromancia. Y el rey sabía que este nigromante único era demasiado valioso como para matarlo.

En todo ese tiempo, el nigromante solo deseó ser libre: libertad que creía que la princesa le podría conceder. Pero ahora, debido a su torpeza, nunca la obtendría. Ni su hermana, oculta en el Pozo de los Descorazonados con sus padres sin magia desde el día en que los habían atrapado el año anterior.

Nunca olvidaría la decisión que cada uno de ellos tuvo que tomar; cómo su madre tuvo que taparse los ojos cuando el icoromante hundió sus manos brillantes en el pecho de su padre y atravesó su piel, músculos y huesos, hasta llegar a su corazón humano, en cuyo interior cerró el puño. Pero ni las manos temblorosas de su madre pudieron apagar los gritos de su padre o el olor a sangre quemada que, de algún modo, podía sentir en la

boca. Y recordó la manera en la que su padre sujetó los hombros del chico para mantenerse de pie, mientras el icoromante le realizaba la misma mutilación a su madre. El joven observó cómo le arrancaban a su madre su corazón pequeño de mácula, que, por un momento, resplandeció con una luz plateada entre su mano antes de hacerse polvo y desaparecer.

Nunca podría entender o aceptar la decisión de sus padres de renunciar a su libertad. Ya que, si bien era ahora un Inmácula que vivía en una torre de cristal junto a otros Inmáculas que usaba el rey cuando necesitaba algo: un arma embrujada para ganar alguna disputa con un territorio extranjero, la cura para alguna enfermedad complicada, o revivir a algún ser querido de aquellos que podían pagar una sesión privada... al menos, hasta en esas circunstancias, aún conservaba su magia, aunque no pudiera utilizarla para lo que quisiera.

Sabía que quizá nunca volvería a ver a su familia, salvo su hermana, una oniromante que había logrado escapar el día que atraparon al resto y que se refugió en un ático húmedo con los Olvidados del Bosque hasta que fuera seguro salir para reencontrarse con sus padres en el Pozo de los Descorazonados. Cada noche desde que lo tomaron prisionero, se encontraban en sus sueños. Ella le buscaba cuando dormía y lo llevaba a un lugar en donde podían estar solos, al menos por algunas horas.

Una caminante de sueños, eso era, y no se la debe confundir con una diseñadora de sueños, una especie de oniromante extraña con magia tan poderosa que puede crear sueños nuevos...

En este instante, la bruja resopló, rápido y corto. Lo había estado escuchando con atención, tan concentrada en sus palabras, que tenía el ceño fruncido y un dolor incipiente en la cabeza.

–Suficiente de este niño y su hermana –dijo–. Quiero saber lo que ocurrió con la *princesa*. Esta historia es sobre *ella*, ¿verdad?

–No es *solo* sobre ella –le contestó el zorro que no era zorro–. Hay muchos otros que...

Se detuvo cuando vio que la bruja le lanzó una mirada severa. Levantó la barbilla hacia el cielo y continuó:

De inmediato, el rey envió a sus hombres al lugar de descanso de la princesa, de manera que, si alguien quería revivirla, se toparían con un sendero más peligroso que de costumbre, ya que los soldados tenían órdenes explícitas de matar a cualquiera que se acercara.

Ni siquiera su propio padre se animaba a despertarla. Si era él quien interrumpía su descanso, entonces eso significaba que la princesa también moriría. "Quien intente despertarme, morirá, al igual que su ser más preciado".

Los días pasaron y el príncipe heredero no hizo nada más que deambular por los corredores del castillo desde el amanecer hasta el anochecer, presionando sus dientes y cayendo cada vez más en las profundidades de la desesperación. Dejó de lado sus tareas de príncipe y empezó a ignorar al rey, quien intentaba en vano calmarlo y controlarlo. El príncipe heredero siempre supo que su esposa y su hija eran máculas, pero mantuvo el secreto con la promesa de cambiar las cosas ni bien asumiera el trono. Pero ahora había ocurrido lo que más temía, con su esposa e hija fuera de alcance, no podía ni siquiera convencer al rey de que hiciera una excepción con la princesa para dejarla vivir una vida libre como si nunca nadie hubiera descubierto su secreto.

"Borrar la mente está fuera de mi poder", dijo el rey. "Incluso, aunque la perdone, el pueblo nunca la aceptará como su princesa, ahora que saben la verdad".

"¡Entonces destiérrala al bosque y déjala a la merced de los salvajes!". El príncipe caminaba de lado a lado frente al trono, furioso. Era el

heredero al trono, ¿verdad? Y, aun así, no podía salvar ni siquiera a su propia familia. ¿Cómo podría defender un reino entero si fallaba al proteger a su propia hija de las manos de su abuelo? "Desherédala, recházala, envíala lejos, cualquier cosa menos esto".

Pero el rey simplemente suspiró. "Ya es demasiado tarde".

Y así el príncipe furioso y dolido caminó miles de kilómetros sin siquiera salir del castillo, como un fantasma en los corredores. Pero pronto su desesperación empezó a transformarse en algo distinto, algo que se acercaba más a una sensación de determinación. Toda esta magia lo había hecho pensar de formas extrañas y problemáticas: "No puedo salvar a mi hija ahora, pero ¿qué hay de mi esposa?". La reina muerta estaba enterrada en el templo del castillo, frente al altar del Caminante, un dios cuya mano izquierda simbolizaba la vida y la derecha, la muerte. Bajo el manto de la noche, una semana después de la maldición de la princesa, el príncipe convocó al nigromante de los calabozos.

El nigromante realizó su conjuro y la reina muerta abrió los ojos… Pero algo estaba mal. Sus labios recobraron su tono rojizo, su piel recobró el color y sus pulmones se llenaron de aire con voracidad. A pesar de que su esposo sorprendido estuviera justo a su lado cuando despertó, sujetándola de su mano débil, no lo veía bien y no parecía saber que estaba allí. Cerró los ojos y los latidos de su corazón disminuyeron, pero no se detuvieron. Antes de que el príncipe pudiera besar los labios cálidos de su esposa, ella volvió a caer en un sueño profundo sin sueños. Si bien lo intentó todo, no pudo despertarla: ni tocándola, ni gritando, ni sacudiéndola de los hombros. Un sueño que parecía la muerte viva, al igual que había ocurrido con su hija.

El príncipe estaba desconsolado, pero el nigromante esperaba que algo así ocurriera.

"*Necesita magia*", dijo. "*Sin su magia natural, nunca volverá a ser la misma*".

El príncipe no apartó la vista de su esposa, ni si quiera una vez y nunca más lo hizo. "*¿Cómo puede recuperarla?*".

El nigromante vaciló. "*Tomará tiempo restaurarla*". Y, si bien era verdad, solo funcionaba con una mácula saludable. Si alguien usaba mucha magia en un solo día, quedaría exhausto y solo un largo sueño los regresaría a la normalidad. Pero si como a la reina, les habían drenado toda la sangre y la magia por completo, entonces estaban muertos. La única esperanza de que la reina regresara a la vida era que le transfirieran magia nueva. El nigromante también pensó en un conjuro poco conocido que se usaba para transferir magia entre máculas, pero este hacía que la transferencia fuera permanente y ni siquiera sabía si funcionaría, por lo que dejó de lado esas ideas. Temía que el príncipe le ordenara que le transfiriera su magia a la reina inconsciente y desafiar al príncipe era desafiar al rey; ninguno valía su vida.

Así el príncipe, sin saber toda la verdad, dejó ir al nigromante, a quien encadenó nuevamente antes de que los guardias se lo llevaran de regreso al calabozo. Esa noche, el nigromante agotado se encontró con su hermana en un sueño y...

–¿Solo eso? –la bruja se puso de pie–. ¿Y qué hay de la reina muerta? ¿Qué hay de la princesa maldita? ¿Ese es el final de la historia? ¿Todos se quedaron dormidos?

El zorro que no era zorro también se sentó. Sus hombros se tocaban, pero solo apenas, y su piel se sentía como humo sobre la de ella, suave y quemada.

–Todavía no terminó.

–¿Cómo sigue? ¿Intentaron al menos despertar a la princesa?

El zorro que no era zorro mantuvo la mirada hacia adelante, mordiéndose sus mejillas pálidas. Ella miró las heridas sobre el dorso de sus manos.

—Sí —dijo—, sí. La ninfa y la gorgona gris. Pero para eso, necesitaremos otra noche.

La bruja no dijo nada y solo miró al cielo que había creado con sus manos. De la luna de telaraña colgaba un cometa pesado, una madeja de fuego que siseaba como una mosca atrapada entre los hilos brillantes de la telaraña. El color verde venenoso del cielo ya se desvanecía, como un moretón a punto de sanar. Las arañas mismas empezaron a recluirse en el horizonte, desplomadas por el cansancio.

El zorro que no era zorro la miró.

—¿Deseas que me quede?

La bruja no dijo nada.

—¿Deseas que regrese? —le preguntó, suspirando y poniéndose de pie. Pero la bruja siguió sin decir nada.

—Hasta mañana, entonces.

Caminó hacia el borde del bosque donde los niños y los zorros pasaban de un mundo a otro. Era tan *fácil* para ellos, ¿verdad? Regresar a sus vidas caleidoscópicas en mundos donde el sol sube solo y los árboles no le hablan al viento, y el cielo está tan lejos que nadie puede tocarlo.

Para ella, una aventura tan complicada como esa no era posible. Ella no podía irse de ese lugar y no quería hacerlo. No, no quería.

Tenía las historias y era casi lo mismo. Casi como salir, al menos, por un rato.

—Espera —dijo la bruja—. Por favor.

El zorro que no era zorro se detuvo.

—¿Sí? —preguntó.

Y la bruja inmutable, curiosa e incansable, le contestó.

—Quédate.

Cruzó el claro y se arrodilló delante de ella. Sin levantar la vista, murmuró:

—Me quedaré todo el tiempo que desees.

14
En la oscuridad

Luego de un largo baño caliente y horas de mirar el techo, decido que la única forma de salir adelante es ganar este juego enfermo al que accedí jugar. Pero para eso necesitaré una pista.

Espero a que todos se vayan a dormir y subo al ático, mientras la lluvia cae sutilmente sobre el techo y las ventanas, apenas audible, más bien como un cosquilleo en la espalda, una canción de cuna líquida que deseo que se detenga; deseo que todo el mundo se detenga por un momento y pueda recobrar mi aliento.

Pero el mundo nunca se detiene. Los deseos no funcionan de esa forma, al menos no sin velas, estrellas o un diente de león.

Todos en la casa están dormidos, incluso Gabrielle. Soy la única despierta, al igual que la Oscuridad. Antes de siquiera terminar de subir la escalera, lo oigo respirar. Respirar y caminar de un lado a otro en el pequeño espacio del ático, esperándome.

Me detengo justo antes de cruzar la puerta.

–Hola de nuevo, Rhea Ravenna –hace una pausa y luego agrega, con un tono mucho más calmo–. No estaba seguro de que vinieras.

–¿Cómo no iba a venir? Eres el único que puede ayudarme –aún en la puerta oscura, paso el dedo por cada una de las cinco suturas en la palma de mi mano. Se sienten duras y el dolor es lo opuesto al hambre, su aniquilación, desde ahora y hasta la eternidad, para no tener que comer nunca más otra cosa más que no sea mi propio odio, adictivo y delicioso como una manzana destinada a *la más hermosa de todas*.

–Sé que es aterrador –dice el joven suavemente–. Pero *terminará*. Todo termina, en algún momento. Incluso las mejores historias. Y las peores también.

–¿Hoy estuviste conmigo en ese lugar? –le pregunto, llevándome un mechón de cabello hacia atrás de mi oreja, un gesto sutil para secar una lágrima–. ¿En el cementerio? ¿Estabas conmigo en el bosque?

–Sí –me contesta–, y no.

–¿Qué quieres decir?

–Soy parte de ti, Rhea –el pomo de uno de los postes de la cama chilla a medida que lo gira, una y otra vez, hasta ponerlo en su lugar–. Voy a donde tú vas. Estoy en donde tú estás. Estoy perdido cuando tú estás perdida y me encuentro cuando tú te encuentras.

–Pero ¿qué *eres* exactamente? ¿Eres como yo? ¿Sueñas dormido o despierto? ¿Somos lo mismo?

Luego de unos segundos, responde.

–Es así, si yo soy una simple estrella en una galaxia, entonces tú... tú eres el cielo infinito.

–Tú no eres una estrella –le digo, apenas ignorando el nudo de incredulidad que tengo en la garganta–. Lo último que se me ocurriría decir de *ti* es que eres *brillante*. Dime la verdad.

Suspira.

–¿Puedo contarte una historia? Así lo entenderás. Y sabrás la verdad.

En lugar de responder, doy un paso hacia él.

–¿Puedes ver la muerte? –susurro, maravillada, esperanzada y asustada–. ¿La gente muere cuando los ves? ¿Alguna vez viste tu propio cadáver pudriéndose a tus pies?

No dice nada.

Ni siquiera suspira.

Ni siquiera respira.

–No –murmura–. Todo lo contrario, de hecho.

Lo inesperado de su confesión me hace tropezar. Doy un paso hacia atrás y me sujeto el estómago, a medida que la ira escapa de mí, dejándome exhausta. No tengo idea de lo que quiere decir, pero sé que solo hay una manera de averiguarlo.

–La historia que quieres contar –le digo–. ¿De qué se trata?

Sus palabras salen rápido, más rápido de lo que alguna vez lo escuché hablar, como si temiera que cambiara de parecer y me escapara.

–Es una historia sobre la Bruja del Bosque.

Me duele respirar y me duele no hacerlo.

Creí haber soñado con ella.

Sí, lo hice.

–Entonces, ¿*sí* hay una bruja? –pregunto.

–Había –me contesta.

–La oí –susurro–. Gritando.

La Oscuridad sacude la cabeza.

–La bruja nunca grita.

–Pero la oí.

–No. Ese sonido venía de tu interior.

Al oír esto, doy un pequeño paso hacia atrás. Al hacerlo, oigo un sonido que parecen ser unas pisadas tenues que se escabullen por el pasillo abajo.

–Está bien –dice la Oscuridad, algo distraída–. Empecemos con…

–Espera –levanto la mano para que se quede en silencio. No *parecen* pisadas… *son* pisadas. No lo suficientemente fuertes como para despertar a alguien, pero lo suficientemente toscas como para que las pueda oír en el silencio.

¿Será Renata? ¿Mamá?

Dejo caer una mano.

–Tengo que irme.

La Oscuridad cambia.

–¿Qué?

–Ya vuelvo.

Antes de que proteste, giro hacia la escalera y cierro la puerta del ático por detrás. Bajo corriendo lo más sigilosa que puedo y mis calcetines quedan sobre mis talones, pero en ningún momento me detengo.

Al final del pasillo, una figura oscura se sobresalta y voltea. Abro y cierro los ojos para acostumbrar la vista en esta oscuridad mundana y veo que no es Renata ni mamá, sino una silueta con dos trenzas, una cadena larga de plata alrededor del cuello que resplandece por la luz tenue de las ventanas del pasillo, una camiseta sin mangas, un jean ajustado y una mochila deshilachada.

Raisa.

–¿A dónde vas? –le pregunto, tirando de mi camiseta con esa sensación peculiar de que se me estira la piel–. ¿Te estás escapando?

Tengo la sensación de que va a empezar a gritarme como lo hizo más temprano o que me callara gritándome *basta;* pero lo único que hace es mirarme como si no me conociera. Se me queda mirando por un rato largo, hasta que empiezo a creer que las dos estamos soñando y que, de algún modo, nos encontramos en el mismo sueño.

Levanta la mano y se toca la sien. Una vez. Dos veces. Deja que el dedo se doble lentamente con el resto y forma un puño, justo a un lado de su mejilla.

–¿Cuándo…? –trago saliva y siento un ardor de miedo y lágrimas en la garganta–. ¿Cuándo volverás?

–Nunca –me contesta con simpleza–. Nunca más.

Espero a verla desaparecer en una nube de humo rosado, que gire tres veces y se desvanezca, que se evapore en medio de un estallido de luz. Algo deslumbrante, algo dramático.

Pero no pasa nada de eso. Simplemente voltea, baja las escaleras con la mochila rebotando sobre su espalda y una mano sobre el barandal. Oigo el chasquido de la puerta y el eco de la cerradura.

Corro tras ella y casi me caigo de cabeza por la escalera. La traeré de regreso. Haré que se quede.

Pero cuando abro la puerta, ya no está.

Corro hacia el porche con suma atención al suelo para no tropezarme con los escalones. La lluvia ya paró, pero el suelo sigue

mojado. Salgo al jardín y miro a mi alrededor, forzando la vista para encontrarla.

—¿Raisa?

No responde nadie.

—¿Raisa?

Nunca más.

No debería ser tan fácil que la gente desaparezca. Desaparecer debería ser difícil, duro y sangriento. Deberían luchar con garras y dientes para quedarse, para atravesar el tormento de quienes nos quedamos atrás. Deberían tener los ojos llenos de fuego y las estrellas deberían atravesarles la piel; los rayos deberían enredarles el cabello y ocultarse debajo de sus uñas. Explosiones, abrasiones, temblores y gritos.

Desaparecer no debería ser tan rápido y tranquilo como abrir y cerrar una puerta.

Me quedo en medio del jardín al frente de la casa, hundiendo mis pies descalzos en el césped húmedo sin quitar la vista de la oscuridad estúpida y ordinaria que se llevó a mi hermana, quizá para siempre, esta oscuridad que abrió su boca de dientes de luna y la devoró por completo. Miro hacia la oscuridad y esto es lo que veo: dos sombras envueltas por un resplandor plateado, revuelto y cambiante, mientras la neblina brota de la punta de sus dedos, sus labios vidriosos y abiertos. Como palpitaciones y articulaciones ruidosas, como una avalancha, una liberación. Flotando y girando al ritmo de los latidos del corazón que comparten, alejándose y uniéndose, una y otra vez.

No es precisamente una visión, ya que no es algo tan extravagante y convincente. Parece más bien un recuerdo.

Un eco.

Una herida.

Bailan en el aire delante de mí a medida que su resplandor adquiere más nitidez, más claridad con cada paso que dan, por lo que me acerco a tocarlas, curiosa de saber si están hechas de líquido, viento, luz, o algo que no se puede modificar, ni contener, ni destruir. Pero justo en ese instante, se enciende la luz del porche y las figuras se desvanecen en la noche. Sobresaltada, volteo tan rápido hacia la casa que casi me caigo.

Hay una persona junto a la puerta abierta. Me toma un segundo comprender quién es, ya que todavía sigo algo confundida por las sombras danzantes.

–¡Rose! ¡Me asustaste! –grito, con el corazón sobresaltado mientras recupero el equilibrio–. ¿Qué estás haciendo? ¿Hace cuánto estás aquí?

Desde la puerta, parpadea una vez, dos veces, y noto que todavía sigue algo dormida. Tiene el cabello largo y suelto y una leve capa de sudor sobre su barbilla, mejillas y frente.

–Un segundo o dos.

Empiezo a sentir un cosquilleo en la espalda y espero a que ella se vaya; estoy impaciente de volver a ver a las figuras fantasmales, segura de que nunca me voy a cansar de verlas, siempre y cuando siga viva.

Pero los segundos pasan y Rose no se va.

En su lugar, extiende una mano y le crujen los huesos del codo. No dice nada, pero no necesita hacerlo. Suspiro, tan silenciosamente para que no lo pueda escuchar y me acerco a ella en el porche. La sujeto de la mano.

El dolor es inmediato e inmenso, mucho más de lo que debería ser por un gesto tan simple. Siento la palma como si se estuviera quemando: arde, *duele,* como si las estrellas estuvieran atravesando mi piel, un presagio real y antiguo con forma de guadaña destinada a cortar mi mundo en dos. Un pensamiento repentino y extraño llega a mi mente: *Desde ahora hasta el fin de los tiempos, ¿quemaré todo lo que toco?*

Miro rápidamente a Rose, pero, si lo notó, no lo demuestra; no parece ni siquiera sentir la herida extraña que recibí en el sueño que no fue tan sueño.

Un sueño no puede hacerme daño. ¿O sí?

Aparece como el hipo, una respuesta convulsiva: nunca le agradecí a la Oscuridad.

Nunca le agradecí por haberme salvado del no-bosque.

Tengo que regresar, pienso, trémula algo dormida, como la urgencia del hambre. *Tengo que escuchar su historia. Tengo que…*

–Vamos a la cama –dice Rose, sujetándome de la mano con más fuerza cuando nota que intento soltarla. La sujeta más fuerte y no me suelta–. Por favor… No quiero estar sola.

Por última vez, miro hacia la oscuridad ordinaria, hacia donde Raisa se marchó, pero no veo nada. Asiento y dejo que me lleve hacia adentro de la casa. Cierra la puerta por detrás sin emitir ningún sonido.

Subimos la escalera y entramos a nuestro cuarto; Gabrielle ronca a los pies de mi cama. Las cortinas de la ventana están cerradas y la luz de noche de Rose ilumina tanto como una segunda luna.

–¿Podemos apagarla? –le pregunto, señalando a la luz–. ¿Solo por esta noche?

—Está bien —susurra, sin quitarme los ojos de encima cuando la desenchufo y la dejo en el suelo. Mejor, pero sigue sin ser suficiente. Esta no es *mi* oscuridad.

Ni bien se duerma, me digo a mí misma, *regresaré al ático.*

Pero entonces, sin previo aviso y en silencio, se pasa a mi cama, tal como solía hacer antes de que fuéramos demasiado grandes para entrar cómodas, dibujando imágenes detalladas con los dedos sobre nuestras espaldas, como mensajes suaves en la piel durante horas, demasiado despiertas como para dormir; o durante una tormenta, riendo y susurrándonos cosas. "Ese fue un ángel que se cayó por las escaleras", nos decíamos, luego de escuchar cada trueno que sonaba como un golpe en la rodilla. O cuando me despertaba temblando con visiones que se desvanecían lentamente y Rose se subía a mi cama y nos tapaba con una manta. De alguna forma, siempre sabía cuándo la necesitaba.

Y, otras veces, insistía cuando no la necesitaba.

Me acuesto lo más cerca del borde de la cama sin caerme y me quedo mirando fijo hacia el techo. Puedo sentir su pantorrilla desnuda sobre mi piel, suave y fría, tan fría que no sé cómo puede soportarlo.

En esta oscuridad, veo color, algunas manchas, rojo, azul y violenta, iridiscente. Tal como las alas de una mariposa.

—¿Me crees cuando digo que hay un muchacho en el ático? —susurro, esperando que al menos una persona de confianza me diga que todo estará bien, que me asegure que lo que sea que haya liberado cuando abrí la puerta vuelva a quedar contenido y encerrado. Alguien que me diga que puedo ganar este juego—. ¿Me crees cuando te digo que nuestra familia está desapareciendo?

No responde y empiezo a pensar que ya está dormida.

Pero respira con fuerza y sus piernas están tan tensas e inmóviles que algo me dice que no quiere que sepa que está despierta.

–¿Me crees? –repito, pero nuevamente no recibo respuesta.

Nos quedamos recostadas así hasta la mañana siguiente, como hermanas, lado a lado, cada una esperando a que la otra se duerma primero.

15
En el bosque

La Bruja de los Deseos llevó al zorro que no era zorro de la mano hacia el castillo y la base del trono.

—Siéntate —le dijo, señalando a trono.

Él se sentó y se quedó mirándola fijo, esperando su próxima orden.

Pero esta nunca llegó.

La bruja se paró a un lado suyo sin decir nada, con los ojos puestos en el techo abierto y en las arañas que trepaban de regreso a sus hogares en los árboles. Finalmente, él pasó un brazo alrededor de su cintura y la llevó hacia su regazo, sus piernas sobre sus rodillas. La bruja se quedó tensa y él aguantó la respiración.

Este, pensó la bruja, *es el lugar más seguro de todos los mundos.*

Y luego, suspiró. Suspiró y dejó caer la cabeza sobre el hombro del joven. El grito que tenía atravesado en su garganta se rindió y retrocedió, y la flor de huesos en su corazón cerró sus pétalos rojos. La bruja respiró sobre su piel, una y otra vez. El joven olía a un deseo que uno creería que está a punto de volverse realidad. Dulce y fuerte. Manzana y canela. Se acurrucó con más fuerza sobre él, cada vez más cerca.

—Habla —le susurró sobre su cuello, exhalando sin parar.

Salvo por los movimientos involuntarios de su pecho, el parpadeo de sus ojos y el latido de su corazón, el zorro que no era zorro permaneció inmóvil, como si cualquier molestia mínima fuera suficiente para que la bruja cambiara de parecer y le pidiera que se marchara. Con su brazo alrededor de la espalda pequeña de la Bruja, le contó la siguiente parte de su historia.

Aún con el príncipe aislado en el templo, esperando junto a la reina, los primeros indicios de una revuelta empezaron a propagarse al otro lado de los muros del palacio. Los disidentes se reunían cerca del centro del Bosque de Graiae, justo al otro lado del río angosto donde la princesa dormía.

"Debemos encontrar una forma de romper la maldición", dijo la mantícora, que había llevado a la princesa al bosque por primera vez. "No podemos abandonar a nuestra amiga".

"Ella tomó una decisión", dijo el silfo, que le había enseñado a la princesa el encantamiento para cambiar la dirección del viento, una ráfaga de palabras que el aire obstinado a menudo ignoraba. "Creo que debemos respetar esa decisión, incluso aunque no estemos de acuerdo con ella".

"Pero ¿y qué hay del rey? Quizá esta sea la oportunidad de destituirlo de una vez por todas", propuso la mantícora.

"Esta no es nuestra guerra", dijo la esfinge con su voz profunda. "Nosotros no molestamos al rey y él no nos molesta a nosotros. ¿Por qué habríamos de meternos en los asuntos de los humanos?".

La manticora levantó la cabeza. "Si tenemos la oportunidad de hacer que el bosque sea seguro para todos, entonces creo que debemos hacerlo".

Eventualmente decidieron dejarlos tranquilos esa noche, pero planearían un primer ataque contra el rey. Mientras tanto, las mejores amigas de la princesa, la gorgona gris y la ninfa, ideaban una estrategia propia, ya que eran jóvenes y las habían apartado del consejo de guerra. Y así se revelaron con la idea más grandiosa que se les ocurrió: recuperar a su princesa.

Saltaron y rieron y brincaron y cantaron, tomadas de la mano, hacia el lugar donde los árboles tenían dientes y las espinas sedientas desgarraban sus piernas y succionaban la sangre de sus tobillos.

Cuando llegaron al puente levadizo sobre el río angosto, se detuvieron. Veinte hombres armados custodiaban el claro. Las jóvenes se miraron, perfectamente acostumbradas a la oscuridad de la noche que las rodeaba.

"¿Mitad y mitad?", sugirió la gorgona señalando con la cabeza a los guardias que tenían adelante y su amiga, la ninfa, asintió, peinándose su cabello largo y espumoso con sus dedos. "Nos vemos junto a la princesa cuando terminemos".

Cruzaron el puente y se separaron, la ninfa avanzó con sigilo y una sonrisa tímida en su rostro, mientras que la gorgona se aseguró de que los soldados supieran exactamente dónde estaba: pisó hojas, rompió ramas y tarareó una melodía que deambulaba entre la angustia y el deseo.

"¿Quién anda ahí?", preguntaron los hombres a ciegas, girando en todas direcciones hacia el movimiento de los árboles con las armas en alto. "¿Quién eres?".

"Ah, silencio", les contestó con dulzura y los soldados se quedaron callados. El resplandor de sus ojos fue lo último que vieron antes de convertirse en sombras inertes perdidas en la oscuridad.

"¿Alguna vez escucharon hablar de la fiebre de mar?", les preguntó la ninfa desde el otro lado del claro y los hombres que estaban cerca giraron al escuchar sus delirios en la oscuridad. Primero, eligió a uno que tenía un corte en la nariz, rojo como un rubí. No podía tener más de diecisiete años y, ni bien lo vio, pensó que su corazón se rompería. "Es cuando pasas mucho tiempo en el mar que empiezas a ver cosas que no están allí. Ocurre lo mismo en la oscuridad. Y no hay ningún otro lugar en la tierra que sea más oscuro que este".

Empezó a caminar hacia atrás con seguridad y tranquilidad entre los árboles. Y él la siguió, como era de esperarse, ebrio por el flujo satinado de su voz.

"¿Qué ves, tonto soldado? ¿Una doncella con piel de porcelana y cabello ligero como el viento, sedoso y cálido? ¿O una criatura con venas de agua salada y dientes tan afilados que pueden hacer polvo hasta un diamante?". Lo llevó hacia donde el río negro formaba un anillo que rodeaba el claro, donde el agua avanzaba con fuerza, pero en silencio. Sin dejar de murmurar, entró al agua de espaldas, arrugando su superficie oscura y líquida, hasta que sus pies escamosos ya no tocaran el fondo. El soldado se abalanzó hacia ella.

"¿Qué ves, querido mío, amor mío?", ella rio y rio, sin parar, mientras el soldado abría la boca como si pudiera alimentarse con el sonido. Una vez que el agua llegó a su corazón, la ninfa se detuvo y se acercó a él. Presionó su cuerpo contra el suyo y envolvió su cintura con sus piernas. "¿Una jovencita de mejillas suaves, labios mullidos y cintura delgada o un hada hambrienta con ojos de perlas y rodillas afiladas? Dime, amor mío, ¿qué ves?".

En un instante, sujetó su cabeza por detrás con sus manos membranosas y lo llevó hacia las profundidades hasta ahogarlo.

"No importa lo que veas", dijo una vez que terminó, mientras recostaba el cuerpo sin vida del guardia en la orilla. Se acercó a su oído ahora sordo y lloró sin parar, pero con mucha alegría. "No importa", susurró, "porque yo soy las dos".

Cuando juntó varios cuerpos en la orilla, la ninfa se reencontró con su amiga, quien ya la esperaba arrodillada junto a la princesa.

"Es tan hermosa", dijo la ninfa entre dientes con algunas lágrimas secas en sus mejillas, y extendió una mano para tocar los rizos negros de la princesa, ahora enredados con las hojas de su cama. Pero luego la ninfa la apartó, como si la maldición fuera contagiosa. "Pero se ve tan triste".

Los ojos de la princesa se movieron detrás de sus párpados al oír sus voces. La gorgona posó su cabeza sobre el hombro de su amiga y suspiró. "No la besaremos, no es lo que ella quiere", dijo la ninfa.

Y la gorgona asintió. "Sí, no la despertaremos".

"¿Qué hacemos?", preguntó la ninfa.

"Nos quedaremos aquí y la cuidaremos en su descanso".

La ninfa sonrió. Extendió una mano para tocarla, pero esta vez no se arrepintió. Sus dedos se posaron sobre la muñeca de la princesa y sintió su pulso agitado.

"Ahora nosotras somos sus guardianas", juró la ninfa. "La mantendremos a salvo".

Y eso hicieron… Al menos, por un tiempo.

Al ver que los guardias no regresaron al castillo, el rey envió otro pelotón y luego otro más cuando el segundo y el tercero no regresaron. Y, si bien no confiaba en el chico, cuando envió al cuarto pelotón, envió al infame nigromante con ellos.

Las jóvenes intentaron detenerlo, pero el joven era muy rápido y astuto. Enseguida, revivió a los cuerpos descompuestos de los soldados *ahogados y reunió las células dispersas de los hombres en las sombras, haciendo que rápidamente las superaran en número. Los ojos de la gorgona no podían destellar lo suficientemente rápido y la voz de la ninfa no era lo suficientemente dulce como para contener a tantos hombres a la vez. Pronto, las capturaron. A la gorgona le pusieron una venda sobre los ojos y las llevaron encadenadas hacia el castillo de cristal. La ninfa les rogaba por agua, ya que sus labios empezaban a secarse y a lucir pálidos, pero sus pedidos nunca fueron escuchados.*

El rey ahora sabía que, a veces, los muertos podían regresar a la vida, por lo que no decidió no asesinar a estas jóvenes por su crimen. En cambio, las mantuvo cautivas. Pero para ellas diseñó una forma única de encarcelación, una que no podría existir sin magia. Y no había escapatoria y nadie para rescatarlas.

Fue en este momento que el zorro que no era zorro se detuvo.

Preocupada por su silencio repentino, la bruja abrió los ojos y se encontró con un cielo vacío y suave, descolorido y limpio, sin luna que atrapara cometas y sin estrellas para las telarañas. No parecía haberlo notado cuando había cerrado los ojos la primera vez. No parecía haberlo notado cuando sus párpados se cerraron con tanta fuerza que temblaron, hipnotizados por este cuento de hadas que no era ningún cuento de hadas, tal como se lo había prometido.

—Y bien —dijo la bruja, parpadeando rápido—, ¿y cómo escaparon?

El zorro que no era zorro inclinó la cabeza hacia ella y le habló con suavidad sobre su cabello.

—No lo hicieron.

La bruja ahogó un grito que apareció en su garganta como pólvora en una pistola.

–¿Qué quieres decir?

El zorro que no era zorro la miró y sujetó su cintura con más fuerza

–No escaparon.

La bruja exhaló.

–Entonces murieron.

–No, no me corresponde contar esa historia.

La bruja puso sus manos sobre el pecho de su compañero y se levantó para mirarlo fijo a los ojos.

–¿Quieres decir que esta historia que empezaste no tiene final?

–No, no, hay un final –le aseguró–. Es solo que aún no sé cuál es.

–¿Y qué hay de la reina y la princesa y el nigromante y toda la gente del bosque? –extendió una mano para acariciar su cabello y él cerró los ojos solo mientras ella le quitaba un mechón de su rostro. *Segura, segura, segura*, pensó con una vehemencia desesperada. Pero ya no lo creía.

–Bueno –dijo él, lamiéndose sus labios secos–, atacaron al rey, tal como lo habían planeado los habitantes del bosque. Un cambiador de forma se puso en la piel de la princesa y atrajo al rey incrédulo hacia el bosque, y allí lo atacaron. Pero no funcionó… No lo mataron.

La bruja cerró la mano sobre el cabello del zorro que no era zorro y tiró con fuerza hacia atrás, lo suficiente como para que le doliera. Él quedó con la cabeza hacia atrás, haciendo que los tendones y las venas de su cuello sobresalieran como las raíces de un árbol.

–¿Y? –insistió la Bruja.

–Y la reina… durmió.

–¿Y?

–La princesa… también.

–¿Y?

–El nigromante… luego de ver a la princesa en el claro, pensó en una forma de salvarla. Una forma de comunicarse con ella.

La bruja lo soltó. La flor cerrada en su corazón finalmente se abrió como una boca: pétalos y polen, sangre y huesos, un despertar tan violento que le sorprendió ver que él no hizo más que una mueca ante la erupción.

–¿Y…? ¿Lo logró? –le preguntó la bruja, temblando. Se puso de pie de frente a su trono, con la frente en alto, mirando al zorro que no era zorro desde arriba.

–Sí –le contestó.

La bruja juntó las manos detrás de su espalda.

–¿Y la despertó?

–No –le contestó. Se inclinó hacia adelante y descansó los codos sobre sus rodillas. Lentamente, levantó la vista hacia ella. El zorro que no era zorro soltó un suspiro largo–. Aún no –agregó.

Aún no. La bruja sonrió. Una sonrisa tan grande que le hizo doler la boca, un malestar infinito que se abrió paso hacia su corazón abierto y confundido, un jardín de venas destellantes y cámaras resplandecientes en las que un deseo esperaba a que lo arrancaran y devoraran.

–Pequeño zorrito, sal de mi trono. Ya casi es hora de que vuelvas a tu casa.

16
En la oscuridad

Es sábado, día de ver aves por la ventana y seguir a Gabrielle por toda la casa para ver lo que ve. Los sábados son de cereales crujientes y fortalezas de libros y sábanas sobre mi cama. Los sábados son de muestras de colores que papá me trae de la ferretería, docenas de ellas, y que luego levanta hacia el cielo para encontrar el color del día y pegarlas en la pared de mi cama como un espectro de tinturas. Los sábados son de limpieza y sueños despierta.

Pero no esta vez.

Hoy no pienso perder de vista a papá, incluso aunque eso signifique que deba seguirlo por toda la casa y el jardín mientras ordena y corta el césped. O cuando prepara los sándwiches para el almuerzo. Lo sigo afuera una vez más cuando va a cortar los arbustos al frente de la casa.

—¿No quieres relajarte? No lo sé, ¿tomar una taza de té de

canela? —me pregunta cuando me arrodillo junto a él con un par de guantes sucios en las manos para arrancar las hierbas del jardín descuidado de mamá. El sol brilla descontroladamente, sin ningún rastro de las nubes de la tormenta de ayer—. Después de, ehm, el *ataque* que tuviste ayer, creí que querrías, ya sabes, tomártelo con más calma.

Silencio, silencio y más silencio. Tomo una hierba particularmente espinosa y la arranco con las manos.

¿Por qué las cosas no pueden volver a ser como eran antes?

—Papá —me apoyo sobre mis talones y lo miro fijo. Tiene una mancha de tierra en una de sus mejillas rechonchas—. Escúchame, por favor. Voy a decirte algo y quiero que entiendas que todo es verdad.

Tensa la mandíbula, al igual que su cuello.

—Rhea...

—Por favor, solo escúchame. ¿Está bien? *¿Está bien?*

Espero hasta que asiente. Espero hasta que suspira. Espero hasta que deja de lado el suelo por un rato.

—Está bien. Te escucho.

Las palabras hierven en mi boca y estallan como pústulas que ya no dan más abasto.

—Okey —digo—. Empecemos por ayer. Hasta ayer tenía una hermana llamada Raisa. Tenía quince años, casi dieciséis, y era muy terca. A veces era algo hiriente y siempre me decía que me callara la boca. ¿Me sigues hasta aquí? Bueno, anoche se escapó y no la detuve. Intenté hacerlo, pero ya se había ido. Creo... creo que dejó de existir ni bien salió de la casa.

Frunce el ceño.

–Eso no tiene…

Pero como ya había empezado a hablar, no podía detenerme. Gabrielle continuaba arrancando algunas hierbas con sus dientes.

–El día anterior, mamá estaba viva. *Viva*, papá. Estaba *aquí*. Nos preparó wafles y ustedes dos hicieron un duelo de espadas con los cubiertos. El día anterior a ese, tenía otra hermana, Renata, de catorce años. Papá, ¿me estás escuchando? –sin mucha atención, tomo un diente de león solitario que está cerca, como si todo fuera a desaparecer a mi alrededor a menos que me aferre a él. Tengo que pelear por lo que es mío, incluso mis recuerdos–. Renata, ella… tenía sueños fantásticos que creía que eran reales y siempre se escondía cuando estaba triste. La última vez que hablé con ella me dijo que me despertara y… ¿me sigues? ¿Me estás entendiendo?

–Eh…

–Y mientras todo esto pasaba, hablaba con un muchacho. No… no de esa *forma*. No hagas esa cara. No sé su nombre… Solo me refiero a él como la "Oscuridad". Porque no puedo *verlo*, papá. Es solo una voz y quiere que adivine su nombre. Dice que, si lo adivino, entonces él… él me quitará la maldición. Lo hará para que nunca más vuelva a tener las visiones –hago una pausa para recobrar el aliento–. Pero el asunto es que… El asunto *es* que incluso aunque la Oscuridad pueda hacerlo, si realmente puede quitarme la maldición, si siquiera es *real* y no está solo en mi cabeza… No creo que eso siga siendo lo importante. Porque *la verdadera* maldición es que me estén quitando a mi familia, uno por uno –lo miro fijo sin parpadear, incluso aunque se me llenen los ojos de lágrimas, incluso aunque ardan–. Y creo… creo que tú serás el próximo. Tú o Rose. ¿Qué tal si no regresa de su clase de ballet?

De hecho, deberíamos ir a buscarla al estudio ahora mismo. Solo para asegurarnos. Porque, ¿qué pasará entonces cuando ambos hayan desaparecido? ¿También desapareceré yo? ¿Los volveré a ver? ¿Volveremos a estar juntos en otro lugar?

Papá se pone de pie.

—¡*Rhea*! No tengo ni la más mínima *idea* de lo que estás diciendo. Nadie está desapareciendo, ¿está bien? Salvo tu madre, pero... Es solo tu imaginación, ¿okey? Tu extraña, pero bella imaginación. Con ese cerebro tan grande que tienes, puedes crear mundos enteros, Rhea... O destruirlos. Solo tú tienes el poder de saber cómo usarla. Siempre tendrás que hacer una elección —suspira. Cansado, cansado, cansado—. Solo empieza con algo simple... como pensamientos alegres.

Pensamientos alegres. Claro. ¿Qué tan difícil podría ser eso?

Ah, *muy*.

Tanto como atrapar rayos de sol con una taza. No es líquido, es *luz*. Tienes que dejarla ser lo que es. No luchar contra ella.

—Pero eso no es fácil —le contesto—. Eso sería empezar por lo más difícil.

—Solo inténtalo.

—Pero me duele la cabeza.

—Te traeré un analgésico.

—¡No! —me pongo de pie y me quito los estúpidos guantes de jardinería. Mis manos están completamente sudadas—. Es decir, no... No es nada. Puedo tolerarlo.

—De verdad, no hay ningún problema —avanza por el jardín—. Regreso enseguida.

—Iré contigo.

–Tienes que dejar de hacer esto. Deja de seguirme como una sombra. Me estás volviendo loco. Solo voy a entrar a la casa. Allí. Vuelvo en un par de minutos, ¿está bien? ¡Quédate aquí! –me ordena cuando empiezo a seguirlo–. Hablo *en serio*. No te muevas.

–Está bien –susurro y lo veo irse, con la mirada fija sobre su nuca. Papá muy rara vez me levanta la voz y es incómodo cuando lo hace. No me gusta ponerlo mal. Además, Raisa desapareció cuando *salió* de la casa. Papá está *entrando* y desde aquí puedo ver la puerta con claridad; lo veré ni bien salga.

Los segundos pasan y se transforman en minutos. Me protejo los ojos con las manos y miro a la casa. El pánico empieza a subir por mi espalda como una enredadera y se desliza hacia mi pecho. Lento al principio y luego más rápido. Mis pensamientos estallan como si un insecto me acabara de picar en el cerebro. Arde.

Papá, pienso. *Regresa.*

Por favor, por favor, por favor.

Empiezo a contar mis latidos, desde mil para abajo. Cuando llego a cero, empiezo otra vez.

Y otra vez.

Y otra vez.

Y otra vez y otra vez y otra vez hasta que lo comprendo.

No regresará.

No regresará y lo dejé ir.

–*Nunca más* –susurro con una voz tan seca como piel áspera y arrugada–. *Despierta.*

No. Lo único que tengo que hacer es esperar. Esperar aquí, como me pidió que hiciera. Quizá no puede encontrar el analgésico. Quizá recibió una llamada. Quizá está preparándome un té.

Me siento de cara a la casa con las piernas cruzadas. Apenas parpadeo. Gabrielle aparece y se sienta a mi lado. Esperamos.

Tal como él dijo. Solo un minuto más. Él regresará.

Lo *hará*.

Espero.

Ya no aguanto más.

Corro hacia la casa. Abro la puerta de golpe y dejo que rebote en sus bisagras cuando entro al vestíbulo. Doy vueltas por la cocina, el lavadero y la sala de estar.

—¿*Papá*? —lo llamo tan fuerte que casi parece un grito de desesperación, pero no tanto—. ¡Papá! *¿Dónde estás?*

Subo por las escaleras con fuerza, mientras Gabrielle corre delante de mí. Entro en cada una de las habitaciones y las encuentro vacías. Abro armarios, hago a un lado la cortina de la ducha, incluso miró debajo de cada cama. Dos veces. Solo por si se me escapó algo.

—Papá, *por favor*…

Me detengo en el pasillo y caigo rendida contra la pared. Hay una habitación que todavía no revisé. Solo una. Pero no buscaré allí. Todavía no. Gabrielle me mira con su lengua rosada afuera.

—¿Tú también desaparecerás? —le grito y se lanza hacia atrás, tan rápido que casi se cae por las escaleras.

—Lo siento —me quito un mechón de mi cabello mojado de la mejilla—. Lo siento —repito, para dejarlo en claro, porque de pronto quiero romper cosas y lo único que está lo suficientemente cerca como para romperse es su corazón y el mío. Nos miramos, sin aliento, salvajes.

Desearía…

Desearía…

Desearía saber exactamente qué desear.

Si solo tuviera un deseo para revertir todo este desastre, ¿cuál sería? ¿Desearía nunca haber abierto la puerta? ¿Nunca haber soñado ese sueño? ¿O desearía saber el nombre de la Oscuridad?

Si lo supiera, quizá, solo quizá, pudiera hacerse realidad.

Mi familia se desvaneció. Todos menos Rose, creo. Y yo. Aún sigo aquí, atrapada entre la locura y los milagros, inmóvil. Yo, la diosa de todas las sombras que brillan, de todas las almas doloridas con un grito reprimido.

Jamás me había sentido tan extraña, tan irreal, como si nada de lo que dijera o hiciera importara. Siento una especie de consuelo distorsionado en eso, en lo absurdo de mi propia pequeñez, en todo el espacio que no ocupo.

Llevo la cabeza hacia atrás y cierro los ojos, deseando desaparecer. Y luego reaparecer en el lugar al que ellos fueron. Pero lo único que veo detrás de mis párpados es oscuridad. Y no quiero quedar atrapada en la oscuridad. Mi familia está en algún lugar y debo encontrarla para poder traerlos de regreso a la luz.

–¿Rhea? ¿Estás en casa? ¿Estás aquí?

Abro los ojos.

–¿Ree? –me llama Rose desde debajo de las escaleras–. ¿Estás…?

No me muevo cuando la veo subir. Lleva su bolso de ballet sobre el hombro.

–Hola –dice y se detiene con un pie en el pasillo y otro en el último escalón. Abre y cierra los ojos, y cambia de lado su bolso–. Eh, ¿qué onda?

–¿Qué onda? –la pregunta más ordinaria que alguien puede hacer cuando nada de lo que está ocurriendo es ordinario ni está bien–. ¿Te acuerdas de papá?

Levanta ambas manos hacia su rodete y piensa, mientras lo sujeta como si fuera un picaporte, como si pudiera abrir su cráneo y sacar el recuerdo.

–¿Papá?

–Sí, Rose, *papá*. Nuestro padre. Rafael Ravenna. Un metro ochenta, tiene un tatuaje con una constelación en la espalda –me empieza a arder el pecho–. Estaba aquí esta mañana, ¿verdad? Recuerdas haberlo visto antes de ir a tu clase de ballet, ¿verdad? ¿Por favor? Lo *recuerdas*, ¿verdad?

No dice nada.

Se queda mirándome y luego agrega.

–Lo recuerdo.

–¿De… verdad? –se me cierra la garganta y creo estar a punto de llorar. Lo recuerda. No estoy tan sola como creí–. ¿Y Raisa? ¿Y mamá que en realidad no está muerta? Y Renata… ¿También la recuerdas a ella?

–Sí –susurra, incluso el pequeño cuerpo de Gabrielle se relaja, aliviado. Siento su suspiro de felicidad en mis propios pulmones, como el aliento de un fantasma que no me pertenece–. *Sí*.

Rose deja caer su bolso al suelo y se acerca a mí. Coloca el dorso de su mano sobre mi frente y, como siempre, siento sus dedos fríos, relajantes.

Pero no me mira a los ojos, aunque esté a solo unos pocos centímetros de mí.

–Lo supiste todo este tiempo –le digo y, si bien quería susurrar, me sale más bien con enojo–. Lo *supiste* y no dijiste nada. Desaparecieron y tú simplemente… *¿Seguiste con tu vida?*

La forma en la que me evadió luego de que pregunté por Renata mientras comía helado con mi familia; su silencio luego de que revisáramos el ático en busca de la voz; su mirada desde detrás de papá cuando estaba en el jardín lamentando la muerte imposible de mamá. La noche en la que aparentó estar dormida cuando le pregunté si me creía. Lo supo todo este tiempo y nunca dijo nada… Pero ¿*por qué*?

Mueve los labios de un lado a otro y, después de unos segundos, habla.

–¿Está mal que solo nos quedemos nosotras dos?

Me alejo de ella y le pego una bofetada en la muñeca cuando se intenta acercar nuevamente.

–No quería… –dice, pero levanto una mano para detenerla. Luego de un momento, agrega–. Yo también los extraño. Pero quería…

–No. *No.* Estás equivocada, Rose. Estás equivocada, muy equivocada. Nunca estaremos completamente solas. Aquí hay alguien más. Aquí somos *tres*, no dos –la tomo del codo y la llevo por el pasillo–. Vamos. Quiero que lo conozcas. Quiero que conozcas a la oscuridad que vive en nuestro ático.

Presiona sus talones contra el suelo para no moverse.

–¡Espera! Por favor… *no…*

–*Vamos.*

Se deja caer al suelo, peso muerto, y no puedo arrastrarla. Se cruza de brazos como una niña.

—No quiero.

—*Está bien* —digo y Gabrielle se acurruca contra la pared, intentando hacerse más pequeña—. Si no vas, entonces haré que venga aquí —levanto la cabeza y grito, incluso más fuerte y desesperada que cuando estaba buscando a papá—. *¡Oscuridad!* ¡Tú! ¿Estás aquí? ¿Puedes salir?

Mis latidos cuentan los segundos. Tiene que obedecer, ¿verdad? Por alguna razón que aún no logro entender, él me obedece. Es parte de mí, dijo. Pero solo esta prueba lo dejará en claro. ¿Es como mis pulmones que respiran consciente o inconscientemente, o como mi corazón, que late al ritmo que quiere?

El silencio se transforma, como si pasara el peso de una pierna a otra, como si acabara de decidir algo. No hay crujidos delatores bajo las maderas del suelo, ni chillidos en las escaleras, sino más bien una fricción en lugar de pisadas, como si no pesara nada. En un momento, es todo tranquilidad, pero luego se ve interrumpida por el picaporte de la puerta del ático, que empieza a girar lentamente como una rótula rota y herida.

La puerta se abre y la oscuridad brota como aceite, succionando toda la luz que entra al pasillo por las ventanas de las habitaciones. Las sombras de la medianoche se apoderan del pasillo y la escalera, y me quitan la vista por completo. Como siempre, puedo sentirlo más que verlo.

—Oscuridad —digo, mientras Rose se pone de pie y se aleja con sus ojos azules bien abiertos, petrificada—. Oscuridad, muchacho, quienquiera que seas… Quiero que conozcas a mi hermana.

Y me responde.

–No, Rhea Ravenna –exhala–. Quiero que tú conozcas a la *mía*.

Silencio. Silencio como un espejo que refleja la angustia de Rose, mi asombro y la expectativa sombría de la Oscuridad.

–¿Ya se conocen? –pregunto, confundida–. ¿Ustedes… se conocen?

¿Acaso ella también hizo un pacto con él? ¿Cuántas personas participaban en su juego?

–Conozco a Rose Ravenna desde toda mi vida –me dice la Oscuridad y da un paso hacia nosotras–. En *todas* las vidas, por *todos* sus nombres. La conozco mejor que tú.

–Eso no es verdad –susurra Rose y se aleja–. No lo escuches, Rhea. No tienes que escucharlo.

–No quiero escuchar a ninguno de los dos –digo–. ¡A menos que alguien se digne a explicarme qué estamos haciendo aquí! ¿Cómo se conocen?

Siento a la Oscuridad sonreír.

–Vamos, *Rose*, cuéntale. A mí también me da curiosidad. La última vez que te vi, me traicionaste.

No dejo pasar el énfasis que puso al decir su nombre.

–¿Rose? ¿Ese no es tu nombre? ¿Quién eres?

Rose ahora es solo una silueta alejada de la oscuridad. Veo que levanta la cabeza, como si encontrara consuelo en el techo, como si pudiera desaparecer en un instante, como el resto de nuestra familia. Abre la boca… pero no dice nada.

Me acerco al joven en la oscuridad con las manos en alto, pensando que, si lo toco, quizá lo conozca. Quizá pueda ver su nombre, su rostro, su corazón, su alma… Un toque y lo sabré todo.

–No… –me contesta Rose y me sujeta del brazo, pero yo me suelto tan fuerte y rápido que se queja y salta hacia atrás–. *Por favor…*

Otro paso más y la Oscuridad no se mueve, sino que me espera. Más cerca, más y más cerca. Me paro justo delante de él y quedo inmersa en su sombra, eclipsada. Pongo las manos sobre su pecho y siento que hace una mueca de dolor al sentir el gesto repentino.

Pero, de repente, luego de un largo rato, se relaja. Sus músculos empiezan a aflojarse y deja caer sus hombros contra la pared. Presiono mi mano sobre su corazón agitado y noto que su pulso late como una disculpa. Lentamente, llevo las manos hacia su cuello y siento los tendones de su cuello y barbilla cuadrada. Paso la punta de mis dedos sobre sus mejillas y sobre los bordes de sus cejas tupidas. Paso las manos entre su cabello suave hasta llegar a su nuca. Suspira y me siento a salvo. Nada ni nadie puede encontrarme aquí.

Entonces, ¿es así cómo desaparezco? ¿Devorada por la oscuridad más profunda y pura? ¿Acurrucada en el vientre de un lobo?

No… un lobo no, pienso. *Un zorro.*

Siempre, siempre un zorro.

–Rhea –susurra y me toma de la mano, entrelazando sus dedos con los míos con una seguridad indomable–. ¿Cuánto más dormirás antes de cansarte de tus sueños?

–¡Suéltala! –grita Rose desde algún lugar afuera de la oscuridad, pero no quiero apartarme del joven. Porque, de un modo extraño, quiero que me presione como está presionando mi mano. Como vidrio roto y derretido que se remodela en algo más. En *alguien* más.

¿Quién soy realmente? Quiero, necesito, *desear* saber.
Si tan solo tuviera magia.

Cierro los ojos y veo esto: una princesa. Un bosque. Un castillo. Un rey. Un mar, una ciudad, un secreto y una maldición. Humanos con dos corazones, uno dentro del otro. *Máculas*. Una palabra extraña, una palabra hermosa, una que se siente como un beso que se desvanece sobre labios mullidos. Valses y vestidos de espalda libre, y lunas que parecen cráneos en la tumba olvidada del cielo. Una madre que debía ser reina, pero murió muy joven. Un padre que solo miraba hacia adelante, cuando debería haber mirado a su lado, a la mujer cuya mano sostenía y a la hija que le sonreía como si nada estuviera mal cuando nada estaba bien. Un abuelo sin rostro con hierro caliente en sus manos.

Y una muchacha elegida, pero que eligió evitarlo.

Al recordar todas estas cosas, abro los ojos.

La Oscuridad y Rose… han desaparecido.

17
En el bosque

Ya no estoy en mi casa, sino en un trono.

Alguien habla y me toma un momento entender que soy yo, que mi boca se está moviendo.

–Ahora –digo–. Soy la Bruja de los Deseos. ¿Qué quieres de mí?

No veo a esta supuesta Bruja, porque *yo* soy ella. Veo a través de sus ojos, veo lo que ella ve. Delante de ella hay un muchacho no más grande que ella, de labios rojos, cabello negro como madera chamuscada y una piel tan pálida que ella… Yo, nosotras, casi podemos ver nuestro interior, a través de las costillas, a nuestro corazón granate que respira con dificultad.

Tus huesos tiemblan y suspiran mi nombre por la noche, pienso, mirando al chico. *Déjame verlos, déjame ver tus huesos.*

Por un largo rato, no dice nada. Noto las cicatrices sobre el dorso de sus manos de dedos largos. No, cicatrices no… *quemaduras*.

No me gusta preguntar las cosas dos veces, por lo que mi voz, la segunda vez, no suena tan agradable. Sino más bien impaciente y chillona.

–¿Qué deseas?

–Deseo…

Se lame los labios y sonríe. Algo dentro de mí se tensa, se desgarra. Me abre y sangro. Sé que le daría cualquier cosa, todo. Solo tiene que pedirlo y será suyo.

De un momento a otro, sé lo que va a decir antes de que lo haga. La bruja lo sabe todo, aunque no con la misma certeza que yo. Su deseo también es el de ella, un deseo que ha estado floreciendo entre los dos desde el momento en que se conocieron y ahora lo único que debe hacer es decirlo en voz alta para que ella lo vuelva realidad.

Ya he visto esta escena antes. La bruja y yo somos una y sé exactamente lo que viene. *Solo esto..*

–Solo esto –dice–. Un beso.

Despierta, despierta, despierta.

El joven espera en un silencio tan profundo que ni siquiera la respiración es capaz de romperlo. Con dedos trémulos, extiendo una mano hacia mi esternón abierto, arranco un pétalo y lo deposito sobre su boca abierta, expectante. Lo traga y luego envuelve su mano temblorosa alrededor de mi nuca y junta nuestros labios.

Esto, pienso, *es lo que debe sentirse despertar. Nunca dejar que termine.*

Me quedaré aquí, suspendida, atrapada en un beso, en algún lugar entre la vida y un sueño.

Soy la Bruja de los Deseos y no quiero nada. Lo tengo todo.

Por detrás, oigo a alguien gritar.

—¡Varon, aléjate de ella!

Cállate, cállate, cállate.

El joven se aleja con las manos aún enredadas en mi cabello.

Levanto la barbilla y miro a su alrededor y detrás de él. Una chica alta de cabello dorado entra corriendo a la sala, mientras algunas hojas verdes giran a su alrededor. Las paredes empiezan a perder sus hojas, lento al principio, pero luego el proceso se acelera y, para cuando tocan el suelo, ya están secas. El joven aún está parado tan cerca de mí que no parece sorprendido, ni por las hojas que caen a medida que el sueño se disuelve, ni por la muchacha que está parada allí. Simplemente se lo ve atento. Preocupado.

"¿Rose?", los labios de la bruja no se mueven cuando intento decir su nombre. En este recuerdo, la bruja, cuyo cuerpo tomé prestado, no la conoce. Esta muchacha es a la vez mi hermana y una extraña.

Al verla, la bruja queda desconcertada, al igual que yo.

—Y tú… *¿Quién eres?*

Es en ese instante que comprendo lo que he hecho, lo que él me ha hecho. Enseguida oigo un sonido que parece las chispas de un cable de alta tensión y mis venas se llenan de electricidad. No, electricidad no… *magia.* Ardiente, muy ardiente, y pronto mi piel queda cubierta de sudor. Algunos rayos violentos empiezan a cortar el cielo desde todas direcciones; las almenas de dientes que coronan el castillo empiezan a desmoronarse hacia la tierra seca. Las ramas de las paredes se desenredan y caen al suelo, donde se mueven como serpientes. Arriba a lo lejos, las estrellas se

deshacen como un caramelo, mientras algunos gusanos amarillos y regordetes devoran a la luna.

Cada músculo de mi cuerpo se tensa como si se estuviera resistiendo. La maldición se está rompiendo. Este es el fin del mundo: un beso interrumpido, una tormenta de sinapsis dormidas y un asesinato que se confunde con piedad. Mi sueño está muriendo, muerto.

Desperdiciaste tu deseo.

Miro al joven que se encuentra delante de mí y noto que aún tiene las manos sobre mi cuello. Quiero que me suelte, pero no puedo concebir las palabras, por lo que me pongo de pie y le muerdo la yugular, lo suficientemente inesperado como para llamarle la atención, pero no tanto para lastimarlo.

–¿Qué…? –salta hacia atrás y suelta sus manos, y de inmediato las lleva hacia su cuello para frotárselo.

La muchacha se acerca a nosotros y se para sobre la plataforma del trono, desde donde desliza una mano hacia mí y me sujeta con firmeza. Dejo que lo haga. Es reconfortante saber que está aquí, aunque no la conozca. No en esta memoria. Es tan hermosa y radiante, y al tocarla entiendo de inmediato que estoy más a salvo de lo que jamás estuve.

–No puedes seguir escapando –grita el chico por sobre los quejidos del mundo que se cae a pedazos–. No puedes seguir durmiendo. No mientras te necesitemos. Tienes que despertarte, princesa. Es hora de despertar.

Princesa.

Pánico, como si miles de hojas de papel me cortaran el cerebro.

–¿Qué has hecho? –susurro–. *¿Qué has hecho?*

–Por favor... –el zorro que no es zorro me sujeta de la muñeca como una súplica, pero ni bien su mano toca mi piel, la aleja de inmediato, sus dedos llenos de ampollas, quemados.

Te propongo que juguemos a algo, tú y yo. Una adivinanza.

–No me toques –le digo y me alejo. Suelto la mano de la muchacha, pero ella se queda cerca a mi lado–. No pueden retenerme aquí. Si debo despertar, despertaré en otro mundo, otra vida. No regresaré al lugar en el que no existo.

–Todos los mundos conviven bajo el mismo cielo –me dice el muchacho, con la mano quemada sobre su pecho–. Y yo *siempre* te encontraré. Siempre te conoceré.

La maldición te quitaré.

–Pero no te reconoceré –hago una pausa al entender que necesito diseñar un sueño nuevo y rápido. Pero primero... una nueva maldición–. Y si me lo dices, no te escucharé. Ahora veo que estás condenado. Estás muerto –me detengo una vez más y bajo la vista hacia mis manos, hacia las marcas que ahora tengo sobre el dorso, tan rojas que casi parecen negras–. Deseas llevarme de regreso al castillo de cristal entre el bosque y el mar, hacia un mundo que no me puede tener –me inclino hacia adelante y susurro un nuevo hechizo–. Te maldigo a que vivas en la oscuridad. Y solo yo podré liberarte si digo tu nombre.

Ni bien termino de decirlo, me arrepiento. De todo. Este hechizo me deja un gusto amargo en la boca. Está mal. Él no mató a este mundo, a este sueño. Yo lo hice. Nadie tiene la culpa más que yo.

Pero ya es demasiado tarde. Lo que está hecho, está hecho.

Y solo yo te pido, cielo, que digas mi nombre entero.

–¡Llévame contigo, por favor! –grita la muchacha y sujeta mi mano con más fuerza. Tiene los ojos llenos de lágrimas–. No quiero despertar, como tú. Quiero soñar por siempre contigo.

Volteo hacia ella y la conozco... No como Rose, mi hermana, con quien comparto habitación. Sino como la joven que visitó a la bruja en el Bosque, mi Bosque, hace mucho tiempo y deseó quedarse aquí conmigo, para siempre.

Le sujeto el brazo y clavo mis uñas en su piel, pero Rose no grita ni se estremece del dolor cuando miro a las profundidades de su corazón, un carrete de imágenes, de recuerdos: Rose, oculta en un ático en el Pozo de los Descorazonados con sus padres que se marchitan lentamente. La veo usando su oniromancia para hablar con su hermano en el castillo de cristal, despertándose luego de conocer a la bruja, sintiendo el deseo que le concedió como una roca insoluble en su estómago. *Déjame quedarme contigo. Yo tampoco soy otra cosa más que un sueño.*

Mis uñas se clavan con más fuerza y veo el pánico y la paranoia que siente la joven cada vez que conjura un hechizo, lo mucho que aborrece el veneno que guarda en su interior, esta magia por la que sus padres están muriendo, la razón por la que su hermano le sirve a un rey perverso y la razón por la que la encerraron lejos para estar a salvo. Veo a Rose corriendo hacia el espejo pequeño de su habitación y, con sus pulmones congelados y manos trémulas, preguntándole a su reflejo "Todavía soy hermosa, ¿verdad?". La veo buscando a la bruja en vano, esta vez, sola; veo a su hermano actuando de un modo más reservado y extraño, y pidiéndole que descanse porque hay una guerra por delante y necesita tener energías para ese momento. Lo veo diciéndole que no se preocupe, que van a ganar.

—¿Cómo puedes estar tan seguro? —la veo preguntar a ella y siento cómo su respuesta se aferra como un diente de cristal a su cerebro.

—Creo que sé cómo despertar a la princesa.

—¿En qué estás pensando? —grita—. Si la besas, ¡morirás! ¡Yo moriré! Tú... tú me quieres, ¿verdad?

—No puedes morir en los sueños —le dice él con una sonrisa segura—. Todos saben eso.

Pero ella no le hace caso. No descansa. En cambio, lo sigue de cerca en sus sueños, donde él se convierte en zorro y entra al castillo de la bruja. Y allí lo ve, pidiendo un deseo.

Pidiéndole un beso.

Y Rose, sorprendida, de repente sabe quién es la Bruja de los Deseos.

Quién soy *yo*.

Y con su pequeño corazón agitado, no quiere que su hermano me despierte para terminar el sueño y su deseo con este.

Cuando termino de ver todo esto, le suelto el brazo y ella exhala. Somos iguales, ella y yo. Soñadoras.

—Deseo ir contigo —me ruega y el zorro que no es zorro extiende una mano hacia ella. Pero su carne ahora está enrojecida, ardiente, como la mía, igual de intocable. Estamos a salvo... de él, pero no de nosotras mismas. En este momento, no sabemos quiénes son los verdaderos monstruos.

Nosotras no, pensamos. *Seguro que nosotras no.*

La miro y sonrío, y las entrañas grises del cielo y las ramas rotas del mundo estallan como un torrente de dientes lo suficientemente afilados, capaces de rayar incluso a un diamante.

–Lo haremos –cierro los ojos–. No tengo miedo. Una vez es suficiente.

18
En la oscuridad

Luego de un estallido y un grito, regreso a mi cuerpo. Desde algún lugar, Gabrielle llora desconsolada, mirándome. Me tropiezo hacia atrás, pero no me caigo. Porque la Oscuridad, el zorro que no es zorro, está allí para atraparme. Y esta vez, lo dejo.

Es un sueño. Siempre lo ha sido. Soy una princesa, una mácula, una bruja. Soy una oniromante, una diseñadora de sueños… Esa es mi magia. Este chico vino a buscarme al Bosque en el que duermo solo para despertarme. Pero en cambio, me alejé y traje a todos mis seres queridos conmigo: Gabrielle, mi guardiana feroz del Bosque. Rose, una muchacha que se niega a olvidarme y renunciar a encontrarme. Raisa y Renata, la gorgona gris y la ninfa que me cuidaron mientras dormía, mis dos mejores amigas en el Bosque de Graiae.

Y mis padres, claro, mi padre, el príncipe heredero, y mi madre, la futura reina, devuelta a la vida por este joven que me siguió hasta los confines de la Tierra, disfrazado como la oscuridad porque yo lo maldije a que así fuera. Y me maldije a mí misma a no conocerlo. A no conocerme.

Todo me resulta tan confuso ahora que lo único que quiero es olvidar. Las acciones desesperadas de una joven asustada. Una muchacha hambrienta, pero de un modo particular, esa hambre que se retuerce entre tus huesos cuando levantas la vista hacia un atardecer nublado. Una muchacha visible como una luna menguante de día, un espectro pálido en el cielo como el olor al humo de un fuego ya extinto. Una pestaña sobre una mejilla seca, el repique de una campana rota. Una muchacha cuyo rostro es lo primero que ves cuando te duermes, aunque no te acuerdes de ella. De hecho, *seguro* no la recuerdes, porque yo ya no estaré aquí. Soy efímera y cambiante, y fluyo de un sueño a otro. Lo opuesto a la quietud, incluso cuando duermo.

¿Qué he hecho?, pienso cuando recupero el equilibrio, aún con el brazo del joven sobre mi cintura. *Esto tiene que terminar.*

—Ya sé quién eres –le digo por encima del rugido de mis latidos. Rose gritó su nombre cuando interrumpió nuestro beso–. Se *exactamente* quién eres.

Me sujeta con más fuerza.

—¿Quién soy, entonces? Dímelo, Rhea Ravenna. Dímelo.

—No, Rhea, no hagas esto –dice Rose, acercándose a toda prisa, pero se detiene al borde de la oscuridad, sin poder o sin querer avanzar más allá de la seguridad de la luz. Volteo hacia ella y veo *a través* de la oscuridad en dónde se encuentra, pero no veo nada aquí dentro, ni siquiera mis propias manos–. No tienes por qué hacerlo. Mamá, papá, Raisa, Renata... Yo sé cómo hacer que regresen.

El sol mismo podría haberse caído a mis pies y quemado todo, y no me habría sorprendido tanto como lo que Rose me acaba de decir.

—¿Qué...?

—Este también es mi sueño. Tú lo diseñaste, pero *yo* los traje aquí. Yo me acerqué a dónde dormía el príncipe heredero junto a la futura reina y a tus amigas en los calabozos. Yo me aferré a su magia, o al menos a sus sueños, y los traje aquí. Para *ti*. Para que no los extrañes, para que nunca tengas que salir —pasa la punta de sus dedos sobre su mejilla con un gesto furioso y rápido para secarse las lágrimas—. Pero mi magia no es lo suficientemente fuerte, por lo que los retuve cuanto pude, pero empezaron a despertarse, uno por uno. Pero ahora que ya lo sabes, podemos empezar de nuevo. *Juntas*. Podemos construir un sueño nuevo, más fuerte esta vez, y con nuestros poderes combinados, nunca nadie podrá despertarnos.

—¡Rose! ¿Qué estás diciendo? ¿Quieres que construya un sueño nuevo contigo? Ni siquiera sé *quién eres* —me empieza a temblar todo el cuerpo, pero mantengo la voz lo más firme y clara que puedo. Y fuerte, tan fuerte que casi parece que estoy gritando—. Deseas belleza a pesar de tenerla. Deseas amor a pesar de tener mucho a tu alrededor. Eres una llave sin cerradura que no tiene nada para abrir o cerrar. Eres un beso rápido sobre una sonrisa fría. Eres la espera sin fin.

Rose levanta la barbilla y no se molesta en esconder sus lágrimas.

—*Soy tu hermana.*

Sacudo la cabeza. *Éramos* hermanas y quizá podamos serlo de nuevo, de espíritu, pero no de sangre. Ahora lo único que veo cuando la miro es el resplandor ardiente de la traición, pálida y cruda, a punto de estallar.

—Ya viví suficiente en el Pozo de los Descorazonados —dice en voz baja, pero tan tensa que una vena sobresale a un lado de su cuello como la rama de un cerezo bajo la nieve—. Encerrada en el ático para mi propia seguridad, sin nada más que un espejo y mis sueños para hacerme compañía. ¿Qué clase de vida es esa? No puedo regresar. *No lo haré.*

Al oír esto, recobro la calma. No por completo, pero lo suficiente como para que la sensación de traición se apague un poco y mi mandíbula deje de estar tan tensa. Ambas cometimos errores.

—No puedo seguir escapando —levanto ambas manos hacia mi corazón—. Pero te prometo que haré las cosas bien. Ya no tendrás que vivir en el ático. Ya no tendrás que seguir escondiéndote.

Baja la mirada hacia sus pies y no la vuelve a levantar, mientras su pecho sube y baja rápido.

—Podemos regresar al Bosque —dice tan despacio que tengo que acercarme para oírla bien—. Podemos hacer que los deseos de todos los niños del mundo se hagan realidad. Podemos concederles deseos a aquellos que más los necesitan.

—Ese mundo ya no *existe* —le digo con suavidad, pero con firmeza—. Se destruyó cuando se rompió el hechizo. Y este espejismo también lo hará.

Volteo hacia el joven en la oscuridad, quien aparta los brazos de mi cuerpo. No puedo verlo, pero imagino que está allí, tenso, atento.

—En lugar de ayudarte, escapé, dormí y soñé. Pero aun así viniste a buscarme al Bosque cuando nadie más lo hizo. Me seguiste hasta *aquí*, aunque eso significó ahogarte en la oscuridad hasta que estuviera lista para encontrarte. Hasta que supiera tu nombre.

Exhalo.

—Eres la falta de aliento –digo y soy toda piel y nervios, cada centímetro de mi cuerpo destella, cada centímetro grita del dolor–. Eres el fuego frío. Eres la pregunta y la curiosidad que atraviesan los huesos. Hablas con la Muerte y la convences de que te dé algo que, por derecho, le pertenece. Le prometes diamantes a cambio de almas, pero le das carbón y tiempo. Y la Muerte se lo cree, una y otra vez, porque tu sonrisa es una espada que nadie, ni siquiera un dios, quiere alimentar con su sangre. Y tu nombre… –me detengo y doy un paso hacia atrás hasta que su oscuridad ya no me toca–. Tu nombre es Varon.

La oscuridad cae como una cadena suelta, como unos grilletes gruesos de sombras, y desaparecen en un remolino de humo negro. Cuando veo su rostro, lo recuerdo y no puedo entender por qué querría olvidarlo.

Varon se acerca a mí, pero se detiene cuando ve que no me muevo, confundido. *Los besos están bien, pero no funcionan dos veces.* No, un beso no romperá esta maldición, este hechizo dentro de otro hechizo. No esta vez.

Algo salvaje avanza por mi cuerpo como un bostezo, una muchacha dentro de otra que se estira para encajar en mi piel. Toda mi vida estuve esperando su llegada.

Ahora, dice. *Tú eres la Bruja de los Deseos. ¿Cuál es tu deseo?*

Miro a Rose, quien aparta la vista cuando nuestros ojos se encuentran, y luego a Varon, quien se lame sus labios rojos, esperando lo que está por venir.

Pero luego solo deseo una cosa: *gritar*.

Me tapo las orejas con ambas manos, cierro los ojos y abro la boca para purgar mi cuerpo de esta agonía ardiente que guardo desde hace mucho tiempo. Duele, y *mucho*, pero no me detengo. Hay alivio en la destrucción.

PARTE DOS

19
En el reino

Las estrellas son diferentes aquí. La forma en la que aparecen en el cielo, con patrones hermosos. A una de ellas la reconozco: una mano esquelética invertida y un color… levemente violeta. Cerrada como si estuviera arrancando algo. No, arrancando algo no… Ahorcando. ¿Ahorcando qué?

Deseos.

Deseos que se sienten como rodajas de manzana empujadas por la garganta de los niños que los desean. Eso es lo que se siente desear: sacrificar la respiración por una oportunidad. Esperar que un deseo se haga realidad… duele.

Las estrellas son lo primero que veo cuando abro los ojos. Las miro y ellas me miran, y luego… caen. Se encogen hasta el tamaño de la punta de una aguja, ardientes y destellantes, y cosen a la oscuridad con sus hilos plateados de luz. Se me pegan al cuerpo,

a las palmas, muñecas y hombros, a mis rodillas, pantorrillas y tobillos, a mi cuello, mejillas y mis ojos. Brillo, en todas partes.

Por lo que parece ser mucho tiempo y poco a la vez, me quedo allí recostada con estrellas sobre mi piel como si estuviera erizada, y no sé quién soy ni lo que he hecho. Me gustaría quedarme aquí, flotando a la deriva como una sombra… pero luego recuerdo que así fue como empezó todo. El deseo de estar sola, el deseo de ser un sueño en lugar de una muchacha real. Hasta que apareció un muchacho y me mostró lo que es el verdadero miedo. Su miedo: que la vida siempre sea una miseria. Mi miedo: no poder ayudarlo y no tener el poder para cambiar las cosas.

–¿Oscuridad? –me reincorporo lentamente con la cara enterrada en una montaña de hojas–. ¿Varon?

Pero nadie me contesta.

Los árboles aquí están invertidos: sus raíces en el aire y sus ramas debajo de la tierra. La oscuridad es muy tranquila en este lugar. No habla, ni sonríe, ni suspira. Estoy sola.

Mamá, papá, Raisa, Renata… desaparecieron como creí que lo harían. Estaban dormidos al igual que yo y ahora despertaron. *Todos* despertamos.

Pero se siente extraño estar despierta y recordar quién soy. Todavía me siento como mi otro yo, mi versión del sueño, Rhea Ravenna. Pero luego recuerdo que mi nombre *sí* es Rhea Ravenna, o más bien, princesa Rhea Ravenna, y mi padre es el príncipe heredero Rafael y mi madre era la futura reina Reese. Este es el reino de Ravenna.

Mi vida en ese otro lugar era un sueño, pero no tanto. Todos estábamos allí, durmiendo, soñando juntos. Los encontraré y nos reuniremos, y esta vez nada nos separará. Una familia extraña que se toma de las manos en la oscuridad, aunque no seamos todos de la misma sangre, pero una familia al fin.

Y Varon. ¿Dónde está? ¿Todavía en el calabozo, encadenado y moribundo?

Ya voy, pienso, deseando que alguien me pueda escuchar cuando miro hacia el cielo repleto de estrellas. *Voy por ti.*

Y si bien una parte de mí aún está furiosa con Rose por haberme mentido, se hace cada vez más pequeña. Le hice una promesa e intentaré mantenerla. No estoy segura cómo, pero lo *haré*.

Aún cubierta en estrellas pequeñas que se enfrían, desenvuelvo los pliegues de mi vestido sobre mi cintura, el vestido rojo que usé para mi madre cuando estaba de luto. Cada movimiento trae un dolor metálico que me hace sentir como si estuviera llena de golpes en todo el cuerpo, como dedos invisibles que no paran de clavarse en mi piel y me dejan marcas azules y doradas.

No, dolor no, comprendo. *Magia.*

Soy una princesa.

Soy una bruja.

Soy Rhea.

Tengo muchas caras y quiero usarlas todas.

Con un sonido que está entre la risa y un grito, me pongo de pie y algunas hojas a mi alrededor caen girando al suelo. Tengo la cabeza llena de luciérnagas y mi corazón es una luz destellante. La magia en mi interior es como el sol que, sin cuidado, quema la carne desnuda desde todos los ángulos. Levanto las manos y dejo salir una luz intermitente desde las palmas hacia el cielo, devolviendo a las estrellas a su lugar.

Y así empiezan los gritos.

—Es ella. ¡Es la *princesa*!

—¡Despertó!

—¡Vamos, rápido!

—¡Caminante, sálvanos!

Al oír sus voces, las estrellas frenan su huida al cielo. Quedan sobre las copas de los árboles, cortando la noche con su luz delgada y filosa, como si estuvieran asegurándose de que estoy bien.

Pero...

No lo estoy.

Varios hombres armados rodean el claro y, cuando entiendo que debería haber sido más discreta cuando me desperté y no lanzar estrellas hacia la oscuridad, ya es demasiado tarde. Las estrellas flotan por arriba como miles de focos de luz y cada uno de ellos apunta directo hacia mí.

Yo, la princesa vigilada, la princesa querida. Aquella que ahora está acorralada por los soldados del rey. Me pregunto si esto significa que me llevarán ante él, mientras me resisto a patadas y arañazos. La situación casi me hace reír, pero luego veo a los soldados tensar sus dedos y el sonido me produce un escalofrío que se pega a mi lengua. No me matarán. Estoy segura de eso, pero eso no significa que lo que vaya a ocurrir sea placentero. Debo ser rápida y, siempre y cuando me lleven con vida, viva y *despierta*, entonces probablemente no le importe mucho al rey los medios que usen para vencerme.

Muy dentro de mí, busco las palabras que no hablo desde hace mucho tiempo. En una lengua que me resulta familiar y extraña a la vez, miro a los hombres y lo digo.

—*Astynta*.

Se quedan congelados, parpadeando y desconcertados. Tienen todo su peso sobre los dedos de los pies, como si estuvieran listos para correr ante la más mínima presión de mi hechizo de quietud.

—¡Bajen las armas con cuidado!

Vacilan. Relajan las manos, pero no las sueltan por completo. Uno de ellos da un paso hacia adelante y habla.

—Por favor, su alteza. Nosotros no…

—¡Suéltenlas! —grito, pero no les pasa nada.

Al menos, no a ellos.

Mis manos se tensan y las marcas en el dorso empiezan a quemarme, a arder y a hincharse. Siento un cosquilleo que sube por mis brazos, envuelve mi segundo corazón y lo aprieta. Usar mi magia después de haber pasado tanto tiempo dormida es como poner un hueso dislocado de vuelta en su lugar: no está roto, pero duele. Estiro las muñecas como si simplemente pudiera quitarme el dolor, pero ya es demasiado tarde. El hechizo se apaga por completo. Los guardias avanzan hacia mí.

Volteo y corro tan rápido como puedo hacia el Río Gris, donde planeo arrojarme en él y pedirles a las ninfas que me lleven por la corriente, con la esperanza de que atrapen y ahoguen a todo aquel que se anime a seguirme por el agua negra y fría.

A medida que me acerco al río, *tan cerca*, uno de los soldados me habla desde atrás. Pero no dice ningún hechizo, sino una orden simple.

—Alto.

No, pienso.

—Alto —repite el soldado.

No, pienso de nuevo.

–*¡Alto!* –me ruega el soldado.

No, no, no, no, no.

Cuando llego a la orilla del río y estoy a punto de arrojarme hacia la merced de las criaturas hambrientas de abajo, hago a un lado el dolor de despertar y me quito el estupor del sueño de mis ojos, mente, corazón y venas. Volteo, levanto las manos tensas y lo intento una vez más.

–*¡No! ¡Astynta!* ¡No me sigan!

Los soldados obedecen. Sus pisadas repentinamente se apagan y solo puedo sentir su respiración fuerte y dificultosa.

Se detienen y me siento aliviada, pero luego noto que no es del todo por mí.

Uno de los soldados estaba más cerca. Quedo confundida al notar que este soldado no es un hombre, como había creído, ni siquiera es un varón… No, delante de mí hay una niña, baja y delgada, con su cabello pelirrojo recogido en un rodete.

–Bruja –dice con suavidad y me quedo inmóvil cuando noto que ninguno de los guardias son hombres, sino *niños,* cada uno de ellos. Famélicos y sucios, vestidos como guardias como si estuvieran en una fiesta de disfraces, con su cabello enredado y ojeras oscuras debajo de sus ojos. Los miro desconcertada, mientras la muchacha pelirroja, que de algún modo evadió mi hechizo débil, se acerca con cuidado. Me llamó bruja, no princesa, por lo espero a que se acerque–. Están más asustados de ti que tú de ellos.

Encima de nosotros, las estrellas titilan y destellan.

–¿Quién dijo que tengo miedo?

Sacude la cabeza.

—No tienes que decir nada. Puedo *sentirlo*.

La miro sorprendida por la forma en que su comprensión crece en mis huesos, su latido se detiene y acelera para alinearse con el mío. Boquiabierta, me acerco.

—¿*Gabrielle*? —Asiente y esboza una sonrisa. Noto lo joven que en realidad es, como si apenas tuviera catorce años.

—Te seguí, bruja —dice—, hice lo mejor para mantenerte a salvo.

Tengo una docena de armas apuntándome a mí, a nosotras, y me siento algo mareada por el esfuerzo de evitar que se rompa el hechizo. Y Gabrielle nota mi cansancio.

—Está bien —dice con sutileza y, por alguna razón, quiero llorar. Es *Gabrielle* y sigue de mi lado—. No te harán daño. Ya se asustaron cuando despertaste y empezaste a tirar chispas.

—Delita —digo. El hechizo se rompe y las estrellas titilantes continúan su acenso. Los niños se desploman, confundidos, y no vuelven a levantar sus armas.

—Ustedes son los Olvidados del Bosque —digo, maravillándome por los recuerdos que esas palabras conjuran: noches de carne asada alrededor de una fogata, de acompañar a los huérfanos a sus tiendas luego de un festín escaso, de tocarlos en la frente y susurrarles: "Vayan a dormir y que tengan dulces sueños". Y Gabrielle, una niña sonriente que me seguía a todas partes y se negaba a dormir hasta que yo le contara algún cuento de hadas que solo tuviera un final feliz. Su magia era como un susurro, como una respiración difusa en un oído abierto, suave y siempre fuera de vista—. Son los Olvidados del Bosque… ¿Ustedes me protegieron? ¿Todo este tiempo? Pero ¿en dónde están los guardias? ¿Cómo consiguieron esos uniformes y armas?

—Usamos nuestra magia, claro —su voz es más áspera de lo que recuerdo, como el rugido de un zorro, como un ladrido desgarrador. Como si hubiera sido un zorro durante tanto tiempo que olvidó cómo es ser humana. Señala a un niño alto cuyo uniforme le queda corto por los brazos y sus muñecas se asoman por debajo de la manga–. ¿No lo recuerdas? Leo puede hacerse invisible y la pequeña Imelda allí atrás es una piromante. Y yo soy una cambiadora de forma, en mayor parte. Te seguí al bosque como una zorra, aunque es lo único en lo que me puedo transformar por ahora, y traje a algunos de ellos. Todos aquí ayudaron a orquestar nuestro propio ataque contra los guardias, luego de que se llevaran a la gorgona y a la ninfa —voltea hacia mí, con las mejillas sonrojadas, exuberantes–. Estamos aquí para mantenerte a salvo y para que no estés sola. Fue difícil encontrarte en tu segundo sueño; no pude llevar al resto de los niños esa vez.

—Gracias, Gabrielle —esboza una sonrisa y veo todos sus dientes. Lo único que quiero hacer ahora es llorar, aunque sea un poco. Me seco los ojos con el dorso de mi mano y respiro profundo. Volteo hacia los niños y levanto la voz para que me puedan oír bien.

—¿Cuánto tiempo estuve dormida?

—Una vuelta de la luna de cuervo.

Mi estómago se retuerce, aunque no es tanto como temí. Después de todo, en mi sueño pasaron dieciocho años. Nací, crecí, viví toda una vida mientras dormía. Dos vidas, en realidad, contando la de la bruja. Pero la oniromancia no sigue el flujo linear del tiempo. En un sueño, puedes vivir mil vidas en solo un segundo.

—Bueno —intento no ahogarme en la bilis que sube por mi garganta–. Un mes de cuervo, no es *tanto*, ¿verdad? ¿Treinta días?

Leo da un paso hacia adelante.

–Treinta días o setecientas veinte horas, su alteza –dice con orgullo–. Lo que serían dos millones quinientos noventa y dos mil segundos.

Me quedo mirándolo impresionada y perturbada de que tenga esta información tan al alcance.

–¿Nos ayudará, princesa? –pregunta Imelda, llamando mi atención cuando se para en puntillas de pie para asomarse entre la multitud–. ¿Ahora que regresó?

Al oír esto enderezo mis hombros y levanto la barbilla, haciendo mi mejor pose de princesa, de líder temeraria. Aunque no me siento como una. Todavía.

–Sí –contesto.

–¿Cómo? –pregunta Imelda.

–Ah –dejo caer los hombros–. Ehm, bueno, no estoy segura *exactamente...*

Una niña de cabello oscuro y corto se cruza de brazos. *Glenna*, enseguida recuerdo su nombre y también que su magia es la adivinación.

–Creímos que quizá estaba soñando una solución. Y por eso tardó tanto, porque estaba pensando mucho.

Soñando una solución.

Enseguida, sus palabras mueven algo en mi interior. *Claro*, pienso y llevo la cabeza hacia atrás, estirando el cuello y sintiéndome aliviada, incrédula y furiosa, todo a la vez. Río fuerte y agudo, y las estrellas arriba se sacuden y se golpean entre sí como dientes temblorosos.

Si mi realidad anterior era un sueño, entonces quizá mi *sueño*

allí era real. Ahora lo recuerdo: el ala destruida del castillo, una puerta al final de una escalera en espiral hacia la que me escabullía durante las fiestas, y una cerradura cerrada. *Un lugar olvidado, un lugar prohibido.* Debe haber algo detrás de esa puerta, algo que el rey no quiere que nadie vea. La encontraré y la abriré, pero esta vez de verdad y descubriré un secreto que me ayudará a destruir el legado del rey.

Al menos, es un inicio. Para cuando termine el día, el o la Ravenna correcta tomará el trono... O moriré. El rey no me dejará ir por segunda vez. Esta es mi última oportunidad de pelear y no la desperdiciaré.

No lo haré.

—Acabo de recordar algo. Algo que creo que podría servirnos —digo y los niños intercambian miradas, algunos sonríen y otros me miran algo inquietos y poco convencidos—. Les prometo que haré que sus sueños se hagan realidad. Pero primero necesito que ustedes hagan algo por mí.

Los niños se acercan. Les pido que busquen a todos los que puedan en el bosque y les avisen que desperté y viajaré a la ciudad para enfrentarme al rey.

—Díganles que me encuentren allí si están dispuestos a acompañarme.

Cuando termino, levantan sus armas y se marchan por el bosque a toda prisa, pero en silencio. Algunos me abrazan fuerte antes de marcharse. La única que no se mueve es Gabrielle.

—Ven, bruja —dice y me toma de la mano—. Te mostraré el camino a casa.

Juntas, salimos del lugar más oscuro del bosque y cruzamos el puente en dirección al resplandor pálido de la luna, que acaricia los parches más oscuros entre los árboles.

–¿Dónde están los soldados que derrotaron? –le pregunto, mientras avanzamos a toda prisa, saltando sobre ramas caídas y arbustos que nos raspan los tobillos con sus espinas–. ¿Qué les pasó?

–En el fondo del río –me contesta Gabrielle–. Recibimos algo de ayuda de las ninfas –agrega sin remordimiento mientras pasamos sobre un tronco podrido.

Cuando nombra a las ninfas, recuerdo a Renata y su canción de agua cristalina que no hace distinción entre la alegría y la tristeza. Los árboles empiezan a parecerme familiares y, pronto, yo soy quien guía a Gabrielle. Sé exactamente por dónde ir. Empiezo a caminar más rápido, respirando con dificultad; lo único que quiero es encontrar a Renata y al resto, y asegurarme de que estén a salvo.

Salimos de la parte más oscura del bosque mientras las estrellas me observan desde arriba con atención. Ahora que me tocaron, siento su fiebre ancestral; oigo sus susurros nítidos.

Dicen: "Apresúrate, pequeña princesa".

"Prepárate, pequeña bruja".

"Ve, pequeña muchacha, y toma lo que te pertenece".

–No soy pequeña –les digo.

"Para nosotras lo eres", dicen.

"Pero las cosas pequeñas, se hacen grandes", dicen.

"Y las cosas grandes", dicen, "no deben olvidar que alguna vez también fueron pequeñas".

Nos tropezamos sobre algunas ramas en la penumbra, por

lo que conjuro un hechizo para que el camino quede libre de obstáculos. Empiezo a sentir al terreno cada vez más familiar: a la izquierda está el Abeto del Destino con su corteza azul. Si dejas caer una gota de sangre en sus raíces, te revelará el futuro si presionas tu oreja contra su tronco. O, dependiendo de su humor, simplemente extenderá una de sus ramas puntiagudas hacia tu espalda y te raspará sin previo aviso para pedirte más sangre.

Más adelante está el arbusto de bayas luminosas en el que una vez me escondí de un humano cazador que llevaba un arma en la cintura; pasando ese estanque está el lugar en donde aprendí a dominar el encantamiento para cambiar el viento por primera y única vez. En ese otro lado está el sendero que lleva a la cueva de la manticora y justo a la vuelta de ese sauce está…

Espera.

–¿Gabrielle? –me detengo, sintiendo un gran dolor en los pulmones bajo las ramas del sauce. Aquí los árboles están bien, no como en el claro, en donde las raíces ansiaban el aire y las ramas están condenadas a convivir con los gusanos–. ¿Qué…?

Me asomo desde atrás del árbol y me detengo. Parpadeo tres veces, rápido, pero la imagen que tengo por delante no se disuelve. Aquí no me acechan visiones de muerte, pero casi que deseo que así sea. Porque entonces, la destrucción que tengo delante de mí no sería real. Podría parpadear y hacerla desaparecer.

O, mejor dicho, lo que alguna vez estuvo aquí podría *re*aparecer. Porque ya no queda ningún árbol además del sauce, solo algunas ramas humeantes, algunos matorrales que escupen chispas hacia el cielo, hacia los ojos de las siete lunas visibles sin el techo de árboles, deambulando lentamente por el cosmos como si no supieran qué hacer: detenerse y ayudar o simplemente aparentar que no vieron la devastación en esta parte del bosque.

El mundo queda en silencio y una neblina gris flota en la distancia, impidiéndome ver a la ciudad que se encuentra más allá. ¿Qué ha sido de quienes vivían aquí? ¿Huyeron hacia las profundidades del bosque? ¿Abandonaron por completo el lugar? ¿O…?

No. No, no, no, no, no.

Ni siquiera lo pienses.

Me agacho y conjuro un hechizo de resistencia a las llamas. Toco un parche de musgo quemado con mis dedos.

—No… —grita Gabrielle, sujetándome del hombro y tirándome hacia atrás—. ¿Estás deseando la muerte?

—Está bien —le digo y le muestro los dedos. Mi piel está bien. Pero sé que, si hubiera dejado la mano por más tiempo, me habría quemado, incluso con el hechizo—. No es un fuego ordinario.

—¿Qué es? —me pregunta Gabrielle.

—Fuego de Estrella —le contesto y me mira confundida—. El Fuego de Estrella se esparce rápido, pero quema lento. Pueden pasar años hasta que se extinga por completo. ¿Ves aquellos árboles allí, casi en línea perfecta? Alguien les puso un hechizo de defensa. Pero quien quiera que haya sido llegó tarde para salvar todo.

Recuerdo la historia antigua y sagrada que Varon me contó, bajo la piel del zorro que no era zorro, mientras yo llenaba su cabello de flores. Historias de grandes héroes que alardeaban de ser lo suficientemente fuertes como para hacer que las estrellas posaran directo sobre sus manos. Cada una de esas historias terminaba en desastre. En muerte.

¿Quién bajaría una estrella, con su luz enceguecedora y ardiente, y luego la usaría para arrasar al bosque por completo y matar a todas sus criaturas?

Solo se me ocurre una persona.

–Pero ¿cómo lo hizo? –me pregunto en voz alta–. ¿Cómo hizo el rey para conseguir una estrella?

–¿Le ordenó a uno de sus sirvientes que lo hiciera?

–Un solo inmácula nunca podría lograr algo así. Pero quizá… Quizá fueron todos ellos. Quizá hizo que todos lo hicieran juntos.

Gabrielle frunce el ceño.

–Y los dejó quemándose aquí cuando terminó con ellos.

Tenso la mandíbula mientras intento recordarlo, ver su rostro, pero no puedo. No puedo hacerlo. Es solo una sombra que deambula por mi mente, pero nada más que eso.

Durante un momento, Gabrielle y yo no hacemos nada más que observar el desastre: las raíces rojas que brotan de la tierra, los arbustos quemados que alguna vez cubrieron al suelo del bosque con un colchón de espinas que desviaba a aquellos que no pertenecían al lugar para que no entraran a sus profundidades salvajes y hambrientas. Sigo esperando que las llamas se apaguen cada vez que parpadeo, pero no lo hacen.

Y así extraño mi maldición. Bueno, no precisamente mi maldición. Extraño a mi familia y nuestra casa tranquila junto al mar. Los extraño a todos, vivir juntos. Extraño a los chicos del vecindario que andaban en bicicleta, burlándose de nosotras. "Amigos, miren. ¡Son las Locas Ravenna! ¿Cómo les va hoy, brujitas, *señoritas*?". Casi suelto una carcajada al recordar a Brett y sus amigos. ¿Cómo se sentirían si supieran que estaban molestando a una ninfa, una gorgona gris, una mácula y una princesa bruja, tan poderosas que podríamos haberlos convertido en ranas, anfibios llenos de moho, y guardarlos en un frasco y solo convertirlos nuevamente en humanos cuando nosotras quisiéramos?

Desearía que Raisa estuviera conmigo ahora para asustar a nuestros enemigos y dejarles en claro quiénes somos y lo que haremos con ellos si se ponen en nuestra contra. Siempre fue la mejor para expresar lo que quería, toda una temeraria, aunque a veces podía ser un poco hiriente con sus palabras. Desearía que Renata estuviera aquí, para ayudarnos a encontrar esos lugares a los que a nadie se le ocurriría mirar. Esos escondites, esos lugares de suspiros están llenos de una especie de magia extraña y maravillosa y, con ella, sé que Renata podría lograr un final feliz con toda esta locura y descontrol. Y Rose, Rose… Lo único que deseo es sentir sus manos frías sobre mi frente. Deseo que camine por este bosque en ruinas y apague las llamas con sus pies.

Porque este lugar ya no es hermoso.

–¿Seguimos? –pregunta finalmente Gabrielle–. No hay mucho que podamos hacer aquí.

–De hecho –digo–, sí hay algo.

Por más que extrañe mi casa en el mar, mi sueño dentro del sueño, hay algo que allí nunca tendré.

Magia.

Doy unos pasos hacia adelante y le hago un gesto a Gabrielle para que me espere atrás. Me mira con curiosidad y algo de preocupación cuando ve que levanto la vista hacia el cielo y giro en el lugar, mirando en todas direcciones. No hay ninguna nube a la vista.

Dejo de girar y cierro los ojos. Me concentro con todas mis fuerzas con mi magia y busco algunas nubes cercanas, algún huracán o el comienzo de una tormenta; cualquier cosa ya formada para no tener que hacerlo yo sola. Me concentro en el bosque detrás, la ciudad delante y el océano más allá.

Finalmente, encuentro algo: una tormenta pequeña pero violenta, a dos o tres kilómetros de la costa. Con mi magia, creo un gancho que se aferra a sus bordes y, cuando la conexión para ser segura, cuando estoy tan conectada a ella que los rayos y truenos golpean y suenan dentro de mi cabeza, estiro las manos bien alto y arrastro a la tormenta por el cielo.

Gabrielle se acerca y siento el calor de su cuerpo a mi lado, lo que casi me distrae.

–Ehm, ¿bruja?

No digo nada. Tiro y tiro con fuerza.

–Bruja, ¿qué estás haciendo...?

–Silencio –ella probablemente solo me vea tirando de una soga imaginaria–. Ya lo verás en un minuto.

Pero me toma más de un minuto. Con los brazos temblorosos por el esfuerzo, la tormenta aparece por el horizonte. Aún puedo oírla dentro de mi cabeza, pero ahora también el sonido llega por mis oídos, rugiendo por dentro y por fuera. Una vez que siento el ruido de la lluvia fría abro los ojos y suspiro. Descanso y dejo caer los brazos a cada lado. Me recuesto sobre Gabrielle.

–*Ah* –dice, sujetándome para que no me caiga–. Ya veo.

Miramos la tormenta por un rato en silencio, secándonos algunas gotas de los ojos ocasionalmente. Las llamas del suelo empiezan a sisear. No se apagan por completo, pero es algo.

—Andando —me alejo de Gabrielle y sigo caminando hacia la ciudad en las neblinas, hacia el palacio—. Es hora de seguir.

A nuestro alrededor, el campo que alguna vez fue un bosque majestuoso se apaga lentamente con la lluvia. Pronto, noto algo extraño en las nubes. De cierto modo, están *mal*. Sus rayos parecen mecánicos y destellan en intervalos de cinco segundos exactos. Y los truenos… son el mismo siempre: un rugido largo y grave seguido de un estallido breve y, luego, un silencio profundo. Una y otra vez. Nos detenemos mientras la lluvia cae al mismo ritmo tranquilo. Un rayo, dos truenos. Cinco segundos. Un rayo, dos truenos. No hay viento.

La tormenta me hace pensar en Raisa, que siempre corría hacia el porche cada vez que llovía. "A veces, me siento atrapada en el ojo de una tormenta", me dijo una vez cuando estábamos paradas en la puerta lejos de la lluvia, mirando a las nubes densas de un cielo roto que parecía una gasa deshilachada. "Como si fuera la única cosa tranquila y quieta en un mundo que no para de girar".

—*Raisa* —digo entre dientes y me largo a correr por el campo ardiente, no hacia la ciudad ni el castillo, sino hacia el ojo de la tempestad. Sin quitar los ojos de la tormenta, busco una torre de vapor encantado.

La lluvia golpea contra mis ojos a medida que los rayos y truenos atraviesan el cielo, siempre con el mismo patrón de cinco segundos. Parece seguir así por siempre.

Y entonces, justo cuando estoy a punto de rendirme, de convencerme a mí misma de que estoy equivocada, lo veo: un remolino de nubes plateadas bastante peculiares, un vórtice de condensación que parece, de cierto modo, una torre.

—¡Raisa! —grito, saltando y sacudiendo los brazos para que pueda verme—. ¡Raisa, estoy aquí!

—¿No puedes eh… usar tu magia para bajarla? —me pregunta Gabrielle. Me sonrojo y no del calor.

—Ah —digo—. Sería más fácil, ¿verdad?

Gabrielle esboza una sonrisa y veo al zorro que lleva dentro. Una sonrisa traviesa que siento en mis propios labios con una sensación de calidez.

—Eso creo —dice.

La miro con una mala cara en broma y levanto las manos una vez más, usando lo último que me queda de energía.

—Me está tomando tiempo acostumbrarme, es eso —agrego, armándome de valor. Su sonrisa vacila.

—¿A qué?

—A tener magia de nuevo.

Como hice con la tormenta, envío ganchos que se aferran al remolino de agua y aire. Se eleva como un tornado, con la punta en el suelo, y me concentro con todas mis fuerzas para hacer que baje la velocidad y se detenga por completo. Respirando rápido con los codos bien abiertos, empujo y tiro, doblando al viento a mi voluntad.

Como un carrusel fuera de control, las ráfagas se detienen gradualmente. El exterior empieza a resquebrajarse (al menos, todo lo que el *viento* puede hacerlo) y se transforma en hilos grises aislados.

—¿Raisa?

Reviso la neblina arremolinada y siento como si le estuvieran creciendo miles de pequeños dientes a mi corazón con cada paso, listo para consumirse a sí mismo si no la encuentro o si la he lastimado. O si está...

No, no, no, no, no.

Desde la neblina, oigo una voz.

—¿Ree?

—¡Raisa! —una inyección de alivio se dispara por mis venas, obligándome a acercarme con urgencia. Pero no sé desde dónde viene su voz—. Raisa, ah, por Dios, ¿dónde estás? ¿Dónde...? —tengo un golpe de inspiración—. *Aflema* —digo entre dientes—. Dispérsense.

De inmediato, el vapor que nos rodeaba se disipa y veo a mi hermana justo por delante, a casi un metro de distancia. Todavía es *ella*, pero más: sus dientes son más blancos y su piel más clara y luminosa, y su cabello tiene un tono plateado azulino natural. No llego a ver bien sus ojos, ya que se los tapa rápidamente con sus manos.

—¡Rhea! ¡No me mires! —se acurruca hacia adelante y gira. Su magia tiene el brillo de un globo de goma de mascar bajo su piel. Su forma y tamaño es distinta a la mía; la suya es magia de gorgona y la mía de humana. Ambas tienen la misma fuente, pero no la misma forma.

Me acerco a ella, desconcertada y aliviada a la vez.

—Tú... ¿Me conoces? ¿Me recuerdas? ¿Recuerdas la casa junto al mar?

—¡Claro que la recuerdo! Estábamos soñando todos juntos, ¿verdad? Nosotros...

Pongo una mano sobre su hombro, pero se aleja y oculta todo su rostro detrás de sus manos. Sus uñas tienen un color rosado fuerte y brilloso.

–¡No me mires! –dice.

–¿Por qué no?

–¡Soy una gorgona gris, tonta! Si me miras a los ojos, te convertiré en una sombra.

–Ah, cierto. Pero nunca convertiste a Renata en una sombra, ¿verdad?

–Ella es una ninfa. ¡No es humana!

–Y yo tampoco, para ser precisas –digo, pero, de todas formas, corto un trozo de la tela roja del dobladillo de mi vestido arruinado. Le toco el hombro hasta que se pone de pie, aún con los ojos cubiertos–. Toma, prueba esto.

Busca a tientas hasta que sujeta el trozo de tela y lo ata alrededor de su cabeza. La tela es lo suficientemente opaca como para que nosotras no podamos ver sus ojos, pero lo suficientemente fina como para que ella pueda ver a través. Voltea hacia mí y esperamos. Cuando vemos que no me convierto en una sombra, esboza una sonrisa, como si hubiera sido su idea.

–Excelente –se pone de pie y, si bien no puedo verla directo a los ojos, siento que evita mirarme–. Y, ehm, gracias por, ehm, salvarme. Supongo.

–De nada –sonrío–. Gracias por… ya sabes. Quedarte conmigo mientras estaba dormida. Por cuidarme, incluso aunque fuera por un rato.

–Bueno, de verdad quería hacerlo, estábamos aburridas, ya sabes –se encoje de hombros–. Queríamos hacer algo.

Sacudo la cabeza, sintiéndome, por tercera vez, con ganas de llorar. Porque es *exactamente* la Raisa que conozco. Y aquí estamos, en casa y lo recuerda.

—Estoy segura de que habrías encontrado otra cosa que hacer en lugar de ser la niñera de una princesa egoísta.

—Lo que sea –dice y estoy segura de que pone los ojos en blanco–. Y, para que conste, puede que lo que hayas hecho haya sido un poco egoísta, pero… es lo que yo también habría hecho si fuera tú.

Nos quedamos en silencio, mientras la lluvia cae al mismo ritmo. Rayos y truenos, cada cinco segundos.

—Espera… ¿Quién es *ella*? –pregunta Raisa cuando ve a Gabrielle detrás de mí, quien se asoma sobre mi hombro. Raisa rápidamente se acomoda su cabello desprolijo y sus uñas destellan–. ¿Nos vas a presentar?

—Ah, sí, claro. Raisa, ella es Gabrielle –le señalo a Gabrielle y ella extiende una mano–. Gabrielle, mi hermana, Raisa.

—Un *gusto* conocerte –dice Raisa lentamente, mientras piensa en las palabras lentamente.

Gabrielle se sonroja.

—Yo, ehm, sí. Un gusto conocerte también. O sea, ya nos conocíamos, ¿no es así? Me conociste cuando era una zorra. Pero ahora ya no lo soy. O sea, una zorra. Ahora soy humana y yo… ehm, un gusto conocerte.

Raisa abre la boca, pero no dice nada.

—Es una cambiaformas –le digo, mientras Gabrielle regresa hacia atrás de mí–. Te lo explicaré más tarde. Ahora necesitamos encontrar al resto de nuestra familia y luego ir al castillo.

—Y ganar la guerra y encontrar al rey que me puso en ese vórtice de la perdición y detenerlo –dice–. Entendido. Andando.

Empieza a caminar con la frente en alto y la sigo por detrás con Gabrielle, quien me habla en voz baja.

–¿Rhea?

–¿Sí? –me detengo y la miro.

–¿Recuerdas que dijiste algo sobre que aún te estás acostumbrando a tu magia? –me pregunta y yo asiento–. Bueno, tú *siempre* tuviste magia. En todas las vidas, en todos los sueños.

Sonrío y noto que no hay rastro alguno del grito que alguna vez estuvo aferrado a mi interior.

20
En el reino

Raisa insiste en dar una vuelta por el mar antes de ir a la ciudad. *Dar una vuelta*, como si estuviéramos yendo al mercado a comprar un poco de leche.

—¡Renata está atrapada allí! —nos dice cuando emergemos del campo nebuloso cerca de la costa—. Tenemos que encontrarla a ella primero, luego nos encargaremos del resto de las cosas —dice, sacudiendo una mano como un indicio de todo lo que no se dice—. Cuantas más seamos, mejor, ya saben. Además, necesitas descansar.

—No sé si te enteraste —digo—, pero estuve dormida durante un *mes* entero. Dormir es lo último que necesito.

Suelta un quejido y se ajusta la venda sobre sus ojos, ya que se le estaba empezando a caer.

—No dije dormir, dije *descansar*. Tienes que sentarte un rato y recuperar energía. Lamento decirlo, pero te ves terrible. Tu piel se ve como… *gris*.

–Disculpa, bruja, pero *estás* un poco pálida –agrega Gabrielle y luego da un paso hacia atrás cuando la miro con desaprobación. ¿De qué lado está? Del mío, supongo, pero por la forma en la que mira a Raisa, no estoy tan segura.

–Lo único que tienes que hacer es detener las olas que rodean esa islita y vendrá –dice Raisa, saltando sobre algunas ramas prendidas fuego.

Frunzo el ceño.

–¿No deberíamos ir a buscarla nosotras?

–No, te lo *acabo* de decir. Solo calma el agua y ella vendrá nadando hasta la orilla. Esas olas terribles son lo único que la detienen. Ella sabe nadar muy bien.

–Pero…

–Recuérdalo, Ree… Ella no es *humana*. Es una ninfa. Nadar un kilómetro o dos para ella es lo mismo que si tú corrieras esa distancia.

–¡Correr eso sería una *tortura* para mí! ¿Por qué crees que prefiero montarme a una mantícora en el bosque?

–Bueno, lo que sea. Es como correr un kilómetro o dos para una persona normal que está en forma –detrás de su venda, estoy segura de que está poniendo los ojos en blanco–. ¡Solo hazlo! Y si no aparece en una hora, puedes conjurar un bote o algo así con tu magia, y vamos a rescatarla. ¿Está bien?

–Ok.

De este modo, nos acercamos al mar y no hacia la ciudad. A pocos metros de donde rompen las olas, me arrodillo y presiono las manos en la arena con los ojos cerrados. Mi magia fluye por el suelo y avanza hacia el fondo del mar, desde donde se eleva como dedos hacia la superficie, susurrando palabras de paz y tranquilidad. Mi voz empieza a vacilar a medida que la energía brota de mi cuerpo y Gabrielle pone una mano sobre mi hombro. Empieza a pasarme un poco de su magia para estabilizarme. Eventualmente, las olas se calman y el mar queda tranquilo, aunque no sé por cuánto tiempo.

Mientras esperamos a que Renata venga hacia nosotras, me quedo sentada en la playa con Raisa y Gabrielle a cada lado, las tres con las piernas estiradas sobre las olas frías que envuelven nuestros pies descalzos.

—El tatuaje, ehm, en la espalda del príncipe —dice Raisa mientras esperamos. La miro, confundida ya sea porque no entiendo por qué menciona esto o porque acaba de llamar a nuestro papá *el príncipe*—. Ese con el que, ehm, tu madre estaba tan obsesionada.

—Puedes decirles *mamá* y *papá*, si quieres —le digo con tranquilidad—. O sea, no es una *obligación*. Ya sé que no son tus padres reales. Pero creo… creo que te aceptarán.

Raisa esboza una sonrisa y la siento como un rayo, luminosa y breve.

—Bueno, está bien. Mamá y papá —intento tomarla de la mano, ya que siento que el momento lo amerita, pero cuando lo intento, me pega una cachetada en la mano y río—. No importa, el tatuaje en la espalda de papá. Es una constelación *real*. Solo que es real aquí y no allí, en ese lugar donde solíamos vivir.

—Tienes razón —los recuerdos aparecen tan rápidos que me toma un momento catalogarlos y entenderlos: historias sueltas y fragmentos, acertijos, nombres, lugares, rostros, todo desechado hacia mis sueños. Y la constelación. Ahora sé que es el símbolo de la vida, la mano izquierda del Caminante–. Mamá no lo estaba inventando.

Se supone que debería descansar mientras esperamos, pero no lo estoy haciendo. *No puedo.* ¿Cómo podría relajarme si todavía nos falta encontrar a otras cinco personas, incluyendo a Renata, que puede aparecer nadando ahora o no? ¿Cómo puedo estar tranquila si todavía tengo que quitarle el reino a un rey?

Hacia el norte, la tormenta encantada sigue rugiendo, anclada en el lugar mientras apaga lentamente los últimos vestigios del Fuego de Estrella. Algunos rayos destellan cada cinco segundos, pero están demasiado lejos como para escuchemos el trueno de dos partes. Empieza a preocuparme haber llamado mucho la atención cuando moví la tormenta; de seguro alguien notó que, de pronto, *una tormenta entera* se empezó a mover por el cielo y se detuvo justo sobre el campo hasta disiparse. ¿Sabrá el rey que estoy aquí?

¿Sabrá lo que estoy tramando?

–¡Allí está! –exclama Raisa y se pone de pie. Avanza hacia el agua y yo, desconcertada, me levanto y la sigo, sin quitar la vista de las olas suaves–. ¡Ren! ¡Aquí!

Me pongo en puntillas de pie y entrecierro la vista.

–No...

–*Allí* –dice Raisa, señalando, pero lo único que veo es agua oscura iluminada por la luz de la luna–. ¡Ese es su cabello! El resto de su cuerpo está bajo el agua, obviamente.

–Son solo algas. O alguna otra planta. Yo... *¡Ah!*

Resulta que las algas, o lo que sean, en realidad *sí* son cabello. Una cabellera castaña verdosa sobre una cabeza que está sobre un cuerpo que aparentemente le pertenece a una de mis viejas amigas. Su piel es de un tono azulino suave y, en donde solía tener pecas, ahora tiene escamas: sobre sus hombros, rodillas, nariz y alrededor de sus ojos como una máscara, a cada lado de su cuello. Son delgadas y delicadas, en lugar de rígidas y sobresalientes, casi parecen pétalos aguamarina. Si pudiera tocarlas, estoy segura de que se sentirían suaves y flexibles.

Cuando está lo suficientemente cerca, nadando con serenidad, la envuelvo entre mis brazos y presiono. Su vestido azul transparente está empapado y su cabello gotea sin parar. Recién terminaba de secarme de la lluvia de la tormenta y ahora estoy empapada otra vez. Pero no me importa. Para nada.

—Sabía que lo descifrarías —susurra y su aliento se siente frío y salobre cuando se acerca a mi oreja. Siento la magia debajo de su piel, limpia, resbaladiza y salada—. Sabía que regresarías.

La suelto y doy un paso hacia atrás para que tenga lugar para abrazar a Raisa.

—Fuiste la única en recordar, ¿verdad? —le pregunto a Renata—. Tomaste la decisión consciente de despertarte, mientras el resto simplemente desapareció.

—Bueno, no fue fácil. Tu hechizo era muy fuerte —dice Renata con admiración más que con un tono acusador. Le da un beso a Raisa en la mejilla antes de soltarla y voltea hacia mí—. Pero, ya sabes, siempre me costó dormir. Y el mar me lo dijo. Y la lluvia, las nubes y la nieve. Siempre lo supieron porque están *en todas partes*. El agua es la misma en todos los mundos —posa la mirada sobre Gabrielle, quien deambula cerca en silencio, más atenta que nunca–. Hola. ¿Quién es ella?

–Gabrielle –le hago un gesto para que se acerque–. Mi guardiana.

–Es muy bonita –dice Renata, esbozándole una sonrisa mientras Gabrielle asiente en respuesta–. ¿Quieres que la ahogue?

Enseguida, Gabrielle suelta un rugido feroz y se prepara para atacar a Renata ante el más mínimo movimiento. Pero Renata solo esboza una sonrisa y me mira esperando una respuesta.

–¡No, claro que no! –piso la arena con fuerza y siento un leve temblor a mis pies, lo suficientemente fuerte como para agitar nuestros corazones–. De hecho, no habrá más muertes hasta que yo lo diga. Me enteré de lo que le hiciste a esos guardias, Ren. Y, si bien aprecio tu ayuda, no puedes ir matando gente por ahí, ¿está bien?

Hace un mohín.

–Pero se ve tan suave y ha pasado tanto tiempo desde la última vez que canté.

Al oír esto, Raisa sujeta a Renata por la muñeca y presiona sus huesos delicados con fuerza.

–Tócala y *yo* te ahogaré a ti, niña tonta.

–Imposible –suelta una risita y sus labios se tornan azules, casi violetas–. Pero, no importa, veo que es importante para ti. Quizá tú la ahogues primero.

–Suficiente –la piel de mi esternón empieza a arder. Un dolor fantasma, porque cuando bajo la mirada, no veo nada. Ninguna herida ni cicatriz. ¿Acaso esto significa que la rosa de los deseos que está dentro de mi corazón de mácula también se ha desvanecido? No la siento florecer o meciéndose en su tallo esquelético. Mi corazón no duele. Ya no más.

Pero aun así... Quiero mi rosa de bruja, quiero mi palacio de dientes, quiero conceder deseos, quiero un altar repleto de verrugas y ampollas, úlceras y uñas. Estoy dispuesta a soportar el dolor si eso significa que nadie más tenga que hacerlo. Si eso significa que un deseo pueda volverse realidad.

Veo a mis amigas que son mis hermanas y a Gabrielle. El mar está tranquilo, atento. Las lunas se ven tenues, cansadas. Pronto se irán a dormir cuando salga el sol. En ese mismo instante en el que todo el mundo despertará.

–Bueno, no lograremos nada si nos quedamos aquí –dice Raisa–. ¿Vamos?

–Sí, pero no creo que debamos caminar –volteo hacia lo que queda del Bosque de Graiae. Levanto las manos y digo–. *Cymst, mantichora. Cymst ot mec.*

Esperamos y esperamos, pero no por mucho tiempo.

Un grupo de sombras se mueven al borde del bosque y se acercan a toda velocidad hacia nosotras. Al cabo de un instante, las sombras se tornan familiares y, pronto, dejan de ser solo sombras.

Cuatro manticoras con el cuerpo ágil de un león, la cabeza de una mujer y una cola curva con el aguijón de un escorpión aparecen delante de nosotras. Se acercan sobre sus patas mullidas sin hacer ruido, meciendo sus hombros de un lado a otro. Renata las saluda con mucho entusiasmo y Raisa le baja la mano con firmeza. Gabrielle se para delante de ellas de un modo protector. Incluso el mar parece alejarse, como si las olas mismas no se sintieran seguras de las bestias.

–Hola, Shay –le digo a la mayor de las cuatro, quien avanza y hace una reverencia con sus patas delanteras. Su aliento huele a manzanas y crema, a tierra después de la lluvia y a hojas de menta. Es una esencia creada especialmente para mí. No importa quién sea, sigo siendo una presa y las mantícoras las acechan amplificando los aromas de las cosas que más nos gustan.

Pero yo sé que Shay nunca me lastimaría, incluso aunque estuviera enojada conmigo. La miro, intentando encontrar algún rastro de ira o perdón en su mirada. Pero lo único que hace es mirarme expectante y luego recuerdo lo que me contó Renata sobre mi vida en sus sueños.

"Shay me dijo que te perdona". Espero que sea verdad.

–Shay, lamento haberte abandonado a ti y al resto. Tenía tanto miedo… de no poder ayudarte, de que el rey me convirtiera en un arma y me usara en su contra, de nunca poder ser libre –retuerzo las manos a medida que las palabras salen de mi boca con dificultad, pero sin apartar la vista de ella, con seguridad–. Pero aquí estoy ahora y estoy lista para luchar. ¿Me acompañas?

Por un momento horrible, tengo el presentimiento de que dirá que no. Me mira fijo y siento su respiración caliente en el aire frío del mar. Finalmente, asiente, sacudiendo su melena dorada y desaliñada. Esboza una sonrisa y veo rastros de sangre coagulada entre sus dientes. Su voz es como una telaraña, igual de pegajosa como la recuerdo.

–Sí –dice–, por supuesto –un latido después, agrega–: Pero nuestra ayuda tiene un precio, querida, y el precio es este: la próxima vez que te escapes, debes llevarnos contigo, no importa a dónde vayas. *No* nos quedaremos atrás.

Al mejor estilo mácula para fijar un pacto irrompible, llevo ambas manos hacia mi corazón.

–*Lo prometo* –digo en la lengua antigua–. Así será.

21
En el reino

Rodeamos la ciudad. Desde aquí no es más que una mancha distante de luces en el horizonte, difusas por la velocidad de las manticoras. Por la mañana, la neblina empieza a subir por el este y se mezcla con los últimos rastros del humo del bosque en el oeste. El castillo aún no es nuestro destino; todavía nos falta una chica.

Mientras avanzo en el lomo de Shay, me cuenta del ataque que ocurrió justo después de que me marchara, ese que ocasionó que incendiaran el bosque con el Fuego de Estrella.

—Llevó semanas planearlo, casi todo el tiempo que estuviste dormida —me dice, mientras sujeto con fuerza su melena enmarañada—. Una cambiadora de forma se puso en la piel de… bueno, en la tuya, mi querida, y se acercó a un guardia para pedirle una audiencia a solas con el rey.

Frunzo el ceño.

–Suena arriesgado.

–Ya lo sé –suspira–. No fue un buen plan y yo estaba en contra. Pero era el único que teníamos. Así que lo hicimos. Y… funcionó.

Varon me había contado algo cuando todavía era la bruja del Bosque en el sueño, pero de todas formas seguía confundida.

–¿El rey vino al bosque? ¿*Solo*?

–Sí y sigo sin entenderlo. Vino, pero antes de que hablara, hubo una explosión y todo empezó a quemarse.

–¿Sabes quién inició el fuego? ¿Alguien sabe?

–No, querida. Ocurrió todo tan rápido. El rey volteó y se marchó corriendo, mientras un grupo de máculas levantó una pared protectora para evitar que el fuego se siguiera esparciendo. Pero para ese entonces, un cuarto del bosque ya había desaparecido. Algunos de nosotros querían seguir peleando, armar un nuevo plan, pero otros decidieron que sería mejor esconderse e irse. Y empezar una nueva vida en algún otro lugar.

–Pero ustedes no.

–Pero nosotras no –agrega. Miro a Gabrielle, quien parece avergonzada de rebotar en el lomo de la mantícora. A su derecha, Renata está tranquila y sonriente, mientras que Raisa, de vez en cuando, gira para ver el aguijón que tiene justo por detrás.

–¿Puedes apuntar eso en otra dirección, por favor? –grita, pero la mantícora no la escucha o la ignora.

–No entiendo –le digo a Shay, sintiendo sus músculos debajo de mí. Aparto un mechón de pelo de mis labios. Como no tengo ninguna bandita elástica para atarlo, mi cabello se mueve de un lado a otro–. ¿Qué le dijo la cambiadora de forma al rey para hacerlo venir?

–Creo que le dijo "Conozco tu secreto".

–¿Secreto? ¿Qué secreto?

Shay mueve la cabeza de lado a lado.

–No lo sé. Fue todo parte del plan.

Mis ojos empiezan a llenarse de lágrimas debido al viento y siento las mejillas más frías y sonrojadas. Una vez más, intento recordar todo lo que puedo sobre mi abuelo. El rey, el rey. Él es… un hombre. Un hombre con… ¿cabello negro? Y… ¿piel oliva como yo? Ojos negros y… ¿una barba? De pronto, me siento mareada y casi me caigo del lomo de Shay.

Yo no puedo *recordar*. Es como un pozo con dos dientes, como el espacio diminuto entre las uñas y la carne, entre la piel y el alma. La vida y la muerte. Aquí y allá. Todo y nada.

De lo que sí estoy segura es de esto: sea cual sea su secreto, hay una pista detrás de la puerta del ala abandonada del castillo de cristal; una pista que puedo usar para destituirlo.

Pero el secreto es solo la mitad de este misterio. ¿Qué ocurrió cuando llegó al bosque? ¿Quién incendió todo?

Una vez más, quizá no importe. Quizá lo único que importa es que yo no estuve allí para detenerlo.

El sol empieza a asomarse sobre el mar y sus rayos de luz brillantes disipan la neblina ocasionada por el fuego y la lluvia. Pronto, Shay y el resto de las mantícoras se detienen.

–¿Qué es esto? –digo y me bajo de su espalda. El suelo se siente suave y mullido–. ¿En dónde estamos?

–En el Pozo de los Descorazonados, princesa –dice Shay, acercándose a mí. Renata y Raisa vacilan, y solo Gabrielle se pone de pie y camina hacia adelante–. O lo que queda de él.

El miedo se desliza por mi espalda como cera caliente y mi corazón se apaga como una llama que alguien acaba de soplar. Levanto las manos para ayudar al sol a desvanecer la penumbra.

—*Aflema*.

No hay casas. Ningún edificio apiñado como libros en un estante, ningún porche torcido ni ventanas rotas. No hay orbes de luz titilantes que flotan en la brisa. No hay sonidos, solo un vacío inmóvil. No hay gente. No hay vida.

Solo queda esto: ladrillos, palos, huesos; montañas de eso. Esquirlas de vidrio, escombros ennegrecidos, basura, plástico quemado, goma quemada. Lodo, sangre, moscas silenciosas sobre los restos. Cenizas por todas partes.

A la izquierda, la silueta de edificios apenas visible en la oscuridad, que solo parecen cuchillos gigantes clavados en el suelo con sus puntas filosas. Quiero sujetar el mango de la torre más filosa y clavarlo en el corazón rancio de quien haya hecho esto.

Por un momento, regreso a mi vida en el sueño, confinada una vez más por mi maldición, y espero a que el daño desaparezca, a que los ladrillos se amalgamen solos y formen edificios; a que los huesos, la sangre y las cenizas se unan nuevamente y formen personas.

Pero ya no tengo la maldición. Y esto no es un sueño.

Camino alrededor de Shay y veo que mis dedos empiezan a destellar con magia.

—*Este no es el Pozo de los Descorazonados*.

—Tienes razón, querida. Ya no lo es. Pero solía serlo.

—¿Por qué no me lo dijiste antes?

—Creía que era importante que lo vieras.

Gabrielle pone su mano sobre mi hombro, pero me aparto. Renata y Raisa se marchan hacia un lado en silencio y miran. Pero me miran a *mí*. Pateo las cenizas y levanto una nube de polvo que nos ahoga a todas. Deseo que esto sea solo un juego. "Adivina mi nombre, Rhea Ravenna, adivina mi nombre". Ese terror silencioso y enceguecedor al competir con la Oscuridad fue solo un alfiler en la punta de mi dedo comparado con la espada que me acaba de atravesar el estómago con este nuevo pánico.

—Usa esta ira, princesa —dice Shay con la misma voz pegajosa—, para hacer lo que hay que hacer.

Me quedo congelada.

—¿Y eso sería?

Levanta la cabeza y endereza sus patas delanteras. Luce serena y orgullosa.

—Lo que sea necesario.

Levanto las manos y corro las cenizas del camino mientras me alejo de ella, mientras mi desesperanza se transforma en desesperación. Necesito encontrar a Rose. *Ahora.* Pero si no hay nada aquí, entonces... ¿En *dónde* está? Si estaba bajo un hechizo de sueño mientras perdían la batalla aquí en el Pozo de los Descorazonados, entonces ¿qué fue de ella?

Aparto las cenizas de mi camino y empiezo a correr lo más rápido que puedo, mientras el resto me sigue por detrás. Desde algún lugar, la tormenta infernal aún ruge como un reloj.

—¿*Rose?* —grito—. ¿*Dónde estás?*

—Espera... ¡Ree, por aquí!

Miro a Renata y la veo que señala hacia la izquierda, a unos treinta metros a lo lejos, más allá de una pequeña colina de cenizas, donde hay un destello enceguecedor como la luz del sol reflejada en un lago.

–Pero… –digo y Renata se pone en puntillas de pie. Todas me miran, como si estuvieran esperando mi señal para avanzar–. Pero no hay agua. Es eso lo que parece, ¿verdad? Luz reflejada sobre un estanque, o… –mi voz se apaga lentamente. Raisa se encoge de hombros.

–¿Por qué no vamos a ver?

–Puede ser peligroso –dice Gabrielle, parándose delante de mí–. Podría ser magia contaminada, una trampa.

Shay mueve las cenizas con sus patas.

–No sabemos qué ocurrió aquí, eso es verdad. Y Rhea tiene razón; no recuerdo ningún cuerpo de agua en el Pozo de los Descorazonados.

–Entonces *no* es agua –dice Raisa, levantando las manos. Las mantícoras se mantienen en silencio, expectante de mi próximo movimiento. Shay parece querer que tome mis propias decisiones y las cumpla–. O *sí* y nunca lo supimos. O sea, ¿cuántas veces vinieron al Pozo a nadar? ¿Eh? ¿Cuántas veces siquiera *vinieron* aquí? ¿Por qué lo harían? Este lugar era horrible, incluso antes de todo esto.

Una vez más, vemos un destello de luz que se eleva desde el suelo como un reflector o…

Un reflejo.

Quizá no sea agua.

Sin decir nada, empiezo a caminar en esa dirección, ignorando los gruñidos de protesta de Gabrielle. Corro entre las ruinas y, pronto, descubro que definitivamente no es un lago. Es muy pequeño y nunca deja de brillar a la luz del sol. Desciendo una colina con las manos levemente levantadas por delante, como si tuviera mil hechizos atorados bajo la lengua, entre mis dientes. Estoy lista para usarlos todos en cualquier momento.

Ya casi llego…

Estoy a unos seis metros cuando Gabrielle se acerca a toda prisa y me sujeta del hombro para detenerme.

–Aguarda –dice–. Quizá yo deba ir primera.

Renata da un paso hacia adelante antes de que pueda decir algo.

–No es nada siniestro. Estoy segura. Pero… –cierra los ojos y levanta la barbilla. Su voz se torna algo inestable y deja caer la cabeza hacia un lado–. Alguien perdió la esperanza aquí. ¿Lo sienten?

–Yo ya perdí un poco las esperanzas cuando vi que destruyeron el Pozo de los Descorazonados por completo –confieso.

–No perdiste las esperanzas –dice Shay con firmeza–. *Ganaste* ira.

–Estás equivocada. Ya estaba furiosa.

–¿Ah sí?

–¡Claro!

Encoge sus hombros de león.

–Entonces, no era suficiente.

–Rhea, tienes que callarte y concentrarte –me dice Raisa antes de que conteste.

Cállate, cállate, cállate.

–Bruja, espera aquí –dice Gabrielle y se acerca al objeto a toda prisa. Inmediatamente, la sigo.

–Es… un espejo viejo –dice cuando llega medio segundo antes que yo. Se queda parada a unos pocos metros de este, retorciendo sus manos con la vista baja–. No es magia, bruja… Es solo un espejo.

¿Solo un espejo?

No.

Nunca nada es tan *simple*, ¿o sí?

"Sabio espejo consejero, ¿soy la más hermosa o ya no?".

A medida que el resto se acerca por detrás, inseguras, me arrodillo y me arrastro hacia donde yace el espejo oval largo, con su marco de bronce ornamentado, levemente dañado en algunas partes, pero dentro de todo entero. Bajo la mirada con la esperanza de encontrarme con mi propio rostro triste. Pero no lo veo.

No veo mi propia imagen o la de quienes me rodean y miran la superficie increíblemente impoluta del cristal, libre de suciedad y grietas. No, la chica que parpadea al otro lado tiene cabello largo y rubio recogido en un rodete, ojos de hielo que se derriten como lágrimas en sus mejillas, piel con un brillo extraño que parece la hoja de un cuchillo que destella cada vez que se lo mueve. Es un retrato, desde los hombros hacia arriba.

–¿*Rose?* –algo pequeño y filoso, piedritas o metralla, se clava en la piel seca de mis rodillas. Bajo las manos al suelo y entierro los dedos en el lodo–. ¿Ro…Rose?

Silencio, quietud y sufrimiento, como si esperara oír una voz al otro lado de una llamada, preguntándome si ya colgó o se fue.

Pero luego, oigo la voz de Rose.

–Váyanse.

Sus labios se mueven y parpadea. La muevo de un lado a otro, intentando encontrar la fuente del reflejo. Pero solo veo a Gabrielle, Raisa, Renata y Shay atrás.

¿*Cómo es posible?*

—¿Rose? ¿Eres tú? —me acerco más y presiono los dedos contra el vidrio. Frío, frío. Por un segundo, siento como si pudiera atravesarlo y tocarla, como si pudiera aferrarme a ella y sacarla de allí. Pero no… El espejo es sólido, real–. Ehm, ¿qué es esto? ¿Estás… estás *adentro* del espejo?

Voltea avergonzada para que lo único que podamos ver sea su perfil. Parece haberse topado con una especie de barrera invisible y no puede moverse mucho más allá del marco. Finalmente, baja los hombros, sin mirarnos. Su voz suena apagada, como si estuviera hablando bajo el agua.

—Déjenme sola.

—¿No estás feliz de vernos? —dice Renata.

—Casi pierdo la vida por culpa del aguijón de una mantícora intentando encontrarte —agrega Raisa–. Lo mínimo que puedes hacer es saludarnos.

Rose no dice nada.

—Pero ¿de *verdad* eres tú? —sujeto el marco y levanto el espejo para que no quede tirado en el suelo. Se tambalea un poco, pero no pierde el equilibrio–. ¿Realmente estás aquí?

Suspira.

—Sí.

—Es una magia muy extraña —dice Shay, dando unos pasos hacia atrás. Las otras mantícoras hacen lo mismo y golpean el suelo con sus patas delanteras–. No me gusta.

—No te preocupes. Solo… la sacaré de allí, supongo —me cruzo de piernas y sostengo el espejo contra mis pantorrillas–. No hay hechizo que no pueda deshacerse.

De hecho, no sé si esto es estrictamente real, pero *suena* a verdad, por lo que levanto la mano e intento tocar los bordes de la magia que rodea su cuerpo dentro del espejo. Mientras intento descifrar la verdad, entiendo que Shay tiene razón: esta magia es muy extraña. Se siente como una llaga que se estira y arde cada vez que separas los labios, incluso al reír, respirar, comer, gritar. Esta magia duele al tacto y, probablemente, también duela terminarla.

–*Liesinge* –es el único contrahechizo que se me ocurre. *Libérala*. Abro un ojo para ver los resultados.

Nada.

Intento una vez más.

–*Cymst*.

Nada.

–¡*Abeata*! –grito, frustrada–. ¡*Abeata, breca*!

Nada, nada y nada.

–Cuidado, princesa –me advierte Shay–. No querrás lastimarla.

–¿Es un truco? –le pregunto a Rose y seco una gota de sudor de mi frente con el dorso de mi mano–. ¿Cómo entraste allí? ¿Quién te puso allí?

–Bueno –se toma su tiempo para responder. Entrecierra los ojos por la luz suave del sol de la mañana–. *Yo* me metí aquí, Rhea. Para protegerme. Es un espejo irrompible. Estuvo en mi familia por generaciones. Todas las noches, antes de ir a buscarte, hacía un hechizo y entraba al espejo para dormir, ya que sabía que aquí estaría a salvo si algo ocurría. No puedes soñar cuando estás muerto.

—Eso es usar la magia con *inteligencia* —dice una de las mantícoras, impresionada y Shay exhala, golpeando el suelo con sus patas.

—Gracias —murmura Rose—. Solo *yo* puedo deshacer el hechizo.

—Bueno, grandioso —digo, un poco molesta porque no lo dijo antes—. Entonces, ¿puedes salir ahora?

—Preferiría que no, gracias.

—¿Qué? ¿Por qué?

—Porque…

Me siento como si tuviéramos cuatro años otra vez.

—¿Por *qué*?

—Tengo mis razones.

Sacudo el marco con fuerza, no tanta como para lastimarla, pero la suficiente como para tambalearla un poco.

—*Sal de ahí ahora mismo.*

Se tropieza.

—No.

—Es una orden.

—No.

—Como tu princesa, ¡te lo ordeno!

—No.

—Como la Bruja de los Deseos del Bosque, ¡te lo ordeno!

—¡Mira a tu alrededor! —grita, con su voz apagada al otro lado del vidrio—. No me parece que esto sea el Bosque.

Sacudo el espejo una vez más con ganas de arrojarlo hacia la otra punta del mundo.

—¡Deja de ser tan tonta, Rose!

—¡No me importa!

—Entonces, ¿qué harás? ¿Quedarte allí encerrada por siempre?

–Quizá –mira al resto y luego a mí. Baja la voz y me tengo que acercar para escucharla–. Ya no soy hermosa.

–Eso es ridículo.

–Claro que no –evita mirarme a los ojos mientras habla–. Mi magia... No es maravillosa como la tuya. Cuando uso mucha demasiado rápido, me empiezo a marear y me siento *mal;* me empieza a doler el pecho y siento que no puedo respirar. Me agoto muy rápido y empiezo a sentir como si me estuvieran presionando la cabeza con dos manos gigantes que no me sueltan. No es... no es linda. Es desagradable y me hace sentir una inútil. Como si no fuera... No lo sé. Digna.

–Rose –digo a medida que siento cómo mi corazón se rompe por ella y toda mi frustración desaparece–. No soy médica, pero no creo que nada de eso sea por la magia. Parece ansiedad. Parece que tienes ataques de pánico. Y eso no es nada de lo que debas avergonzarte. Eso no te hace débil o una inútil, y no te hace menos mácula que yo ni que nadie más. O sea, mírame... Yo soy la *reina* de la ansiedad. O, mejor dicho, ¡la princesa! Viene con una corona que nunca podré quitarme, pero a veces ni siquiera noto que está allí. Y cuando siento que es demasiado como para mantener la frente en alto recuerdo que, en nuestra vida en la casa de la playa, cuando tenía mis visiones y pesadillas, nunca nadie de mi familia me dijo que estaba loca, aunque esa corona fuera invisible para ti. La dignidad no tiene *nada* que ver con eso y lo sabes, ¿verdad? –se queda callada. Me pongo de pie y levanto el espejo entre mis brazos–. Te llevaré en el espejo y tú dime cuando te sientas lista para salir, ¿está bien?

–Quizá nunca esté lista.

Intento sonreír, pero mis labios no se curvan como quería.

–Entonces te cargaré por siempre.

Su mirada se encuentra con la mía por un momento y luego la aparta. Asiente una vez y no dice nada.

–Ven, yo la llevo –dice Renata–. Tienes que tener las manos libres. En caso de que haya alguna emergencia mágica.

–Sí, bien pensado. Pero espera un segundo… –aún con el espejo, me alejo un poco, revolviendo las cenizas con mis pies. No voy muy lejos, solo lo suficiente como para que no me escuchen–. Quería preguntarte algo. Tu nombre… ¿Es realmente *Rose*?

–Ehm, no. Como no sabías mi nombre, princesa, decidiste llamarme *Rose* en el sueño. Mi verdadero nombre es *Vittoria* –dice y se encoge levemente de hombros–. Pero creo que *Rose* es mejor.

–¿Estás segura? *Vittoria* es muy lindo.

–Ya no me siento como Vittoria.

–Está bien –digo y asiento–. Entonces *Rose* será.

–Gracias.

Volteo, pero me detengo cuando me habla nuevamente.

–¿Encontraste a Varon? ¿Está bien?

Varon, Varon, Varon. El joven de la oscuridad, mi zorro que no es zorro.

Me muerdo la mejilla por dentro.

–No, no está aquí. Creo que está en el castillo como antes de mi segundo hechizo de sueño.

Enderezo los hombros y miro hacia el mar con el corazón lleno de lo que creo que es determinación.

–Pero no te preocupes –le digo, seria y entusiasmada a la vez–. Resulta que allí es *exactamente* hacia dónde vamos.

22
En el reino

La ciudad sigue en pie, pero está vacía.

Una ciudad inmensa de calles negras serpenteantes que parecen estar recién pavimentadas y con cordones escalonados y aceras que tienen un patrón entramado en su superficie. Algunos orbes de luz encantados flotan en la noche como globos, proyectando sombras que caen como lluvia por las paredes de las casas de siete pisos, altas, angostas y cercanas, cuyas puertas pesadas están repletas de todo tipo de ornamentos góticos: columnas de acero corrugado, ménsulas cromadas, gárgolas de cobre y ventanas de colores que van desde el rosado como una lengua, lavanda como unos labios sin sangre y naranja como un damasco. A medida que nos alejamos de la entrada, las casas se tornan más grandes, robustas, altas y nuevas, mientras que a lo lejos el palacio descansa con orgullo sobre una colina frente al mar.

El castillo de cristal es, en realidad, una serie de rascacielos con forma de castillo. Sus torres enormes se elevan unos cien pisos hacia arriba y se conectan entre sí con puentes largos con techos de cristal redondeados. Detrás del torreón en el centro del castillo, fuera de vista, se encuentra el ala abandonada de piedra, con solo algunos pequeños huecos en sus paredes que forman un patrón que permite la entrada de algunos rayos de luz. No hay ninguna fosa ni almenas ni algo parecido a eso; este no es un fuerte. El rey estaba seguro de que nunca lo atacarían.

Y tenía razón. Incluso ahora se ve pulido, perfecto e impermeable, como toda una ciudad.

—Me siento mal —se queja Raisa mientras caminamos por una calle desierta, desde donde vemos al castillo elevándose por delante—. Toda tu vida tuviste que vivir en esa monstruosidad nauseabunda, Ree. ¿Cómo lo soportaste?

—La verdad que no tenía otra opción.

—¿Cómo te sientes ahora? —me pregunta. Shay y las mantícoras lucen más pálidas de lo normal, nauseabundas, incómodas.

—No lo sé —estoy un poco mareada, pero no sé si es por la fachada de acero de las tiendas o mansiones, o la anticipación de lo que encontraré una vez que llegue a la cima de esa colina. Papá, mamá, Varon… Todos están allí y pensar en eso me trae tranquilidad, la idea de verlos pronto.

Pero…

El rey también está allí.

Me miro las manos, codos y rodillas, apenas visibles debajo del dobladillo de mi vestido roto. Mi resplandor disminuyó. Quizá, por el metal o, quizá, por otra cosa. Como el miedo.

Algunos rayos de luz difusos por la neblina atraviesan los vitrales coloridos de las casas al otro lado de la calle y nos cubren con sombras de colores. Pronto llegamos al centro de la ciudad, que está tan tranquilo como un cementerio, y lo único que oímos son susurros, respiraciones y pisadas que provienen de algún lugar fuera de vista. Empiezo a sentir un hormigueo en la espalda y mi corazón se acelera.

–¿Siempre fue así? –susurra Renata y sujeta el espejo con fuerza contra su pecho desde la parte inferior del marco para que Rose aún pueda ver–. ¿Siempre estuvo tan... muerto?

–No –respondo, recordando a toda la gente que se juntaba en la puerta de las tiendas, incluso temprano en el día, y los trenes que circulaban por encima de la calle sobre vías invisibles–. Solía estar muy vivo.

Risa se estremece del miedo y se acerca a Gabrielle.

–Entonces, ¿dónde están todos?

–Ocultos –dice Shay y señala al edificio más cercano con su cabeza. Por primera vez, veo gente en el interior de estas casas y tiendas aparentemente vacías. Están pegados a las ventanas y nos observan a medida que caminamos–. La mayoría se fue del castillo cuando quemaron el Pozo de los Descorazonados y el bosque. Pero otros se quedaron, princesa. Aquellos que no tenían ningún lugar a dónde ir.

Miro hacia atrás y veo más rostros, al aire libre, ojos que me miran desde el suelo, indecisos, y se esconden nuevamente. Veo gente corriendo hacia los callejones apenas notan que los estoy mirando. Me detengo y mis hermanas, Gabrielle y las manticoras hacen lo mismo. Juntas observamos cómo la gente sale de sus escondites detrás de postes, esquinas y puertas. Algunos tienen marcas sobre las manos y muñecas, seguramente por las cadenas de hierro que les lastimaron la piel, mientras que otros llevan una X grande en el dorso de sus manos para mostrar solidaridad. El resto de los Olvidados del Bosque también están aquí, los niños con sus uniformes robados y armas en sus manos.

–El mundo no te esperaba, princesa –dice Shay mientras más gente se acerca a la multitud: silfos agotados con ojos de libélulas y ninfas de cabello húmedo y esfinges de patas con manchas escarlatas. También hay algunos guivernos alados de escamas gruesas y resbaladizas, y gorgonas grises que llevan un velo negro sobre sus rostros para que no podamos verlas, pero ellas sí a nosotros. Tantas criaturas mágicas, algunas de dos piernas, otras de cuatro, y otras sin piernas ni alas. Criaturas que ríen y criaturas que mienten, criaturas con corazones pequeños y extraños, corazones que desbordan magia y otras que no.

Oigo a cada una de ellas, a cada corazón, y todo se llena de esperanza, tranquilidad, hambre, miedo y fe.

–Pero quienes esperaron ahora son el mundo –agrega Shay–. Ellos son todo lo que queda, todo lo que importa.

Gabrielle me toma de la mano y Raisa toma la suya, y Renata la de Raisa, formando una cadena irrompible. Trago saliva y paso la lengua por mis labios, sin apartar la vista de la multitud. Este no es momento para llorar, aunque quiera hacerlo. Pero no lo hago. No.

No puedo.

No lo haré.

Parecen estar esperando algo. Esperando a que diga algo.

—Solo les prometo que daré lo mejor de mí —les digo—. Prometo no abandonarlos de nuevo.

No dicen nada.

Pero mientras retomo el camino hacia el castillo, aún de la mano de Gabrielle y sujetando la melena tupida de Shay, entiendo que no están esperando que *diga* algo. Están esperando que *haga* algo.

Por lo que camino.

Y...

Me siguen.

En las calles angostas, el silencio nos acecha adelante y atrás, a cada lado. Más gente sale de sus casas y nos acompaña, mientras el sol abre sus ojos por completo después de una noche larga de insomnio.

Al poco tiempo, llegamos a la puerta del palacio. Se eleva justo por delante de nosotros con su acero destellante y sus ventanas lustrosas. Me duelen los pies, la cabeza, pero la adrenalina, el amor o el miedo o, quizá, todo eso junto, están muy aferrados a mí, y sé que simplemente no podría acostarme y dormir, ni siquiera, aunque lo intentara.

—¿Bruja? —dice Gabrielle con un tono de voz grave—. ¿Y ahora qué?

Todos los que me siguieron a este lugar desolado y tranquilo me esperan. ¿Por qué está tan desolado y tranquilo?

Apoyo las manos sobre las puertas de metal pesadas donde debería estar el picaporte. Al tocarlas, unas líneas violetas y verdes oscuras empiezan a extenderse por toda la superficie de metal hasta cubrir ambas puertas con bucles y espirales luminosos. Las puertas se abren sin emitir ningún sonido.

Entro al castillo, al lugar donde crecí. Pero, si bien viví aquí durante casi toda una de mis vidas, no lo siento mi hogar.

El resto empieza a acercarse. Raisa, Renata, Gabrielle y Shay están más cerca y los otros trescientos nos siguen por detrás. Una vez que cruzan la entrada, las puertas se cierran solas.

Vacío, vacío, vacío. Y frío. Tanto que siento un escalofrío por toda mi piel. Las paredes, el suelo, el techo; todo está hecho del mismo material suave y opaco. Nosotros le decimos cristal, pero no es eso: es magia en su estado más puro. Un patrón esmeralda en el suelo cavernoso del vestíbulo se dispara como una línea simple hacia los cuatro pasillos. Las ventanas ubicadas en intervalos idénticos a lo largo de los corredores permiten que entre solo una luz tenue: las habían encantado para oscurecer los rayos de luz del sol y las lunas, y hacer que todo el interior siempre se viera deprimente.

Volteo hacia quienes me siguieron y pongo mi mejor cara de princesa.

—Recorran el castillo y desarmen a cualquier guardia que encuentren. Busquen a los que puedan estar escondidos o necesiten ayuda. Una vez que lo hagan, sáquenlos de aquí. Me reuniré con ustedes una vez que encuentre a mi familia —*Y a la escalera*, pienso—. ¿Está bien?

No recibo ninguna respuesta verbal, solo el repiqueteo suave de sus pisadas impacientes que marchan por los pasillos sumidos en las sombras. Salvo por mis compañeras más cercanas, quienes esperan a que anuncie nuestro próximo movimiento.

—Gabrielle, ve a los calabozos y busca a un niño de cabello negro y…

—Varon —me interrumpe con el ceño fruncido y se cruza de brazos—. Lo conocí en el Bosque, ¿lo recuerdas? Y en el ático.

—Ah, cierto —la miro seria—. Sé amable, ¿sí? Iría yo, pero debo encontrar a mis padres. Por favor, libéralo y llévalo a la terraza del templo. Shay, ¿puedes acompañarla?

Shay levanta la cabeza y cierra sus rodillas.

—Princesa, nunca te dejaré sola.

—Pero…

—Estaré bien —dice Gabrielle, ya avanzando por el corredor—. ¡No te preocupes por mí!

—¡Ten cuidado! —grita Raisa a medida que Gabrielle desaparece. Luego toma un mechón de su cabello plateado y lo muerde nerviosa. Cuando nota que Renata se ríe y le pellizca el hombro de un modo juguetón, Raisa le da una bofetada en la mano.

—La terraza del templo —digo y sujeto la melena de Shay—. Allí están mamá y papá. Estoy segura.

—Este lugar es tan tenebroso —susurra Raisa mientras las llevo con cuidado por el corredor.

A cada instante, pienso que va a aparecer alguien, el rey, sus guardias, quien sea, con las armas en alto y sus voces fuertes. Los pasillos están llenos de puertas que llevan a distintas habitaciones, pero ninguna está abierta y ninguna se abre.

—¿Dónde está todo el mundo? —pregunto—. Esto no me gusta para nada.

—Shhh —dice Renata—. Alguien rompió sus propios corazones aquí. ¿No lo sienten?

—Un poco —confiesa Raisa.

—Deberías soltarme así tienes las manos libres, querida —me dice

Shay a medida que las guío por otro pasillo, idéntico al primero, dejando que mis recuerdos nos lleven hacia la escalera en espiral que nos llevará a la terraza del torreón. Sacude la cabeza sutilmente para persuadirme de soltarla–. Por si acaso.

Pero la sujeto con más fuerza.

Seguimos avanzando por los corredores clínicamente limpios en donde el eco inquietante de nuestras pisadas y los latidos reverberan en las paredes, mientras nuestras espaldas se llenan de sudor.

Finalmente, llegamos a la escalera del templo junto a un arco abierto. Me veo obligada a soltar la melena de Shay y avanzar, con Raisa justo por detrás y Renata detrás de ella con el espejo sobre su pecho. Shay sigue última y siento su aliento cálido que llena el corredor con un aroma fuerte. Intento respirar por la boca.

Por las ventanas cristalinas entran algunos rayos de luz que cubren la escalera y es en ese momento que comprendo que esta no es la escalera de mis visiones. Aunque veo algo que se esconde rápido en lo alto del techo, como una sombra errante. Y oigo una voz que dice mi nombre. Pero la voz está mal, ya que no es la que esperaba oír. Suena apagada y áspera, en lugar de suave, firme y segura.

–Rhea Ravenna...

Sin pensarlo dos veces, levanto las manos y conjuro un hechizo entre dientes.

–¡Forla!

Una bola de cristal iridiscente estalla contra la pared justo por encima de Raisa y Renata, una bola hecha de la misma sustancia que el castillo, magia pura. El estallido repentino del cristal resuena en toda la escalera e incluso Rose se asusta, aunque está a salvo en su marco irrompible.

Raisa se tapa los oídos con ambas manos hasta que el zumbido se desvanece.

—¿Qué fue *eso*? ¿Intentas matarnos?

La pared queda cubierta por algunas grietas color tinto y, con el nudo de magia atrapado en el centro, parece un ojo sangriento, despierto.

—Me pareció ver algo —digo resoplando, mientras llevo mis brazos trémulos hacia mi cintura—. Me pareció ver... No importa, asumo que fue solo una sombra.

—Déjame las sombras extrañas a mí, alteza —dice Raisa—. Yo soy la experta en sombras.

Se cruza de brazos y miro arrepentida al resto.

—Alguien perdió la paciencia en esta escalera —dice Renata con seriedad y una risa empieza a formarse en mi pecho, pero nunca alcanza mi boca; me quema las costillas y queda atrapada en mi interior.

—Vamos —digo y el resto me sigue cuando empiezo a correr a toda prisa en busca de mis padres. Siento que me laten las pantorrillas y estoy tan mareada que casi me tropiezo varias veces, pero no me detengo ni aminoro la marcha. Sigo con las manos en alto, listas con magia.

Pero no nos cruzamos a nadie. Ni siquiera a una sombra.

¿Por qué es tan fácil?, pienso. *No debería ser tan fácil.*

Finalmente, llegamos a la puerta del templo con su filigrana grande de metal. Cuando presiono las manos contra ella, se sacude y se desliza hacia el interior de pared, tal como lo hizo antes.

El sol... está en todas partes. Me cubro los ojos y entro a la terraza descubierta.

–Llegamos –suspiro.

Varias columnas de acero se elevan a cada lado del lugar, sosteniendo algunas vigas de hierro arqueadas que cortan al cielo azul en varias partes. Veo al Caminante, el dios de dos caras con su túnica dorada descubierta, dejando expuestos sus cuernos, mientras mantiene las manos firmes hacia adelante con la vida en la izquierda y la muerte en la derecha. Me pregunto qué palma presionará mi pecho hoy.

La última vez que estuve aquí, mamá estaba muerta. Pero antes de eso, me pinché un dedo de la mano izquierda y dejé caer sangre conscientemente de la mano incorrecta sobre el altar de la muerte. Me había estado preparando para eso desde hacía tiempo, años, y me repetía que era tonto estar asustada, porque si había hecho ese ritual durante toda mi vida como una persona normal y todavía llevaba la "mancha" de la magia, entonces nunca tuvo sentido. No significaba nada. El Caminante era simplemente un hombre con un manto elegante y humo blanco y negro en sus dedos. ¿Qué tenía en común conmigo? Yo tenía magia, respeto, crueldad y un corazón que emanaba luz del sol por la noche, tan brillante que el océano mismo respondía mis llamados.

No ocurrió nada.

Poco sabía lo que acontecería dos semanas después. No fue solo lo que le ocurrió a mi mamá lo que cargaba sobre mis hombros, sino también la revelación de mi magia al mundo.

Me alejo del altar y, pronto, el cielo abierto, el metal y la intensidad de la luz pierden magnificencia ante el ataúd de cristal en el centro del templo, uno que no estaba allí la última vez que pisé este lugar. Un ataúd con una mujer dormida en su interior, acostada de lado con las rodillas sobre su pecho y las manos debajo de sus mejillas, su falda envuelta a sus piernas. Su cabello negro reposa sobre una almohada blanca y sus pies descalzos con uñas largas están envueltos como hojas secas. Hay un hombre sobre ella, un hombre con las mangas arremangadas que dejan a la vista un tatuaje de tinta planteada: plateada, no negra como solía ser en el sueño. Aquí, el plateado es considerado el color del alma.

–¿Papá?

Levanta la vista.

–¿Rhea?

Corro por el templo y rodeo el ataúd hacia él, y me hundo en sus brazos. Luego de varios segundos, me suelta y abraza a Renata, quien deja el espejo en el suelo con cuidado antes de envolver sus brazos alrededor de su cuello. Si le sorprende ver su piel azulina, sus escamas y su cabello mojado, no lo demuestra.

–Mis niñas, mis niñas, aquí están –suelta a Renata y abraza a Raisa, quien se resiste, frunciendo los labios y quedándose muy quieta, como una mascota confusa, pero amable, aunque no entiende esta actitud humana de apretar hasta la muerte a las cosas que amamos.

–Ya sé que técnicamente no eres mi padre aquí –dice Raisa, cuando finalmente suelta a Renata–, pero básicamente sigo siendo tu hija y yo, ya sabes… te quiero o lo que sea.

Papá ríe y aflojo las piernas, aliviada. Aliviada de que todos estamos juntos aquí. La risa de papá indica que todo estará bien, que podremos reparar todo.

–Ah, Rai, yo también te quiero, o lo que sea –dice–. El tiempo que pasamos en la casa de la playa fue uno de los momentos más felices que tuve en mucho tiempo. No porque estuviéramos en un sueño, sino porque estaba con todas ustedes en el rol de padre y no de príncipe –pero luego su sonrisa se desvanece y mis piernas se tensan una vez más–. Un momento… ¿dónde está Rose?

Renata levanta el espejo y lo pone delante de él, lo suficientemente alto como para que vea.

Rose no dice nada, solo inclina su barbilla hacia un lado, como si hubiera visto algo más interesante que nuestro reencuentro. Pero a mí no me engaña ni por un segundo.

–¿Rose? –papá mira el espejo y toca el reflejo con sus dedos. Ni bien lo hace, algunas burbujas cristalinas de hielo aparecen en la superficie, por lo que aleja la mano de inmediato–. ¿Qué sucede?

–Dice que… –empiezo, pero, de un momento a otro, el sol que debería ser cálido, ya no lo es. De pronto, siento que estoy parada bajo la sombra de alguien más, alguien que está justo detrás de mí, pero cuando giro, no hay nadie. Mi magia se aleja con miedo de la sombra que no es ninguna sombra, como si retrocediera en mis venas, como si me acabara de romper una uña–… que saldrá cuando esté lista.

–Ehm, está bien –papá levanta la mirada del espejo y gira sobre su hombro hacia Shay, quien sonríe y deja a la vista sus dientes manchados de sangre. Estoy segura de que debe sentir olor a rosas, lilas y lavanda. Sus ojos se disparan hacia mí–. Rhea, ¿qué es todo esto?

–Si por "todo esto" te refieres a la manticora, su nombre es Shay y *no te va a comer* –agrego, mirándola fijo mientras me alejo de papá y camino alrededor del ataúd. Todavía estoy bajo la luz del sol, pero no la *siento*. Hay algo que satura el aire y absorbe el calor antes de que este llegue a mi piel–. Y lo que tenemos que hacer ahora mismo es despertar a mamá y salir de aquí.

El viento cambia de dirección abruptamente; primero viene del este y luego del oeste, como si estuviera moviendo al sol en el cielo, impaciente por la llegada de la noche.

–¿Qué está pasando? –pregunta Renata y todos levantamos la vista–. ¿A dónde se va el sol?

Y así, lo entiendo: el viento de verdad *está* moviendo al sol hacia el horizonte para ocultarlo y hundir al mundo nuevamente en la noche.

Mientras empuja al sol, el viento trae un susurro, y otro, igual al primero, pero más fuerte e insistente, una voz que bien podría venir desde miles de kilómetros a lo lejos o, con mayor seguridad, desde detrás de mí.

–*Rhea Ravenna* –dice un ser invisible, como si fuera una profecía, una promesa: *Tú fuiste, eres y siempre serás.*

Aquí hay algo, algo pegajoso, rancio y escurridizo, y para nada lo quiero cerca de mí. Cerca de *nosotros*. Encontré a mi familia y no permitiré que nada me la quite de nuevo.

–No sé qué está pasando –digo y, como nadie reacciona a la voz extraña que dice mi nombre, estoy bastante segura de que soy la única que la escucha–. Pero sé que debemos salir de este lugar.

–Espera –dice papá–. Deberíamos...

–No –presiono mis manos sobre el ataúd y miro a mamá. Golpeo algunas veces, con la palma abierta, como si el sonido la pudiera despertar–. ¿Cómo la sacamos de aquí?

—¡No golpees el cristal de esa forma! –dice Raisa, acercándose y apartándome las manos. Doy una vuelta y me paro al otro lado–. La molestarás. ¡La dejarás sorda!

—Rai, no es un pez.

—No me gusta este lugar –dice Renata, presionando el espejo contra su pecho una vez más–. No me *gusta* este lugar.

Shay se marcha hacia el borde del templo y levanta una de sus patas delanteras sobre la cornisa para mirar hacia abajo.

—Hay gente reunida abajo y salen más por la puerta del frente —nos dice–. Creo que sería sabio, su alteza, copiar esa desesperación.

Paso las manos sobre el ataúd en busca de una traba o bisagra.

—¿Cómo se abre esto?

—Quiero a mamá afuera de eso –dice Renata, casi gritando–. La quiero afuera *ahora*.

Alejándose de la cornisa para reunirse con nosotras, Shay resopla y dobla su aguijón sobre su espalda. Las sombras de las columnas de acero ahora están inclinadas, lo que significa que el sol está cada vez más bajo. En el oeste, algunas estrellas dormidas empiezan a despertarse, confundidas.

—No sé qué hacer –dice papá en voz baja–. No está bajo ningún hechizo, por lo que sé. Es como si estuviera en coma.

—Déjame pensar –volteo hacia el altar de la vida a mi izquierda y luego muevo los ojos hacia la derecha. Ofrendas de flores y vino, seda y sangre. Muerte, el último acertijo. Y solo hay una persona que conozco que sabe la respuesta. Que puede revertirla, detenerla, engañarla.

¿Qué fue lo que el zorro que no era zorro dijo cuando me

contó sobre la vez que el nigromante, *él,* había traído a mi madre de regreso de la muerte? Que su magia… que la habían quitado de sus *venas* y que… que había poca esperanza de revivirla por completo sin inyectarle más.

Cierro los ojos y susurro.

—¿Varon?

Nada.

—¿Oscuridad? —vuelvo a intentar.

Abro los ojos. Nada. El sol ya está casi oculto en el horizonte y nos baña con la luz rosada y dorada del atardecer. Colorida y fuerte, pero mala, mala, mala.

Por favor, pienso. *¿Dónde estás? Te necesito.*

Piso el suelo con fuerza. *¿No se supone que deberías venir cuando te llamo?*

Luego, finalmente, obtengo una respuesta.

—*Rhea Ravenna* —dice el viento, las paredes, el otro lado del mundo y, si bien tiene su tono de voz, la voz que oigo no es la que busco.

Sino una completamente desconocida.

—Mamá necesita magia —digo temblando, sintiendo dolor por todo el cuerpo. Despacio, tanto que no lo noto, los demás se estaban acercando a mí, por lo que pronto quedamos reunidos alrededor del ataúd como una vigilia privada de familiares preocupados.

Papá suspira y se frota los ojos, sintiéndose aliviado de haber identificado el problema, pero también preocupado por la solución.

—¿Cómo la conseguimos entonces?

—Se la tienen que dar —*no tengo miedo*—. Yo le daré la mía.

—¡Rhea, no puedes hacer eso! —grita Renata. Shay, desconcertada, sopla su aliento de canela empalagoso hacia el ataúd y mi rostro. Raisa pasa sus dedos por el cabello largo y húmedo de Renata para calmarla—. Necesitamos tu magia. ¡Te necesitamos a *ti*!

—Espera —dice papá—. Rhea, espera. Si haces eso, ¿no podrías tú caer en coma?

—No estoy segura —confieso y mi corazón empieza a latir con tanta fuerza que parece estar a punto de salirse de mi pecho. Por supuesto que estoy dispuesta a hacer esto, pero aun así hay una parte de mí que desea no hacerlo, que sabe que tiene que haber otro modo—. Pero donarla no es lo mismo que te la quiten. A ella se la quitaron, pero, en cambio, yo le estaría dando la mía por decisión propia.

Papá me mira fijo.

—¿Cuánta magia planeas pasarle?

Me encojo de hombros, intentando ocultar mi ansiedad.

—¿Mucha? Al menos, la suficiente para reactivar su segundo corazón.

—No deberíamos despertar a mamá a costa tuya —dice Raisa—. Ella no querría eso. ¿No podemos atarla a la espalda de Shay y llevarla con nosotros y luego decidir qué hacer con ella más tarde? O sea, creo que necesitamos tu magia ahora. En *tu* cuerpo.

—*No*. Tengo que...

—Yo lo haré.

—Volteamos. El sol ya está oculto y, salvo por las estrellas y las siete lunas, el cielo está negro. Aun así, puedo verla, un poco alejada del resto con la mirada baja y algunos mechones dorados de su cabello que escapan de su rodete y caen a cada lado de su rostro.

Rose.

Su magia... es diferente a la mía. La siento enseguida entre mis manos, en mis palmas, escurriéndose entre mis dedos: húmeda y empapada, como caminar sobre una acera llena de agua con botas de invierno y un vestido, salpicándote las piernas gradualmente, desde las pantorrillas hasta las rodillas y muslos. Incómoda, pastosa. No está bien dentro de ella.

–Yo lo haré –repite una vez más cuando ve que nadie dice nada–. Yo le daré mi magia a mamá. *Toda.*

Todos empiezan a hablar enseguida. Solo yo me quedo en silencio.

–¡Rose, estás aquí! Nosotros...

–No, no. Rhea...

–¡Guau, miren, el espejo está vacío!

–Simplemente...

–¿No podemos...?

–Y si...

–Si cada uno da la *mitad*...

–Mamá no...

–¡Basta! –grita Rose–. *Por favor.* Tengo que hacerlo. Odio mi magia; siempre la he odiado. Me hace sentir mal cada vez que la uso. No la quiero. No la *necesito*. Pero mamá sí. Y si también la hace sentir mal, cuando ya se sienta lo suficientemente fuerte, se la puede donar a alguien más, a alguien que no se sienta mal cuando la use –deja caer sus manos y camina hacia mí–. Rhea, haz el hechizo. Estoy lista.

–Ya te lo dije, Rose –le comento–. No es la magia lo que te hace sentir mal. Esto no resolverá nada.

—Rhea, vamos —me ruega—. Tú lo *sabes*. Debes saber lo mucho que me lastima esta magia.

—Pero…

—Tenemos que salir de aquí —me interrumpe Raisa, con los ojos fijos sobre la oscuridad que avanza por el cielo—. Ehm, *ahora*.

Volteo hacia Rose.

—Dices que tu magia te lastima. Pero ¿y si el hechizo te lastima aún más?

—Estoy lista para aceptar lo que sea. Solo quiero hacer lo correcto. Y ya sé que en realidad no es mi madre, pero yo también la quiero —esboza una sonrisa—. Puedo hacerlo, Ree. Salí de mi espejo, ¿verdad?

Los segundos pasan volando mientras el pánico crece en mi pecho, impidiéndome respirar, suspirar, llorar o pensar. O gritar.

—Está bien —necesito calmarme y pensar con claridad. Tengo que abrir el ataúd. Pero no tiene ninguna bisagra. Y eso es porque… *Por supuesto*. Porque es mágico. Coloco una mano sobre el cristal, lista para invocar el hechizo.

Rose coloca una mano a mi lado.

—*Fofalda* —entonamos, no precisamente al unísono, pero bastante cerca—. *Fofalda, ze*.

Enseguida, el cristal se desvanece. El resto nos mira en silencio, maravillados, mientras con sutileza, pero rápido, sacamos una de sus manos de debajo de su mejilla y levantamos su brazo débil hasta que la muñeca quede a la altura de la de Rose. Junto las manos, una sobre la otra, e inhalo sin parar.

Y luego.

—*Alenia se dricraf awell*.

De inmediato, el hechizo se manifiesta como una mezcla de estrellas de medianoche, un desfile planetario de látigos de luz, constelaciones conmocionadas, nebulosas débiles y dos muchachas con tiaras enredadas en rayos de luz estelar, bucles de asteroides alrededor de nuestros cuellos. Es como si todo el universo estuviera emergiendo a través de nosotras. Brota de Rose, pasa por mis dedos, y descansa en nuestra madre.

Dejemos que la magia fluya.

Rose cierra los ojos y mamá, lentamente, empieza a abrirlos.

Cuando terminó de pasar los últimos rastros de magia de una a otra, suelto sus manos. Las mejillas de Rose se ven pálidas y, cuando le pregunto si está bien, me contesta:

—No lo sé. Creo… creo que estaré bien.

No se ve bien o, al menos no es su mejor momento, pero como aún puede hablar y respirar, y su corazón aún está latiendo, lo tomo como una buena señal. Una vez que estoy segura de que está bien, de que no se desmayará o algo peor, todos nos acercamos al ataúd: humanos, máculas, ninfa, gorgona y mantícora. Miramos con mucha ansiedad a mamá, quien se acuesta de espaldas, parpadeando y respirando en silencio. Papá se acerca y la toma de la mano, y le da un beso en su mejilla ruborizada.

—¿Mamá? —digo—. ¿Estás despierta?

Sus ojos giran hacia mí y veo su brillo y lucidez, pero justo cuando estaba a punto de abrir la boca para hablar, oigo la voz de alguien más.

—*Rhea Ravenna, ven hacia mí.*

Papá levanta la cabeza repentinamente.

—¿Qué fue eso?

Esta vez, todos la escuchamos.

Renata envuelve sus brazos alrededor de su cintura y se inclina hacia adelante, como si la voz estuviera cortando y atravesando su estómago.

–*¿Quién* fue?

Raisa lleva una mano hacia su venda, lista para levantarla y convertir al intruso en una sombra. Shay eriza su melena sucia.

–Debemos irnos –digo y, sin protestar, papá pasa un brazo por debajo de mamá y la levanta contra su pecho. Algo adormecida y confundida, envuelve sus brazos alrededor del cuello de papá. Les hago una seña para que nos sigan–. Vamos.

Corremos hacia la puerta al norte de la terraza, la única salida. Raisa llega justo antes que yo, pero nos detenemos enseguida, ni bien abre la puerta.

Hay algo diferente, algo está mal.

No hay nada más que una oscuridad vacía al otro lado.

23
En el reino

Oscuridad. Risas. La oscuridad misma está riendo.

O…

Alguien más ríe en la oscuridad.

No sé qué es peor.

Doy un paso hacia el corredor, pero no veo nada, ni escucho nada, solo la risa suave. ¿O está respirando? ¿O llorando? ¿O nada de eso? El resto me sigue. ¿Ellos también la escuchan? ¿También la sienten?

–*Litus* –digo en vano–. *Alita*, por favor. *Alita*

Pruebo con un hechizo de luz distinto, pero no funciona. Dejo caer las manos, parpadeando rápido.

–Esta no es una oscuridad común.

–Nos las arreglaremos sin ver entonces –dice Shay–. Tenemos otros sentidos, otras fuerzas que nos guiarán.

—Al menos ya no necesito esta venda —dice Raisa, quitándose la tela de los ojos con cuidado de que nadie la mire directo hasta estar completamente sumergidos en las sombras—. Vamos, Ree. *Andando.*

Trago saliva e inhalo, como si estuviera a punto de arrojarme a un estanque de agua y no a una ceguera silenciosa. Doy un paso y luego bajo corriendo por las escaleras. Mi familia me sigue por detrás y solo nuestras pisadas fuertes apagan la risa fría y áspera. Extraño mi ático, *mi* Oscuridad, porque esta es la Oscuridad de alguien más y prefiero que me coma viva mi propio miedo a este terror nuevo que se ríe sin esbozar una sonrisa.

Finalmente, llegamos al pie de la escalera y avanzamos hacia el corredor sin separarnos. De pronto, la voz de Gabrielle me desconcierta.

—¿Bruja? ¿Qué está pasando? —dice con la respiración entrecortada—. Fui a los calabozos, pero... estaban vacíos.

—¿Vacíos? ¿Estás segura?

—Miré bien antes de que todo se pusiera oscuro. No había nadie.

Me muerdo una mejilla y pienso. *Esperaba* que estuviera allí, pero quizá solo me hice ilusiones. Porque si me detengo a pensarlo *un segundo,* lo primero que se me viene a la mente son la escalera y la puerta de mis sueños. Si encuentro esa puerta y la abro, ¿estará Varon al otro lado esperándome como en el ático? Pienso en él y recuerdo la primera vez que lo conocí... En *este* mundo, no en el ático. Me buscó y me dijo que sabía que tenía magia, por lo que lo llevé al ala norte del castillo donde tenía prohibido ir.

Tenía.

Prohibido.

Ir.

¿Y quién me lo había prohibido? *El rey.*

Apoyo una mano sobre la pared, ya sea para mantener el equilibrio como para mantener la calma y no perder el camino. Volteo hacia mi familia.

—Salgan del castillo y reúnanse con el resto. Los alcanzo pronto.

—¿A dónde vas? —me pregunta papá y el aire a mi alrededor se estremece cuando alguien se acerca a mí—. *No*, no nos vamos a dividir.

—Debo hacerlo. Lo siento, no tengo opción —*Debo encontrar la escalera y a Varon*, pienso, avanzando por el corredor sin alejarme de la pared. Me guían las risas que cada vez se parecen más a aullidos, a llantos, por lo que me apresuro. Grito sobre mi hombro—. Debo hacer otra cosa.

—¡Iré contigo! —dice Rose desde muy lejos y oigo que se detiene repentinamente como si alguien la sujetara de la muñeca y la hubiera llevado hacia atrás—. No. Suéltame, Rai… No, Ren… No, quien quiera que seas. ¡Espérame, Rhea!

—¡No! —mi voz resuena por el corredor y desearía que todos se quedaran en silencio para poder seguir el sonido de esta nueva oscuridad desconocida—. Estaré bien. ¡Lo prometo!

Pero…

En realidad, no puedo prometer eso. No puedo porque no lo sé. No sé si estaré bien.

Me escabullo y me deslizo por el suelo lustroso y cierro los ojos, aunque no haga ninguna diferencia que los tenga abiertos o cerrados. Es difícil dejar a mi familia atrás, en especial cuando acabo de encontrarlos, pero sigo corriendo por el castillo hasta que ya no puedo oír el eco de sus quejas. Hay una puerta en esta oscuridad y necesito saber qué hay detrás de ella.

Paso mis dedos sobre cada picaporte y aplique que encuentro a medida que avanzo de habitación en habitación, de esquina a esquina, escuchando la fuente de la magia que creó este hechizo. Y estoy segura de que un Inmácula lo invocó, el mismo que estoy buscando, pero obligado por aquel que también me busca ahora.

De pronto, mi mente se llena de pensamientos intrusivos, imágenes de mi abuelo controlando a Varon en contra de su voluntad para que cree esta oscuridad, para asfixiarlo en ella, torturarlo… *No*. Tengo que pensar que Varon está bien, que aún hay tiempo de salvarlo, que el rey solo lo está usando como otra herramienta más para encontrarme.

—*Rhea Ravenna, ven hacia mí…*

Finalmente, la pared se transforma en una puerta doble, por lo que entono un hechizo para destrabar la cerradura y empujo. Un remolino breve y plateado corta la oscuridad cuando abro la puerta y entro en silencio.

El ala norte del castillo se extiende delante de mí con sus paredes de piedra antiguas, y tengo el presentimiento, más que la certeza, de que una especie de encanto sofocante está oculto en este lugar, uno que siempre lo estuvo desde hace mucho tiempo para que nadie supiera de su existencia. Un encanto que el mismo rey no se animó a fortalecer, incluso luego de que Varon y yo pudiéramos descubrirlo.

Pero ¿*por qué* está esta parte del castillo oculta en las sombras?

Pensar en eso me hace sentir escalofríos, por lo que sigo avanzando.

Me toma solo un minuto correr por el pasillo y me encuentro con una escalera empinada al final. Si bien estoy agotada, nunca me detengo, por lo que subo sin parar en espiral. Es una torre baja, de solo un piso y medio de altura, y puedo sentir al océano golpeando contra la pared norte, salpicando las rocas externas con la marea alta. Cuando llego arriba, me detengo para recuperar el aliento y veo la puerta de mi sueño que no fue un sueño delante de mí, destellando por los bordes. Me siento casi aliviada de tenerla allí, consciente de que esta vez es real. Pero mi alivio pronto se desvanece; no basta con encontrar la puerta. Tengo que *abrirla*.

A mi derecha hay una ventana sin vidrio, un arco angosto en la roca por el que veo las estrellas que se esfuerzan lo mejor que pueden para atravesar la oscuridad que se extiende como un músculo desgarrado de horizonte a horizonte.

Las estrellas dicen: "Es aquí".

Las lunas cantan: "Cuida tu magia".

Juntas me dicen "Está bien tener miedo".

Extiendo una mano, lista para conjurar un hechizo, pero la puerta no está cerrada. Quizá nunca lo estuvo y simplemente tuve miedo de abrirla por lo que fuera a encontrar al otro lado.

Ahora también tengo miedo, pero lo hago de todos modos. La puerta se abre con pesadez y la madera podrida cruje y las bisagras de hierro rechinan. Cuando cruzo el umbral, la puerta se cierra de golpe detrás de mí. Salto, asustada.

—¿Hola? —susurro, temblando por el frío, la quietud y el silencio del lugar. De pronto, siento un olor fuerte, casi insoportable, como lluvia rancia sobre una tumba profanada. Incluso el mar está tranquilo, atento—. ¿Abuelo? Varon, ¿estás aquí?

Ni siquiera las estrellas atraviesan esta oscuridad densa. Con las manos por delante, doy un paso. Y luego otro y otro. Sigo caminando hasta que me golpeo el pie contra algo. Seguro es la pared de piedra. Bajo la mano para descubrirlo y mis dedos rozan algo que parece piel.

Una boca.

Y se mueve.

—Rhea Ravenna —dice la voz reverberante del rey cuando me alejo, gritando. Siempre fue él, murmurando, burlándose de mi nombre y el apellido que compartimos. Esta vez suena fuerte y claro, como si lo tuviera justo por delante.

Me muevo rápido hacia la que creo es la dirección por la que vine, pero me choco con otro objeto duro, y así sucesivamente. Cada vez que levanto las manos, toco algo distinto: cabello enmarañado, una mejilla arrugada, un nudillo suave y filoso. Finalmente, me cruzo de brazos y mantengo los ojos cerrados, y camino hacia atrás, alejándome de su voz.

¿Qué es este lugar?, quiero gritar, pero lo único que sale es un susurro.

—¿En dónde estoy?

—Déjame mostrarte —me responde—. Pero prométeme que no gritarás.

Casi me rio. Casi.

—No puedo prometer eso.

—Bueno, entonces, debemos hacer algo al respecto.

Otra voz aparece desde algún lugar cercano y, esta vez, sí la reconozco, aunque suena algo desesperada, como una obra maestra rota.

–Mi cielo, yo...

Su voz se apaga y mi respiración con ella cuando una mano presiona mi garganta y me lleva la cabeza hacia atrás. Carne cálida y cadenas sobre las muñecas, la magia no hace más que romperse como un hueso de la suerte. La reconocería en cualquier lugar a mi Oscuridad, a mi zorro que no es zorro. Tiene otro brazo alrededor de mi cintura para inmovilizarme los brazos. Me presiona contra él, espalda contra esternón, y lo único que quiero hacer es preguntarle por qué está haciendo esto, pero no puedo hablar, no puedo gritar, no puedo...

–Lo siento mucho –dice. Mantiene los dientes presionados con fuerza, ya sea para lastimarme o no. No estoy segura.

–No la ahorques –le ordena el rey–. Solo sujétala.

La mano de Varon se relaja levemente, pero sus dedos se mantienen presionados contra mi pulso a un lado de mi garganta. Respiro profundo y parpadeo. Mi cuello está tan hacia atrás que tengo miedo de que se me desgarre la piel.

La oscuridad empieza a disiparse y forma una nube de tormenta, alta sobre nuestras cabezas. De pronto, lo veo todo.

Todo.

Todo.

La habitación que tengo delante es amplia pero poco profunda, no tiene paredes ni techo, solo algunos arcos góticos conectados por arriba como dedos sobre columnas hechas con las vértebras de algunas bestias imposiblemente enormes. Un candelabro de cuernos blancos cuelga del centro de estos arcos y emana un resplandor azulino leve.

Pero nada de todo esto es suficiente para asustarme, ni siquiera el hecho de que sea una reminiscencia perturbadora de mi castillo en el Bosque, como si el rey hubiera hurgado en mis sueños y diseñado este palacio específicamente para mí. No, lo que me hace querer gritar es la hilera de tronos tallados en dientes gigantes que forman un semicírculo que se asemeja a una mandíbula. En cada trono, hay un cuerpo en distintos estados de descomposición: algunos tienen los ojos abiertos, como si acabaran de despertarse de un sueño profundo, otros tienen la piel cortada y algunos huesos a la vista. Pero todos tienen la cabeza hacia abajo, todos con agujeros del tamaño de un puño en el pecho, cicatrizado con sangre vieja. Mejillas arrugadas, gusanos en el cabello. Tienen las rodillas presionadas entre sí, las manos juntas y los labios separados como si desearan una última bocanada de aire.

Me toma un momento comprender que, de todos los cuerpos que tengo adelante, uno está vivo, el hombre en el centro del semicírculo. Su piel arrugada parece haber sido desprovista de toda agua y las venas de su mano sobresalen por la fuerza con la que se aferra al borde del trono de diente. Su pecho sube y baja, rápido y poco. Sobre su cabeza, lleva una corona dorada y una capa escarlata alrededor de sus hombros que cae hacia el suelo. Sus ojos pálidos, fríos y azules me miran fijo sin moverse. Solo su boca se mueve cuando habla.

—Rhea Ravenna. Sangre de mi sangre, la joya más pequeña de la corona. Aquí estás, por fin.

Intento hablar, pero no puedo.

—¿Sabes lo que significa gobernar una tierra en donde la mitad de sus habitantes tienen más poder que tú? —me pregunta el rey con una voz rasposa, indiferente a mi repulsión—. ¿Cuando pueden cortarte más profundo que cualquier cuchillo solo con una palabra? ¿Cuando pueden humillarte y reírse de tu debilidad y escupirle en la cara a tus leyes? ¿Sabes lo que significa para un rey arrodillarse ante otros? No, claro que no lo sabes. Tú naciste con magia y por eso nunca lo entenderás. Pero *yo* sí.

—¿De qué es… tás ha… blando? —digo con dificultad cuando Varon afloja un poco la mano, pero no mucho. Me retuerzo contra su cuerpo para liberarme, pero no cede ni un poco… Y no entiendo *por qué*. ¿Es posible que siempre haya estado del lado del rey?

Pero entonces, ¿por qué fue al Bosque de la Bruja, noche tras noche, para contarme historias y besarme para romper el hechizo? ¿Lo hizo solo para entregarme al rey? ¿Por qué me siguió hasta la oscuridad del ático? ¿Para traicionarme? Habría sido más fácil dejarme dormir por siempre, hasta la eternidad.

El rey parpadea una vez, lentamente.

—La magia viene del corazón, sabes; el segundo corazón, el oculto. La magia está en la sangre. Si drenas a un hombre de su sangre, entonces también lo drenas de su magia —hace una pausa e inhala lentamente—. Si *bebes* la sangre de un hombre, también bebes su magia.

Si Varon no estuviera sujetándome, mis rodillas habrían cedido. Los esqueletos, los tronos, las heridas en sus corazones… Ah, no, no, no, *no*.

Con esta sensación de asco llega una visión espontánea de los dientes podridos del rey desgarrando *mi* piel hasta llegar a *mi* corazón, una visión en la que él bebe todo de mí hasta drenarme por completo. Una pesadilla horrible que aparece y se va, y me prometo a mí misma que, desde este momento en adelante, no le permitiré que robe más sangre de mácula, de mí ni de nadie más. Haré lo que tenga que hacer para asegurarme de que así sea.

La visión se desvanece y otra toma su lugar, pero esta vez no es del futuro, sino del pasado. Recuerdo a mi madre cuando la encontré en el templo, con una herida en el cuello y sus venas secas. Recuerdo cómo grité y cómo, en ese momento, sentí como si mi corazón estuviera a punto de detenerse si dejaba de gritar. Como si ese grito fuera lo único vivo en mi interior.

—Tu madre fue un accidente —dice el rey, como si supiera exactamente lo que estoy pensando—. Uno de los inmácula que bebí recuperó suficiente magia como para regresar a la vida y atacó a la primera mácula que encontró, hambriento. Es extraño, pero algunas máculas pueden detectar la magia en otros. Como si esta los llamara... Pueden sentirla, bajo su piel, solo con tocarlos. Pero quizá tú ya sabes eso.

Trago saliva y siento un dolor en la garganta. ¿Cómo podía el rey saber que puedo sentir la magia en los otros? Incluso ahora siento la magia de Varon, su brillo y tensión: manzanas podridas en una rama dorada, estrellas que caen del cielo como costras de una herida. Es como si estuviera luchando contra algo... Pero ¿qué?

—Aquellos que no tienen magia siempre intentaron robársela a quienes la tienen. Una gota de su sangre para gozar de un minuto de magia antes de que esta se seque y desaparezca —suelta un suspiro largo que parece durar por siempre, pero no lo hace—. Sabía que no sería suficiente. Solo con la sangre, no. No... Debía consumir la fuente. El corazón dentro del corazón.

Al oír esto, mi corazón se detiene. Se detiene y, por un

segundo, no estoy segura de que vuelva a latir de nuevo. Pero lo hace y, esta vez, suena más fuerte que cualquier otra cosa, más fuerte que una promesa que se rompe, que un secreto que sale a la luz, que una tormenta que le quita todo su color al cielo. *Mi corazón no,* me prometo. *Él no tendrá mi corazón.*

La mano de Varon se suelta un poco más y sacudo la cabeza, algo mareada pero determinada a no dejárselo saber al rey.

—Eso *nunca* funcionará.

—Yo no estaría tan seguro, querida. Comer un corazón cada cierta cantidad de años, quitárselo a aquellos que nadie extrañará. Hay muchas formas de que una mácula sirva a la corona y el sacrificio es uno de los más altos honores.

Levanto la vista, pero ya no veo las estrellas. La oscuridad lo consumió todo.

—Pero ese acto... te destruirá.

—¿Y qué es lo que ves arriba tuyo? Mis hazañas hechas manifiesto. Desde que comí el primer bocado, me he deteriorado, poco a poco.

—Pero te vi hace un mes. Antes de conjurar mi hechizo. Estabas allí. Estabas...

—Solo fue un reemplazo disfrazado de mí —siento un escalofrío en todo el cuerpo—. Pronto, no seré otra cosa más que oscuridad, una masa entera de ella. Gloriosa y libre. Una magia que nunca nadie vio antes.

—Eso no ocurrirá —digo entre dientes con desdén—. Nada de eso.

—Ah, ya lo verás, Rhea Ravenna.

—Varon, suéltame —le ruego, pero me sujeta con más fuerza, incluso aunque de su corazón salga una disculpa sobre mi espalda.

Tengo las manos fijas a cada lado de mi cuerpo, pero logro girarlas para que mis palmas apunten hacia atrás–. *Alenia mec liesana*. Varon, por favor. *¡Alenia mec!*

Nada.

–Eres muy poderosa –dice Varon en voz baja–, pero no tienes ese tipo de magia. La que controla.

La nueva Oscuridad, el rey, ríe. Una risa sin humor, sin color, seca.

–Nigromante –dice–. *Alenia sec liesana.*

Varon me suelta. Y en ese instante comprendo la magnitud de este horror.

Durante años el rey tuvo magia robada y, todo este tiempo, persiguió a cada mácula por delitos que son insignificantes comparados a los suyos. El delito de simplemente haber nacido con magia.

"Conozco tu secreto", le dijo la Rhea falsa para atraer al rey al Bosque de Graiae. *Tu secreto, tu secreto, tu secreto.*

Pero su visita al bosque nunca fue por su magia macabra, incluso aunque las criaturas *supieran* de ella. No, fue porque sabía sus planes. Por lo que deambuló entre los árboles con un plan propio. Los habitantes del bosque no esperaban nada porque ellos, de hecho, no sabían cuál era el secreto que decían tener, mucho menos que el rey fuera capaz de semejante cosa. De capturar una estrella y quemar todo.

Y *todavía* no lo saben… pero yo sí. Yo sí y no hay vuelta atrás.

–¿Qué quieres de mí? –le pregunto, manteniendo las manos por detrás, mientras preparo un nudo de magia blanca entre mis palmas–. ¿Por qué querías que viera este lugar?

—Tú eres mía, Rhea, la verdadera heredera del trono, incluso antes que tu padre, que no sabe lo que significa tener magia. A pesar de todo lo que ha ocurrido, aún estoy dispuesto a pasarte el mando. Las marcas de tus manos, la renuncia al título, fue todo una fachada. Lo habrías sabido si no hubieras escapado. Te habría mantenido oculta, a salvo, hasta que fuera hora de que tomaras la corona y gobernaras como yo lo he hecho.

El terror se apodera de mi corazón cuando me imagino encerrada por años y años, aprendiendo a convertirme en él.

Pretendo pensar en sus palabras por un segundo. Luego saco las manos de detrás de mi espalda y le arrojo unas bolas mágicas de cristal tan poderosas y rápidas como puedo.

Pero el rey levanta sus dedos decrépitos y hace a un lado mis proyectiles, los cuales se pierden en la noche y estallan en el viento con una luz dorada. Al hacerlo, la oscuridad nos envuelve una vez más como una nube para ocultar al rey y a los cuerpos en ruinas para no recibir más ataques.

Tengo que acercarme lo suficiente para presionar mis manos contra su pecho y susurrar las palabras justas para detener su corazón en ruinas. Conozco el hechizo, pero nunca lo he usado. Nunca creí que llegaría a esto y hacerlo podría provocar que mi propia oscuridad creciera. Pero debo intentarlo.

Sujeto a Varon de la mano. Tenemos los dedos entrelazados y nuestroslatidoscompartenelmismoritmo,ladoalado,peronoestoy segura de cuáles son los suyos y cuáles los míos. Presiono una vez más, esperando que entienda sin palabras lo que quiero hacer. Y lo suelto, respirando hondo y dando un paso hacia adelante, seguido de otro y otro. Llego a los pies del rey que no puedo ver. Mantengo los brazos extendidos por delante, mientras Varon me sigue por detrás, cerca.

–Un día, princesa, te lo iba a contar todo –me dice el rey con una firmeza fuerte y repentina. Su voz parece provenir de todas partes y ninguna a la vez–. No quería que fuera así. Se suponía que nadie debía saberlo, ni de mí, ni de ti. Pero fuiste muy descuidada y te *atraparon*. Y no tuve otra opción más que tratarte igual que al resto de las máculas. Si no lo hacía, el pueblo no confiaría en mí.

Sigo avanzando con los brazos extendidos. Susurro un hechizo para que mi voz suene como si estuviera en el centro de la habitación.

–El bosque se está quemando por tu culpa.

–Dime, ¿qué se suponía que hiciera? ¿Dejar que las criaturas tomaran mi reino?

Oigo la voz de Shay en mi cabeza, "Lo que sea necesario".

Las criaturas, las máculas, el rey, yo… Quizá solo estamos intentando cuidar lo que es nuestro. Lo que *creemos* que es nuestro.

¿A quién le pertenece el mundo?

A él no.

–Solo queremos vivir libres –le digo, gritando por encima del ruido de las olas que rompen contra la cara norte de la torre, a medida que Varon y yo nos acercamos más hacia el mar detrás de los tronos–. ¡No queremos que nos maten o esclavicen!

–Esta tierra solía ser un lugar salvaje. No había ningún inmácula, ni descorazonados… Solo magia desenfrenada en todos lados. ¿Sabes lo aterrador que era un lugar como ese para quienes no tenemos magia?

—La magia no es peligrosa y tampoco lo son las máculas.

—Pero algunas sí y ese es el problema. Es lo mismo para todas las personas, para todas las criaturas, mágicas o no. Todas son capaces de generar la más profunda de las violencias y la más alta amabilidad. Nuestras naturalezas son simplemente una batalla constante entre esos dos extremos.

Sigue avanzando, pienso, obligándome a mantener la concentración. *Más cerca.*

—Ahora que sabes quién soy, aprenderás de mí y compartiremos la corona —me dice el rey—. Pero si no lo haces, *me quedaré con tu corazón, Rhea Ravenna.* De un modo u otro, gobernaremos juntos.

De pronto, una mano emerge de la oscuridad y me sujeta el brazo. El grito atascado en mi pecho sube hasta mi boca, contenido entre mis mejillas, y brota entre dientes como un chillido agudo y corto.

—Shhh. Soy yo —los dedos de Varon se aflojan—. ¿Por qué volviste por mí?

No tenemos tiempo para esto. Empiezo a temblar y no puedo detenerme.

—Vam... os. Tene... mos...

Varon me sujeta como si fuera lo único seguro y sólido en la existencia. La neblina del mar empieza a subir y la siento alrededor de nuestros tobillos. En ese instante, entiendo lo *cerca* que estamos de la cornisa, en donde no hay otra cosa más que aire libre.

—Rhea, *por favor.* ¿Por qué volviste por mí?

Me obligo a quedarme quieta por un momento y darle a este muchacho una respuesta honesta.

–Porque mi nombre está contenido en tus huesos. Porque tu corazón suena como el mío. Porque un cielo no es nada sin estrellas. Está vacío.

Y por un segundo más breve, siento su sonrisa, su forma y color, su claridad: hambrienta y roja, toda para mí.

–Puedes tener mi corazón –dice Varon y le devuelvo la sonrisa a pesar de todo, a pesar del lugar en el que nos encontramos y el dilema en el que nos metimos. Pero luego agrega–. Llévate el mío.

–No… –empiezo a protestar, pero Varon me presiona la mano como si me estuviera diciendo que todo va a estar bien y que sabe lo que está haciendo. Pero yo no estoy tan segura de eso–. No puedes…

–Vete nadando hasta un lugar seguro –me dice rápido en voz baja–. Aléjate de aquí.

Pone las manos sobre mis hombros y me *empuja*.

–¡*No!* –caigo por un lado de la torre y, por un segundo, quedo suspendida en el aire, mientras el mar agitado retrocede anticipando el impacto de mi cuerpo. Espero el golpe de las olas con los ojos cerrados, con los pulmones llenos de aire, insegura por la próxima vez que vuelva a respirar.

Pero…

Antes de que mis pies toquen el agua, una soga invisible me envuelve alrededor de la cintura y me levanta. Es el rey. De pronto, caigo, pero no en el mar como Varon lo había planeado, sino en el suelo. *Fuerte*. Quedo tendida de espaldas contra el suelo con el cuello hacia atrás y la cabeza sobre los mosaicos.

Todo sigue igual de oscuro, porque ya está todo negro.

Aunque, no… Queda en *blanco*.

Pasa un minuto o quizá una hora, o una vida entera. Lo próximo que sé, es que estoy despierta y Varon está a solo centímetros de mi rostro con una mano a cada lado. Siento una calidez inmensa cuando me revive, una pulsación tenue que resuena por toda mi cabeza cuando se aparta y reposa sobre sus talones.

–Rhea, ¿estás bien? ¿Me puedes escuchar?

Asiento y me levanto despacio. Me duele toda la espalda y siento un dolor punzante en la cabeza, pero desaparece lentamente. Más allá de eso, estoy bien. Varon me ayuda a poner de pie mientras me tambaleo de un lado a otro y casi me caigo al suelo nuevamente. Cuando me toca siento su magia, cálida y libre debajo de su piel. El rey debe haberle quitado las cadenas a Varon para que me reviviera.

–Puede que estés algo confundida, pero no por mucho tiempo –sus dedos rozan mis cejas, pero estoy segura de que quería tocar mi mejilla–. Mi cielo, intenté salvarte. Creí...

Enseguida, oigo la voz del rey.

–Muchacho, tus cadenas. Póntelas.

–¡No! –grito y me paro frente a Varon, como si pudiera protegerlo de algo que ya nos rodea–. No lo usarás más.

–¿Quieres ponérselas tú entonces?

Antes de poder responderle, oigo un quejido agonizante y largo, seguido de otros más. Huesos que se rompen, tendones que se cortan, piel que se desgarra. A mi lado, Varon levanta las manos y los cuerpos de los tronos empiezan a levantarse, sus rodillas crujen mientras se ponen de pie lentamente.

Animados, no vivos, ya que no tienen corazones que bombeen sangre a través de sus venas secas. Me acerco más a Varon y siento la calidez de su magia a medida que los cuerpos avanzan hacia adelante, lento al principio, arrastrando sus talones contra las rocas del suelo, pero luego más rápido e implacables.

Una distracción. Me alejo de Varon y, con las manos presionadas sobre mi estómago nauseabundo, me abro paso entre los cuerpos usándolos como escudo, a medida que se acercan cada vez más al rey. No estoy segura de siquiera estar moviéndome en la dirección adecuada, pero vale la pena intentarlo. Extiendo las manos por delante a ciegas con la maldición que detiene corazones en la punta de la lengua.

Oigo un trueno en medio de la noche, repentino y ensordecedor que hace que mis dientes repiqueteen. Enseguida, los cuerpos caen al suelo a los pies del rey. Aprovecho mi oportunidad y me lanzo hacia adelante sobre los cuerpos dispersos con los brazos extendidos.

Una ráfaga de viento poderosa me empuja hacia atrás y caigo con todo el peso de mi cuerpo sobre mi hombro izquierdo. Me deslizo por el suelo algunos metros hasta que el viento se detiene repentinamente. Me pongo de pie, giro y el dolor se niega a ceder.

—¿Qué quieres de mí? —grito. Varon se para a mi lado y desliza su mano sobre la mía, la magia cruje en nuestras palmas. Duele un poco, pero no me importa—. Me niego a tomar la corona. No permitiré que te lleves mi corazón, no continuaré lo que empezaste. ¿Por qué crees que conjuré la maldición en primer lugar? Para alejarme de *esto*.

—No heredarás la corona y no me llevaré tu corazón —repite el rey lentamente y el temor empieza a elevarse como una luna llena en mi interior, con un resplandor enfermizo—. Pero el joven…

Él me dará su corazón en tu lugar. Sin embargo, no quiero un corazón con tanta muerte en su interior. Así que ya no me importa lo que le pase a él –hace una pausa horrible y desearía poder hundirme en la oscuridad para cortarme el pulgar y tragármelo como una píldora–. ¿A ti sí?

De repente, oigo algo líquido, las olas que se abren y rompen entre sí, agua contra agua, seguido de unas pisadas suaves y acechantes que se tornan cada vez más fuerte.

Comprendo que no es el mar. Ese no es el sonido del agua... Es una *voz*. Alguien está cantando en la oscuridad y cada vez está más cerca.

–Varon, oh, Varon, ¿dónde estás? Ven aquí, mi luz, mi amor, déjame sentir tu sabor.

–¿Renata? –susurro, aunque estoy *segura* de que no es ella.

Varon me suelta la mano cuando se levanta, obligado a acercarse a la ninfa que no podemos ver.

–No es real. ¡Es solo un truco! –le advierto, buscando a tientas su mano, su brazo, su cabello, cualquier parte de su cuerpo para sujetarlo–. Varon, *por favor*...

–Muy bien, muy bien –canta la ninfa, guiándolo hacia ella. Puede que no sea otra cosa más que una voz que el mismo rey creó, pero una vez que Varon caiga al mar, estoy segura de que con su magia lo mantendrá bajo el agua hasta que ya no pueda respirar–. Un paso más, un paso más, ven hacia los brazos abiertos de la noche.

No puedo evitar que siga cantando si en realidad no hay nadie a quien callar. Simplemente tendré que ser más ruidosa y ahogar su voz antes de que ella lo ahogue a él.

Esbozo una sonrisa al saber exactamente lo que tengo que hacer. Fácil, fácil, fácil. Y ni siquiera necesito magia.

Abro la boca y grito.

Y grito.

Y grito.

Se siente tan, tan bien. Como despertarse de un sueño venenoso completamente transpirada y llena de miedo, intentando pronunciar mi nombre y reencontrar mi identidad perdida, pero despierta, a pesar de todo.

Pero este no es un sueño y no me despierto.

–*Suficiente* –dice el rey, pero lo oigo en mi cabeza, no en mis oídos. Enseguida, me quedo en silencio como si me arrancaran la voz–. Cooperarás conmigo, princesa, o tendré que matar a ese niño. Ahora, ¿qué tienes para decir?

–No y no y *no*.

El suelo se sacude violentamente, como si un gigante hubiera pisado con fuerza. Me tambaleo hacia adelante y Varon me sujeta de la muñeca para enderezarme, y me siento aliviada de tenerlo cerca, aún con vida.

Pero ¿por cuánto tiempo más?

El rey *ruge* como una trompeta a todo volumen, más aguda y hambrienta que cualquier otro sonido humano que jamás haya escuchado. Me cubro los oídos con ambas manos, pero no sirve de nada, el chillido atraviesa mi mente como un eco corroído atrapado en mi interior.

No, no es el rey, reconozco ese sonido... Es una esfinge. Acaba de conjurar a una bestia con garganta de metal. Las manticoras comen hombres, pero las esfinges no tienen esas preferencias: comen cualquier cosa, niños, niñas, jóvenes o viejos, humanos o máculas. Pero solo si no resuelves su acertijo correctamente.

Finalmente, el rugido disminuye y lo sigue el batir furioso de un par de alas. Varon gruñe y siento cómo su calor se aparta de mi lado. Imagino que la criatura lo mantiene firme contra el suelo con sus patas delanteras.

–Dime que harás lo que te pida, Rhea, y liberaré al muchacho –dice el rey–. O resuelve el acertijo y salva su vida.

–El acertijo –le respondo sin pensarlo dos veces. El rey se olvida de que también soy una bestia del bosque. ¿Cuántos acertijos he resuelto? Miles y miles. Y ahora estoy aquí, obviamente viva, sin que nadie me haya comido, simplemente porque sé pensar como una esfinge. En el bosque una aprende rápido a sobrevivir, a evitar que la traguen viva. Sonrío y espero a que la criatura hable.

–¿En qué se parece una muchacha al cielo? –me pregunta con un rugido áspero. Espero a que siga, segura de que tiene que haber más información, pero la esfinge se queda en silencio y espera.

Y espera.

Por lo general, los acertijos de las esfinges son preguntas lógicas como "¿Qué tiene hojas y no es un árbol?" y "¿Qué ser que camina en cuatro patas por la mañana, dos al mediodía y tres por la noche?".

Un libro, un hombre, respuestas simples, pero inteligentes. Algunos acertijos son más difíciles que otros y otros tienen varias partes, pero siempre tienen una solución clara.

Pero ¿esto? Esto es algo completamente distinto.

¿En qué se parece una muchacha al cielo?

Pienso en lo que Varon me contó cuando era la bruja, que

siempre me encontraría porque todos los mundos tienen el mismo cielo, incluso los sueños. Y como en la oscuridad del ático me dijo que, si él era una simple estrella, yo era el cielo infinito.

Mi sonrisa confiada vacila y tenso la mandíbula.

El rey se está burlando de mí.

—¡Esto no es justo! —grito y la esfinge gruñe, grave—. ¡Dijiste que debía responder un acertijo, pero es una broma cruel!

—¿Esa es tu respuesta?

—¡No!

—Se te acaba el tiempo.

Me sujeto la cabeza como si eso me ayudara a pensar más rápido, pero mi mente está completamente en blanco y el pánico poco a poco empieza a apoderarse de mí.

—¡No lo sé, *no lo sé*!

—Entonces pierdes —dice el rey y la esfinge gruñe una vez más, esta vez de hambre—. Devóralo.

—¡Varon, cierra los ojos! —grito al levantar las manos, casi sin pensar—. ¡*Alita alor*!

Un rayo de luz estelar brota de mis manos cuando las junto, tan brillante que, por una fracción de segundo, toda la habitación queda iluminada. Miro con dificultad a través del resplandor, pero aun así logro ver el lugar: la esfinge inmensa con Varon a sus pies, el semicírculo de tronos de dientes podridos, el cuerpo nauseabundo de mi abuelo, el destello de su corona. La esfinge chilla, retrocede y desaparece, ya que el rey perdió la concentración con el destello repentino.

Varon toma una bocanada de aire cuando ya no siente la presión sobre su cuerpo y me acerco tambaleándome hacia él.

–Gracias por no dejar que me coma –dice cuando lo sujeto del brazo y lo ayudo a ponerse de pie.

–¿Quién di… dice que no te van a comer? –le esbozo una sonrisa, aunque sé que no puede verme, aunque yo esté temblando tanto que apenas puedo hablar–. Solo te estaba sal… salvando para salvarme yo.

Empieza a reír con honestidad, algo que nunca lo había escuchado hacer. Una risa rápida, profunda y algo áspera. Pero otra voz lo interrumpe.

–Ya veo –dice el rey y sujeto a Varon–. No dejarás que nadie mate al muchacho. Ni yo ni una ninfa ni una esfinge. Quizá el honor deba ser tuyo.

Sujeto a Varon del brazo y le clavo mis uñas en la piel, muy profundo. No grita, pero tensa sus músculos. Intento soltarlo, pero no puedo.

No puedo.

–Lo siento, lo siento –digo mientras un dolor punzante baja desde mi nuca y mi pecho hasta mis dedos, como una astilla larga y curva que penetra mi piel en busca de mi sistema nervioso.

–Ya sé que, lo que sea que pase, no será tu culpa –dice Varon rápido–. Pero, Rhea, yo…

–*Stielle* –lo interrumpe el rey.

Enseguida, levanto las manos y me abalanzo hacia él.

Varon apenas logra esquivarme, retorciéndose, y se escapa. Pero siempre y cuando sienta el hormigueo de su magia, podré encontrarlo. Y el rey también.

–Dispárale –me ordena el rey y cierro los ojos. Me concentro con todas mis fuerzas para sacar su magia de mi mente. Lo imagino como si fuera una estaca clavada en mi corazón que, cuando estoy a punto de quitar, mis manos no obedecen, ni siquiera en mi propia imaginación–. *Forla*.

Una esfera de cristal destellante aparece en mis palmas y su luz atraviesa toda la oscuridad cuando la lanzo. Intento apuntar hacia otro lado para no golpear a Varon, luchando contra el control del rey, su ardor y su *deseo* de golpear a Varon directo en el pecho. Apenas puedo ver. Apenas puedo respirar y *definitivamente* apenas puedo pensar con claridad, pero no oigo ningún grito de dolor o ningún hueso roto, por lo que estoy segura de que no le di. No lo maté. No todavía.

Nuevamente, el rey me ordena disparar y, una vez más, lanzo otro orbe de cristal, pero también le erro, ya que Varon salta hacia un costado. De algún modo, sus movimientos parecen ser solo un reflejo. No lo hace con decisión… Ya parece estar resignado.

–¡Atácalo! –logro decir entre dientes, luchando contra el rey por recuperar el control de mi voz al menos. Al oír otra palabra del rey, avanzo sigilosamente hacia adelante, con otra bola de cristal en la palma de mis manos, lista para dispararla ni bien lo vea–. ¡No me hagas hacer esto!

–No puedo hacerlo solo –dice la voz de Varon desde algún lugar cercano, muy cerca, solo un poco a la izquierda–. No puedo igualar su poder yo solo.

–¡Dispara! –grita el rey. El cristal brota de mi mano a medida que la voluntad del rey se aferra cada vez más a las profundidades de mi ser, punzante y venosa. Varon maldice y estoy segura de que esta vez lo rocé. Solo ruego no haberlo golpeado en algún lugar vital. Caminamos en círculo con los ojos entrecerrados.

Por un momento, me pregunto por qué el rey simplemente no controla a Varon para que yo pueda atacarlo, pero luego entiendo que tiene toda su energía puesta en mí. Si su atención estuviera dividida, no podría controlarme con tanta facilidad.

–Juguemos un juego –dice el rey repentinamente–. Una adivinanza. Adivina mi nombre y liberaré al muchacho.

Lo ignoro. Yo sé que esto no tendrá final hasta que su corazón o el mío deje de latir. Otro disparo cristalino de magia emerge de mis manos, pero en el último segundo, justo antes de golpear a Varon, grito.

–¡*Fifalda!*

Y el proyectil se convierte en una mariposa indefensa.

–Entonces pelea *conmigo* –le ruego a Varon–. ¡No me hagas hacer esto! Varon, *vamos*.

–No te haré daño –me dice y salto hacia su voz, esta vez asestándole varios golpes al aire con mis dedos para sujetarlo. Si lo toco, lo destruiré.

No debo tocarlo.

Intento quitar la magia oscura del rey de mi mente, pero está aferrada muy profunda. Intento conjurar un hechizo, pero las palabras no salen bien.

–Suéltame... No, liesig... No... –tambaleándome y algo confundida, digo la palabra "licsen" por accidente. De pronto, empieza a caer nieve del cielo, tan fría y densa que la siento punzante sobre mi piel, mientras el viento golpea mi cabello contra mis ojos–. Cr...crawvone –repito y, con un nuevo plan en la cabeza, la nieve se coagula como sangre y forma miles de cuervos de hielo. Entre todo el estruendo de los graznidos punzantes y el

aleteo de sus alas acuosas, las aves fantasmales se elevan por el salón reflejando levemente la luz de las estrellas sobre sus alas.

La luz de las estrellas.

Una vez que la nieve se disipa, lo veo: el cielo.

El rey se está debilitando. Su oscuridad vacila.

Ni bien termino de pensar eso, siento cómo el control que tiene sobre mi mente recobra intensidad. Ante su desesperación, salto hacia adelante y me encuentro con Varon; nos chocamos y caemos al suelo. Quedo justo sobre él y lo mantengo firme sobre su espalda con mis rodillas a cada lado de su cintura, si bien ambos sabemos que él es físicamente más fuerte que yo, ya que es más alto y robusto, y tranquilamente podría empujarme para liberarse. Podría hacerlo y marcharse. Escapar.

Pero no lo hace. ¡Estúpido, estúpido!, quiero gritar. Pero en cambio, susurro unas palabras que son solo para él.

—Cuéntame una historia —coloco las palmas de mis manos sobre su pecho y me acerco a su oído—. Un cuento de hadas.

No lo duda.

—Vivimos en una casa sin ático —dice tan suavemente que podría acurrucarme dentro de su voz y dormir por siempre—. Todas las mañanas, te beso para despertarte.

Mis dedos suben hacia su cuello, mientras lucho contra la oscuridad en mi interior. El grito en mi garganta apenas me deja respirar, uno grito de alegría y desesperación. Él es un deseo que quiero que se vuelva realidad, una y otra vez.

—Nunca es tarde para salvarlo —dice el rey en voz baja, casi con suavidad, como si entendiera mi situación y realmente quisiera ayudar—. Lo único que tienes que hacer es decir mi nombre.

Sacudo la cabeza de lado a lado con los ojos llenos de unas lágrimas pesadas y recurrentes.

—Ni siquiera tú lo sabes, ¿verdad? Es por eso que quieres que adivine. Me estás engañando para que te devuelva tu nombre porque hay mucho poder en los nombres y, sin uno, no eres nada —digo mientras Varon lucha por incorporarse, pero como aún estoy encima de él, no puede moverse mucho. Se apoya sobre sus codos y levanta la otra mano para secarme las lágrimas de mis mejillas. Sus dedos se sienten cálidos y el gesto solo me hace llorar más fuerte.

—No *tienes* nombre —le digo al rey—. Puede que lo hayas tenido antes, pero ya no. Solo eres un pozo de oscuridad en el que viven todas las almas perdidas, un pozo al que van todas las cosas horribles cuando dejan de ser hermosas y ya no pueden serlo otra vez. Esas cosas que no pueden redimirse —respiro con dificultad y sigo—. Si bien hablas de gloria e inmortalidad, creo que le temes a tu propia oscuridad. Creo que le temes a lo que te convertirás. No quieres mi corazón… Solo quieres recuperar tu nombre. Me ofreciste la corona porque solo quieres a alguien que soporte tu carga mientras tú eres libre; quieres volver a sentir el sol en tu piel sin arrugas, completa. Pero a veces, no hay forma de recuperar lo que perdimos. Decir tu nombre no será suficiente.

Hay un silencio largo y duro.

—Ahórcalo.

Empujo a Varon con fuerza hacia atrás y su cabeza golpea contra el suelo. Mis manos envuelven su garganta y lloro. Por una vez, agradezco no ver su rostro.

—*Asmorihin*.

Mis dedos se clavan en la carne cálida y suave de su cuello. El aire abandona su pecho e intento traerlo de regreso, pero no puedo. Lo estrangulo.

Lo estrangulo.

Lo estoy estrangulando.

Llevo la cabeza hacia atrás y miro hacia arriba.

–Ayúdenme –le digo a las estrellas–. Yo soy muy pequeña. Pero ustedes… son tan grandes y brillantes.

Y me contestan: "Niña tonta".

"¿No sabes lo enorme que eres? ¿Lo eterna que eres?".

"Lo único que tienes que hacer es preguntar".

Una pregunta, no una orden. A diferencia del rey que las obligó a quemar el bosque.

–¿Vendrán?

No responden. En cambio, caen.

Bueno, no tan así. No caen exactamente; sino más bien bajan por voluntad propia. Las estrellas cortan como una guadaña a la oscuridad, destellan, listas para incendiar la noche.

Las miro y pienso que el rey también las ve.

–¿Cuál es mi nombre? –me exige una vez más a medida que las estrellas se acercan. Desesperado, empieza a suplicar–. ¿Cuál es? ¿Cuál es? ¿Cuál es mi nombre?

Suelto una risa temblorosa y aliviada. Una neblina brillante brota de mi boca como aliento congelado, blanco a mi alrededor. Las estrellas se desploman y quito la magia del rey como la costra de una herida, dejando al descubierto la piel rosada debajo.

Suelto a Varon justo cuando el primer rayo de luz de estrella golpea el suelo cerca de nosotros, quemando el suelo de piedra.

Las estrellas caen como gotas de lluvia crepitantes. A todo nuestro alrededor, la vieja ala del castillo se derrite.

Durante un segundo, Varon no se mueve y yo quedo reducida a una muchacha de labios fríos adormecida, con un corazón invertido listo para secarse, temblando y preservado en el mismo momento que se detiene.

Espero.

Espero.

Espero.

Inhala y mi corazón late nuevamente. Lo giro para que pueda recuperar el aliento. Envuelve sus brazos alrededor de mis hombros y lo ayudo a ponerse de pie.

El fuego de estrellas está por todas partes, iluminando toda la habitación y tocando todo, pero nunca a nosotros, como si esquivara nuestra piel vulnerable y las almas que hay debajo de ella.

–¿Puedes correr? –le pregunto y noto un resplandor dorado en sus ojos, mejillas y labios. Asiente–. Andando.

Corremos con paso firme sin detenernos ni aminorar la marcha a medida que la oscuridad arde y forcejea contra el resplandor enceguecedor que inunda el lugar. El Fuego de Estrella alcanza el castillo y toda su estructura de acero se quema.

El rey grita. Cuando llegamos a la puerta, suelto a Varon para colocar ambas manos sobre ella y varias espirales plateadas se encienden sobre su superficie de madera. La puerta se abre y volteo para mirar al salón una última vez. Más estrellas caen del cielo y el fuego lentamente se expande por el suelo como un rastro de migajas ardientes que llevan al lugar en el que estábamos, un camino hacia el lugar más oscuro del castillo.

Pero no necesitaremos nada para volver a este lugar. Nunca más.

–Recuerda esto –le digo al rey a medida que varias partículas de estrellas se adhieren a su cuerpo y comen su piel–. Una niña. Una niña acostada en la cama, temblando en la oscuridad, pensando en cómo sería el monstruo que vive debajo. ¿Y el monstruo? Podría tener piel escamosa y verde, garras llenas de sangre o mil ojos dilatados, pero no. Ese monstruo, *siempre* fuiste tú.

Me responde una voz tenue y frágil.

–Solo siempre y cuando esa niña hayas sido *tú*.

–Te olvidas de algo: la niña puede existir sin el monstruo. Pero el monstruo no es nada, en ningún lugar, no es *nadie*, sin la niña que lo sueña.

No hay respuesta. Solo el eco de un grito breve y desesperado.

24
En el reino

Varon y yo salimos por la puerta del palacio en llamas, tropezándonos y sujetándonos con fuerza a medida que dejamos atrás la oscuridad para sumergirnos en... bueno, más oscuridad. El sol apenas se asoma por el horizonte, como si estuviera asegurándose de que la costa está en orden y libre antes de elevarse por segunda vez en el día.

Mi familia, Gabrielle, Shay y cientos de otras personas nos están esperando, muchos más de los que había antes de que entráramos. Veo varias cadenas rotas amontonadas a un lado, ya que aquellos que estaban libres ayudaron a los que aún estaban encadenados. Mientras mis padres me regañan durante diez minutos completos por haberlos abandonado y haberme enfrentado a la oscuridad yo sola, miro a las máculas libres reunidas con sus familiares encadenados y a los humanos que ayudan a las ninfas a repartir tazas de agua y rodajas de pan al resto. Los silfos susurran hechizos que redireccionan el viento para elevar al sol una vez más, mientras las esfinges (las buenas) les cuentan acertijos a los niños asustados por la cantidad de criaturas nuevas para hacerlos sonreír. Parece que casi todos los soldados leales al rey se fueron, pero los niños Olvidados del Bosque nos rodean con sus armas en alto, listos para defendernos contra cualquier ataque inesperado.

Aunque ya no debería haber más de esos problemas. No más batallas ni guerras. Las estrellas están nuevamente en el cielo y solo dejaron atrás las llamas que consumen toda el ala de piedra y el castillo de cristal. Ninguna otra cosa está en llamas, solo el palacio y su oscuridad.

Papá me da otro abrazo y entiendo que ya terminó de regañarme.

–Fue como si te *desvanecieras* –me dice papá, sacudiendo la cabeza de lado a lado–. Intenté regresar al castillo y creí que quizá nosotros también desapareceríamos, uno por uno, otra vez.

–No me habrías encontrado sin magia –le explico.

–Bueno, nunca más vuelvas a hacer eso –dice, pero sus ojos brillan y su voz tiembla–. Pero estoy orgulloso de ti, Rhea. Todos los estamos.

Mamá me envuelve entre sus brazos con fuerza, dejando en claro que ya me regañaron lo suficiente por este día.

–Rhea –dice–, me salvaste. Mi querida, me salvaste.

–No fui yo –le digo, apartándola–. O sea, *de cierto modo sí*, pero solo un poco. Rose fue quien te entregó su magia.

–Sí, me lo contó –mamá se aleja y volteamos hacia Rose. Se encuentra parada lejos de nosotros hablando con Varon sin levantar la vista del suelo. Finalmente la levanta y, cuando él le ofrece un abrazo, ella lo acepta–. No sé si podré recompensárselo alguna vez. Ese es su hermano, ¿verdad? ¿Su hermano biológico? Aún estoy un poco confundida con todo esto y sigo creyendo que lo que más necesito es una buena noche de descanso… Pero luego recuerdo que ya dormí lo suficiente para toda una vida –empieza a reír y, cuando su mirada regresa a mí, se detiene. Su sonrisa se suaviza, pero no se apaga por completo–. Mira a toda la gente que liberaste. *Tú* hiciste esto, Ree. Tu padre y tus amigos te ayudaron, sí. Pero nada de esto habría sido posible de no ser por ti.

No puedo mirarla.

–No debí haberme ido nunca.

–Honestamente, Rhea, no creo que nada de esto hubiera ocurrido si no lo hubieras hecho –aun así, no puedo mirarla a los ojos, por lo que se acerca y me envuelve entre sus brazos con fuerza. Me da un beso justo por encima de la oreja. No me suelta–. Si te hubieras quedado con las manos encadenadas, eventualmente habrías encontrado la forma de derrotarlo. Pero todo esto… todo este *caos* aún habría ocurrido.

–Quizá –confieso, posando mi cabeza sobre la suya. Juntas miramos a papá deambulando por el grupo, estrechándole la mano a todos y hablando con cada uno de ellos, incluso se agacha para abrazar a los niños y darles una rodaja extra de pan. Se lo ve muy humilde y confiado en su rol. No puedo evitar sonreír un poco; se ve como todo un príncipe.

Mamá y yo nos quedamos así por un rato, simplemente mirando la situación, inmóviles, hasta que eventualmente mis hermanas casi adoptadas se acercan. Varon ha desaparecido. Busco entre la multitud, pero no lo encuentro. Rose me ve y también se une a nosotras.

—Se fue a buscar a sus padres —dice—. Nuestros padres biológicos. Pero... no creo que los encuentre.

—Rose, lo siento *mucho*. Yo... —me detengo. ¿Qué más puedo decir? No hay nada, nada que la haga sentir bien.

—Al menos las tengo a ustedes —dice—. Pero Varon...

—Él también nos tiene a nosotras.

Asiente, pero no dice nada, solo se frota los ojos con sus puños, lo cual me recuerda lo cansada que estoy. Quiero dormir por mil años... Pero a la vez, no quiero hacerlo nunca más.

—¿Cómo te sientes? —le pregunto, presionando una mano sobre su frente, esperando sentir la frialdad de siempre. Pero, en cambio, esta vez siento *calor*, su piel luce transpirada y extraña—. Rose, ¿te encuentras bien?

—Sí. No. No sé —se para firme y voltea, haciendo que mi mano caiga de su rostro—. Es solo... Creo que tenías razón. No era la magia lo único que me hacía sentir mal. Durante mucho tiempo, la magia fue la razón por la que tenía que esconderme, la razón por la que apenas podía salir de mi casa, la razón por la que le quitaron su segundo corazón a mis padres y se llevaron a mi hermano. Creía que la magia era el enemigo —se detiene y presiona las manos sobre sus ojos, intentando ocultar las lágrimas que ahora caen por sus mejillas—. Pero no era todo culpa de la magia. Era solo la forma en la que yo la percibía. La forma en la que el *rey* la percibía y la forma en la que yo misma empecé a verla. Me sentía maldecida por tener magia.

—Quizá nunca dejes de sentir ansiedad, pero aprenderás a

controlarla –abrazo sus hombros, desconcertada una vez más por el calor que emana de su cuerpo–. Y no es tarde, lo sabes.

Deja caer las manos de sus ojos.

–¿A qué te refieres?

–Yo podría darte mi magia. O sea, no toda. Te podría dar un poco todos los días y, así tendrás tiempo de regenerarte y yo nunca la perderé por completo. Mi magia es diferente a la tuya, pero ¿no crees que sería divertido diseñar tus propios sueños? Lo único que tienes que hacer es prometerme que siempre te despertarás.

–Lo prometo –dice, esbozando una leve sonrisa–. Pero ¿estás segura? Puede doler.

–No me importa si a ti no te importa –sonrío.

–Lo pensaré –me abraza con fuerza–. Gracias, Rhea.

En ese instante, Raisa se acerca con la venda sobre sus ojos, acompañada por Renata y Gabrielle a su lado. Papá reaparece seguido de un grupo de guardias y consejeros, una mezcla de humanos, máculas y quimeras.

–Y bien, ¿qué hacemos ahora? –dice Raisa mientras miramos las brasas ardientes de lo que queda del castillo de cristal–. De todas formas, ese palacio era feo.

La multitud se queda en silencio y mira a su alrededor con entusiasmo e inquietud. Miran a mi familia reunida a los pies del palacio, a papá, con una pose orgullosa junto a mamá. El tatuaje plateado en su brazo destella a medida que toma el rol para el que estuvo destinado toda su vida.

Aparto la mirada y veo a Varon apartado de la multitud, con la silueta de los edificios altos destellando bajo la nueva luz del sol. Tiene el cabello suelto sobre sus ojos caídos y noto que tiene un aro alrededor de cada una de sus muñecas pálidas, rojizo con un brillo extraño. También lleva uno alrededor del cuello y haría cualquier cosa para hacerlo desaparecer, para quitárselo.

Al menos, seguimos con vida.

Al menos, estamos despiertos.

Mírame, mírame, pienso, pero mantiene la mirada en el suelo mientras deambula con cuidado entre la multitud.

–Espera –digo, sujetando a papá del brazo cuando voltea hacia la asamblea para hablar–. Déjame a mí.

De inmediato, asiente y apoya su mano con suavidad sobre mi espalda y me da un leve empujón hacia adelante, como si todo este tiempo hubiera estado esperando que yo me hiciera cargo de este momento.

El aire se siente cálido y todo se ve muy brillante: la torre, el cielo, los ojos fijos sobre mí. Shay está cerca, ya que puedo sentir el olor a madera y árboles, rico y fértil. Levanto la voz, la barbilla y mi corazón agotado, y hablo fuerte y claro.

–Escuchen –digo–. Tengo una idea.

Varon levanta la cabeza y me mira. Esboza una sonrisa y copio su gesto.

–Podemos soñar un sueño nuevo, juntos.

25
En el bosque

El castillo, el trono, el altar, el claro en donde la bruja bailaba y donde el zorro que no era zorro le contó un cuento de hadas bastante peculiar; todo está en su lugar, aunque destruido. Los niños aún vienen por la noche y deambulan por los corredores de paredes de ramas en ruinas; miran al altar fracturado y al trono en decadencia, y cada uno de ellos se pregunta hacia dónde se fue la bruja. Caen en la desesperación de una pesadilla ahora que parece que nunca les concederán sus deseos. Están allí, mirando y esperando a que la bruja regrese.

Pero la buscan en el lugar incorrecto. El mundo está en ruinas y la bruja no tiene planes de regresar allí nunca más. De todos modos, eso no significa que nunca más la volverán a ver. Simplemente tienen que buscar mejor.

Desde el otro lado de un sueño, ella los llama. Los niños

perdidos voltean hacia el cielo blanco y vacío, con sus corazones huecos como una roca lunar, latiendo rápido, muy rápido.

Les dice: "Estoy aquí".

Les dice: "Los estoy esperando".

Les dice: "Vengan a buscarme".

—Deja de moverte, por favor, o vas a terminar con la boca de un payaso —me dice Raisa, con un pintalabios cerca de mi cara–. ¿Quieres labios de payaso o de bruja?

—'e 'ruja —digo, intentando hablar sin mover los labios.

—Apresúrate o llegarás tarde —dice Rose sentada en mi cama al otro lado de la habitación, con sus zapatos de ballet repiqueteando contra el suelo de madera.

—Tampoco que lo haya hecho mil veces antes —dice Raisa, mientras pinta con cuidado la parte central de mi labio superior, aún con la venda sobre sus ojos para no convertirme en una sombra por accidente. Esta vez, lleva una gasa gruesa por la que ella puede ver, pero nosotras no. Le ofrezco cerrar los ojos mientras hace su trabajo así se quita la venda, pero lo rechaza.

—¡Una mirada accidental y estarás perdida! —me dice—. ¿Recuerdas todo lo que nos costó traer de regreso a Gabi de las sombras cuando el viento me voló la venda durante la que se suponía que debía ser una caminata romántica a la luz de la luna? ¿Quién te regresará a ti si eso pasa?

Se me ocurre solo una persona que conoce ese tipo de magia, pero Raisa sigue pintándome los labios, así que no me animo a hablar.

—Mamá podría —dice Renata cuando entra a la habitación saltando y salpicando todo el suelo con su cabello húmedo—. Estuvo practicando.

—¿Practicando? —resopla Raisa—. Yo diría más bien alardeando. Usa la magia para cualquier tontería cuando papá está cerca.

—Y bueno, ¿la puedes culpar? —dice Rose—. Pasó casi toda su vida ocultándola. Siempre que papá se siga impresionando, seguramente lo siga haciendo.

—Lo que sea —dice Raisa y pone los ojos en blanco. O sea, supongo que lo hizo ya que no puedo ver sus ojos. Pero hay una gran chance de que lo haya hecho. Ren y Rose siguen chismoseando sobre mamá y papá, sobre cómo ayer los encontró besándose detrás de un árbol como dos adolescentes y cómo papá, cuando no está haciendo sus cosas de rey, sigue intentando resolver los acertijos de las esfinges, haciéndolas reír con sus bromas de papá que, por alguna razón, a ellas les encantan.

Cuando Raisa termina, unos minutos más tarde, me miro en el espejo. Presiono mis labios y les paso la lengua una y otra vez sobre ellos. Orquídea negra, un labial profundo que hace que mi cabello y ojos se vean más brillosos. Justo como a mí me gusta.

—Pareces un sueño —dice Rose, esbozándome una sonrisa. Es extraño, extraño y maravilloso, que mi magia ahora también fluya por sus venas. Algunas noches, nos escabullimos en nuestras mentes dormidas y diseñamos todo tipo de lugares fantásticos en donde todo es hermoso solo por existir.

Con un movimiento ostentoso de su mano, Raisa me presenta.

—Su majestad, la princesa Rhea la Soñadora, quien arruina todo, pero después hace que todo vuelva a estar bien.

—Guau, qué buena presentación —digo y le pellizco el brazo—. Gracias.

—Ehm, *auch*.

—Vamos, *no* dolió.

—¡Voy a decirle a mamá! —sale corriendo por la puerta con la venda deslizándose hacia un lado de su cabeza—. ¡Con esto mamá podrá practicar su magia de castigo!

—¡No te atrevas! —la persigo con mi falda de tul rojo meciéndose sobre mis rodillas. Mis otras hermanas nos siguen por detrás, riendo y tropezándonos por el corredor, pasando por una docena de habitaciones vacías que alguna vez estuvieron llenas. Todos los huérfanos Olvidados del Bosque encontraron un hogar y, si bien sé que una vez les prometí que vivirían conmigo en el castillo, creo que son más felices en donde están ahora. Una vez que pasamos por la última habitación, bajamos por la escalera en espiral hacia la planta baja, evitando dañar la ropa con las ramas de las paredes.

Avanzamos por los corredores y cruzamos el salón de baile de techo abierto que deja a la vista el cielo estrellado y las verrugas de las siete lunas. Cruzamos las puertas, el puente levadizo de huesos y la fosa, en donde Renata se pasa la mayor parte del día descansando bajo el sol. Seguimos hacia los árboles y corremos por el sendero que lleva al claro en el bosque, donde se dividen muchos caminos que llevan a otros hogares, cada uno diseñado a la medida de quienes viven allí.

Corro, salto y río con mis hermanas por el Bosque de Graiae, sintiendo la brisa cálida. Saludo a un grupo de silfos confundidos cuando nos ven pasar y doblamos en otro sendero. Al cabo de un rato, llegamos a donde mamá, papá y Shay, y casi todos los habitantes del bosque se encuentran reunidos, sentados en el césped suave frente a mi trono tallado en un diente. Raisa se acerca directo a Gabrielle, quien está al frente de un grupo interminable. Esta noche, lleva su forma humana en lugar de su apariencia de zorro anaranjado. Renata le sonríe a un grupo de hombres que parecen estar incómodos de estar aquí, pero que se quedan de todos modos. Rose sacude la cabeza y aleja a Renata, pero no sin que mi hermana menor les mande un beso que los deja en silencio. Después de la medianoche, habrá bailes hasta que el sol suba por el este. Rose estará a cargo del baile, ya que durante el día da clases para quien quiera tomarlas.

Pero primero, otra cosa. Es hora de que me convierta en la bruja.

Mezclados con la gente del bosque hay habitantes de otros mundos, de todos los mundos existentes en tiempo y espacio, y en la mente de alguien. Miran a las torres puntiagudas que se elevan sobre los árboles a la distancia, asombrados por las sombras en los rostros de las criaturas extrañas y maravillosas que los rodean.

Les doy tiempo para que observen y asimilen todo, mientras busco un rostro familiar que todavía no vi entre la multitud, el que siempre está allí, incluso en los días malos. Especialmente en los días malos.

Por más que lo desee, no puedo borrar las cosas que Varon tuvo que atravesar hasta este momento: ser esclavo durante años, perder a sus padres, estar perdido en la Oscuridad. No puedo quitarle con magia el temblor errático y ocasional que tiene en sus manos ahora que todo terminó; no puedo conjurar una maldición para borrar sus pesadillas o la ira impredecible que brota a la superficie, o la pesadez que se apodera de su rostro durante horas. Lo único que puedo hacer es sujetarlo de las manos cuando tiembla tan violentamente que temo que esté a punto de romperse o besar sus ojos cerrados mientras intenta dormirse de nuevo después de un mal sueño, o sentarme en silencio a su lado en la parte más oscura del bosque hasta que vuelve a ser él mismo. A veces, nos quedamos todo el día en las profundidades del bosque; le tememos un poco a la oscuridad, pero lo hacemos de todos modos. Una y otra vez.

Pero, últimamente, ha estado trabajando todas las mañanas en un proyecto secreto y sorpresa en una ubicación desconocida de las cercanías. Tengo la sospecha de que podría tratarse de una casa sin ático, lo suficientemente grande para dos personas.

De hecho, es más que una suposición; tengo los ojos de los zorros en todo el bosque.

Para mi alivio, finalmente lo veo detrás de la multitud, recostado contra un árbol. Me mira de brazos cruzados, con su cabello negro que se sacude sobre su rostro con la brisa. Cuando nuestras miradas se encuentran, me habla.

Y lo escucho, aunque estemos lejos. Desde el otro lado del claro, grita.

—¡El cielo está deslumbrante esta noche!

—¿Crees que pueda abrazar a alguna estrella más tarde? —le pregunto, pero solo para que él me pueda escuchar, gracias a un hechizo de voz—. ¿Crees que me saque a bailar?

Vuelvo a oír su voz con suavidad, ya que usa el mismo hechizo. Veo a sus labios moviéndose y luego, lo oigo junto a mi oído.

—Sí.

Me sonrojo. No me doy cuenta, pero sí sé una cosa: soy una

inhalación. Y él... él es la exhalación. Y siempre estaremos juntos, uno detrás del otro, conectados, hasta el último aliento.

Aún sonrojada, miro a los niños y a los adultos... Porque decidí que los adultos y los casi adultos también necesitan deseos al igual que los niños. Todos tendrán sus deseos pronto. Pero antes de que coman la rosa de mi corazón, tengo algo más que contarles. Algo para contarles.

Soy la Bruja de los Deseos, pero también soy la Bruja de las Palabras, de las Historias.

Bueno... de una historia en particular.

–¿Quieren escuchar un cuento de hadas? –les pregunto con mi voz de narradora, que es un poco más grave y sabia que mi voz normal. Es mi voz de bruja, mi voz de luna, una voz que incluso podría persuadir a todas las estrellas del universo para que titilen y se acerquen lentamente. Tan cerca que la noche se vería idéntica al día, luminosa.

–Muy bien. Les contaré algo. Pero les advierto: *cuento de hadas* no es el nombre más acertado. Verán, en ningún momento aparece un hada. Pero sí hay una princesa, una maldición, un rey, un príncipe, una futura reina, una gorgona gris, una ninfa, y una muchacha brillante con magia brillante. Hay zorros, esfinges y manticoras. Hay oscuridad, sueños, magia, luz, mucha luz. Hay un ático, un castillo y gritos que reconstruyen lo que fue destruido. Hay tonterías, risas y amor. Hablando de amor... También hay un muchacho, un gran nigromante. Tiene muchos nombres, algunos de los cuales quedaron olvidados en el tiempo y otros que nunca nadie se animará a olvidar. Ah... y hay una bruja. ¿Aún quieren escuchar mi historia? ¿El cuento de hadas que no es un cuento de hadas?

Esbozo una sonrisa: por los niños entusiasmados, por el muchacho al fondo, por las estrellas atentas, por mis hermanas, por mis padres y amigas reunidas en el claro listas para escuchar mi historia, una historia sobre todos ellos. Y también sobre mí.

Empiezo.

–Comencemos con la Bruja del Bosque.

Agradecimientos

Si un libro fuera un deseo, ¡necesitaríamos más de una bruja para hacerlo realidad! Mi más profunda gratitud a todos los que formaron parte de concedérmelo.

En particular, me gustaría agradecerle a mi agente, Penelope Burns, por impulsarme a mí y a mi trabajo desde el comienzo, y por guiarme por todo el proceso de escritura y publicación. ¡Estaría completamente perdida sin ti! A mi editora, Monica Jean, por tomar mi visión para este libro y convertirla en lo mejor que puede ser. Siempre voy a estar agradecida por la oportunidad que me diste de poner a Rhea y sus sueños extraños en el mundo. A todo el equipo de Delacorte Press y Random House por todo el esfuerzo detrás de la magia que hizo que este libro sea una realidad, entre los que se encuentran Barbara Marcus, Beverly Horowitz, Felicia Frazier, Becky Green, Kimberly Langus, Richard Vallejo, Tim Mooney, Carol Monteiro, Ray Shappell, Leo Nickolls, Jaclyn Whalen, Colleen Fellingham, Alison Kolani, Tamar Schwartz, Tracy Heydweiller, Elena Meuse, Dominique Cimina, John Adamo, Elizabeth Ward, Lisa Nadel, Adrienne Waintraub y Shaughnessy Miller, por nombrar solo a algunos.

A todos los maestros y profesores que me inspiraron y me alentaron durante los años. Y especialmente a mi cohorte en la Columbia College por compartir sus historias e impulsarme a ser una mejor escritora. Me siento muy afortunada de ser parte de un grupo tan grandioso y talentoso.

A mis compañeros y amigos en la biblioteca Barrington Area Library por su amor infinito hacia los libros y hacia este libro en particular, y por hacer que cada día en el trabajo sea muy divertido.

A mis mejores amigas: Jessica, por las reuniones literarias y por ser la bruja más genial que conozco. Erika, por decir las cosas como son. Amanda, por siempre estar ahí para mí. Kirsten, por ese lugar mágico donde nunca llueve. Vanessa, por nuestras tantas aventuras extrañas y maravillosas que podían llenar un libro entero.

A mi abuela y papá, por abrirme tantas puertas. A Gram, por nunca haberme hecho pasar hambre (te extraño). A Connie y Jerry, por aceptarme en su familia. A todas mis tías, tíos, primos, sobrinos, sobrinas, cuñados y cuñadas, son lo mejor. Y también los más ruidosos (Cullottas, tú sabes que sí). Estoy muy agradecida de tener una familia tan alentadora y agradable.

A J.D., mi hermano favorito y la persona más divertida que conozco, por siempre tomar helado conmigo. A mi hermana y mejor amiga, Kara, por reírse de las mismas cosas que yo, por las maratones de películas de Disney y los karaokes en el auto. Me siento muy afortunada de tenerlos a ambos en mi vida.

Gracias a mi papá, por todos los viajes de ocho horas desde y hacia la universidad y por dejarme escuchar esa música "pumba

pumba" en la radio, y por ser alguien con quien siempre puedo contar, sin importar lo que sea. Y a mamá, por inspirarme el amor por la lectura y siempre incentivarme a usar mi voz, por calmarme y darme ánimos, por ser mi mejor amiga y la mejor mamá. Por todo lo que hicieron por mí. ¡Los amo!

Y, por último, a Frank, mi cielo y mi mayor deseo hecho realidad. Te amo y me gustas.

FANT

Bandos enfrentados que harán temblar el mundo

EL ULTIMO MAGO - *Lisa Mazwell*

RENEGADOS - *Marissa Meyer*

¿Crees que conoces todo sobre los cuentos de hadas?

EL HECHIZO DE LOS DESEOS - *Chris Colfer*

Protagonistas que se atreven a enfrentar lo desconocido

LA GUÍA DE LA DAMA PARA LAS ENAGUAS Y LA PIRATERÍA - *Mackenzi Lee*

JANE, SIN LIMITES - *Kristin Cashore*

HIJA DE LAS TINIEBLAS - *Kiersten White*

ASY...

Escucha la canción que aúlla en tu corazón...

UN CUENTO DE MAGIA
- *Chris Colfer*

HEARTLESS - *Marissa Meyer*

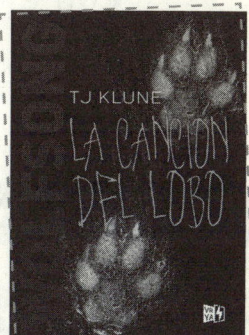

LA CANCIÓN DEL LOBO
- *TJ Klune*

Una joven predestinada a ser la más poderosa

ESTAS BRUJAS NO ARDEN - *Isabel Stirling*

CINDER - *Marissa Meyer*

La princesa de este cuento dista mucho de ser una damisela en apuros

¡QUEREMOS SABER QUÉ TE PARECIÓ LA NOVELA!

Nos puedes escribir a **vrya@vreditoras.com**
con el título de este libro en el asunto.

Encuéntranos en

facebook.com/VRYA México

twitter.com/vreditorasya

instagram.com/vreditorasya

COMPARTE
tu experiencia con
este libro con el hashtag

#Enelbosque